Carmen Posadas est née en 1953 à Montevideo où elle a vécu jusqu'à l'âge de douze ans. En 1965, sa famille s'est installée à Madrid après avoir séjourné à Moscou, Buenos Aires et Londres où son père était ambassadeur. Auteur d'une douzaine de livres pour enfants, de recueils, de nouvelles et d'essais, elle a écrit pour le cinéma et la télévision. Ses romans *Cinq Mouches bleues* et *Petites Infamies* sont des best-sellers internationaux. Carmen Posadas a reçu le prix Planeta en 1998.

DU MÊME AUTEUR

Hippo
Castor poche, « Cadet », n° 5044, 1990

Mon frère Salvador et autres mensonges
L'Harmattan, 1996

Petites Infamies
Seuil, 2000
et « Points », n° P870

Cinq Mouches bleues
Seuil, 2001
et « Points », n° P1002

Le Bon Serviteur
Seuil, 2005
et « Points », n° P1431

Carmen Posadas

LA DAME DE CŒUR

ROMAN

Traduit de l'espagnol
par Isabelle Gugnon

Éditions du Seuil

TEXTE INTÉGRAL

TITRE ORIGINAL
La Bella Otero
ÉDITEUR ORIGINAL
Editorial Planeta, Barcelone

ISBN original : 84-08-03877-X

ISBN 978-2-7578-1091-0
(ISBN 978-2-02-054114-5, 1re publication)

À mon père et à mon mari,
qui ont vu naître ce livre

Vrai ou faux, ce qu'on dit des hommes tient souvent autant de place dans leur vie et surtout dans leur destinée que ce qu'ils font.

VICTOR HUGO, *Les Misérables*

Portrait de la Belle Otero vers 1905.

Otero

Parfois, au printemps, quand la lumière de la fin d'après-midi filtre au travers de la persienne et se brise en formant un angle par terre, j'ai l'impression de voir se projeter sur le mur l'ombre de celle que j'étais. Ce sont des rais horizontaux qui contribuent à ce prodige : faire de la silhouette d'une vieillarde bientôt âgée de quatre-vingt-dix ans la plus belle femme de son temps. Pourtant, c'est vrai. Quand le miracle se produit, je la vois, je suis à nouveau moi, elle, la Belle Otero.

*

J'ai pensé mille fois ces quelques lignes et mille fois je les ai réécrites. J'ignorais si j'allais écrire une biographie conventionnelle ou romancée, même si je connaissais les dangers des deux. Je savais que la seconde courait le risque de devenir un roman à l'eau de rose et la première, une nécrologie. J'en ai découvert la nature au fur et à mesure que j'avançais. J'ai commencé à m'intéresser à la vie de Caroline Otero (Pontevedra 1868 – Nice 1965) parce que j'avais lu quelque part que cette femme, l'une des plus courtisées de la Belle Époque, avait disparu, pour que personne ne la voie vieillir, à quarante-six ans, l'âge que j'ai aujourd'hui en couchant ces lignes sur le papier. Selon la chronique, en 1914, Caroline Otero Iglesias, connue comme la Belle

Otero, décida de se cacher, de quitter Paris et tout ce qui avait jusqu'alors été son monde : les six rois qui avaient soupiré pour elle pendant des années, les noceurs, les aristocrates millionnaires, les parvenus, les poètes et les rêveurs qui faisaient partie de son cortège d'amants. Elle abandonna son public, ses ennemis aussi. Elle renonça à tout pour préserver sa légende. À compter de ce jour et jusqu'à ses quatre-vingt-dix-sept ans, elle vécut prisonnière de son propre mythe dans des endroits modestes, si ce n'est misérables.

J'étais séduite par sa résolution car j'ai l'âge où l'on voit son image décliner dans le miroir, mais aussi parce que je trouve à la fois beau et pathétique le geste inutile de s'enterrer vivant pour que la légende ne meure pas.

Pourtant, le fait que Caroline (ou Agustina, car tel était son vrai nom) disparaisse à quarante-six ans afin que personne n'assiste à sa déchéance n'était qu'une des nombreuses illusions dont elle entourait sa personne. C'est le cas de la plupart des mythes. Mon héroïne a toujours été une menteuse, peut-être parce que, comme elle l'a dit un jour, « nul rêve ne résiste à la lumière crue du soleil ou au froid stylet de la Réalité ». Pour cette raison ou pour une autre, presque tout ce que racontait Caroline Otero sur elle était faux. Elle n'était pas née là où elle disait avoir vu le jour ; elle s'était inventé une enfance et des parents, avait coloré son passé en falsifiant tout ce qui avait trait à ses plus jeunes années, un bobard après l'autre. Mais si je me suis efforcée de retracer ici ses plus grandes fabulations et autres artifices, c'est que les mensonges nous révèlent bien des choses sur ceux qui les profèrent et finissent par les décrire plus justement que la réalité. Les mensonges parlent de désirs, de manques et, surtout, de « vœux non exaucés » de manière si éloquente qu'il me semble impossible de les ignorer sans dépouiller leur auteur d'une grande partie de son essence.

Comme il serait long et confus d'énumérer tant de miroirs aux alouettes et de les confronter à la réalité, il m'a semblé que la meilleure façon de raconter son histoire était d'intervenir tour à tour, la Belle et moi, dans la narration. À partir de maintenant, Caroline affirmera et j'émettrai des doutes ; elle sera l'ombre, et moi, la lumière. Elle évoquera « sa » vérité, mais j'y placerai en contrepoint toutes les informations que j'ai recueillies sur son compte, dont certaines sont parfois très curieuses. J'espère qu'ainsi, dans le clair-obscur de la vérité et du mensonge, nous parviendrons toutes deux à reconstruire une image pertinente et précise de sa vie, comme le rayon de soleil qui, à Nice, filtrait à travers la persienne certains soirs de printemps et accomplissait le miracle de dessiner sur le mur de sa chambre de pension non pas la silhouette d'une vieille femme presque centenaire et au seuil de la mort, mais l'ombre parfaite de celle qui fut et restera le témoignage d'une époque.

Garibaldi

Nice, 8 avril 1965, 18 heures.

Aujourd'hui, c'est encore arrivé et je me suis empressée de faire taire Garibaldi. J'ai couvert sa cage d'un tissu sombre pour qu'il cesse de chanter, car les trilles d'un vieil emplumé comme lui ne s'accordent guère avec les mirages. Je me suis assise avec précaution au bord du lit pour ne pas briser le charme… Oui, la silhouette est à nouveau sur le mur. Certes, l'enchantement ne dure pas longtemps ; quelques minutes, tout au plus une demi-heure, mais je m'en contente. En ces brefs instants, tout redevient comme avant : la ligne parfaite des pommettes, celle du nez, le cou long et languide… C'est une chance que le squelette soit moins traître que la chair car ainsi, avec l'aide des rais de lumière et celle de mes yeux presque aveugles, je peux reconstruire l'image de celle que j'étais. Je ne m'amuse qu'en inventant l'impossible. Attends un peu, Garibaldi, ne chante pas, laisse-moi jouer encore avec les ombres, je reçois si peu de visites dernièrement.

*

Dans ma jeunesse, un ami qui se prétendait poète m'a dit que la lucidité, ou plutôt la sagesse, est pour un vieillard le pire des châtiments. « L'idéal, c'est d'entrer fou à lier dans la vieillesse. À quoi bon voir les choses telles qu'elles sont si l'on a perdu l'illusion de pouvoir les changer ? » Pourtant, je sais maintenant qu'il existe un châtiment bien plus cruel encore : l'insomnie. Pleins de sagesse, mes quatre-vingt-dix ans et des poussières ne seraient rien s'ils ne s'accompagnaient d'innombrables nuits blanches depuis cinquante et un ans que je vis hors du paradis. Heure après heure, j'ai tant cherché le sommeil que j'aurais pu recomposer chaque instant de ma vie avec une précision d'orfèvre. J'aurais pu, mais je ne l'ai pas fait : c'eût été trop douloureux. En fait, seuls les sots, les idiots nostalgiques et nous autres, quand nous nous faisons vieux, prenons plaisir à évoquer ce que nous fûmes et ne sommes plus. Mais les années passent – vingt, trente, quarante, tant d'années dans l'oubli – et l'on découvre que l'on perd peu à peu le respect que l'on doit aux fantômes et que leur compagnie peut même nous être agréable. Au bout du compte, ils sont les seuls vivants qui nous restent.

*

Pour ce qui me concerne, je dois dire que ces dernières années, en entrant dans ce que les Français appellent si joliment *le grand âge** [1], j'ai convoqué deux sortes de fantômes : les faux spectres qu'il m'a fallu créer dans ma tendre jeunesse pour édifier la légende de la Belle Otero, et ceux qui me reflètent, moi, Agustina Otero Iglesias, mendiante dans un village proche de Pontevedra. Les fantômes de la Belle sont vite morts. Malgré ce que pensaient mes amis et mes ennemis, je n'ai jamais cru à mes propres chimères, et c'est pourquoi les spectres ont été moins dévastateurs pour moi que pour d'autres. En vérité, ils étaient si aimables, si… (frivoles ?) qu'un jour ils se sont volatilisés et ne m'ont laissé aucun regret. C'est arrivé peu

1. Les mots en italique suivis d'un astérisque sont en français dans le texte. *(NdT)*

à peu, comme toujours dans ce genre d'aventures. Mais si je devais dater leur disparition définitive, je ne me tromperais pas. Oui, je suis sûre de leur avoir donné le coup de grâce le jour où j'ai lu ma nécrologie dans *L'Espoir de Nice*, il y a de cela quinze ans :

> La danseuse et chanteuse Caroline Otero est morte hier soir dans notre ville. La Belle Otero s'était rendue célèbre dans le monde entier pour avoir eu comme amants des personnalités telles que le prince de Galles, Léopold de Belgique, le tsar Nicolas II, le kaiser Guillaume, Albert de Monaco ou Alphonse XIII d'Espagne. On sait qu'au début du siècle, Caroline Otero était l'une des femmes les plus riches de son temps. Sa légendaire collection de bijoux comprenait des pièces aussi extraordinaires que des colliers ayant appartenu à Marie-Antoinette et à l'impératrice Eugénie, un boléro de diamants d'une valeur de 500 millions de francs actuels [1], que Cartier transforma à sa demande en collier et en pectoral. Renoir, Sem et Caran d'Ache ont fait son portrait; Proust s'est inspiré

1. Les chiffres mentionnés ici ont été calculés selon l'indice des prix de l'Institut national de statistiques et les taux de change internationaux évalués par Pedro Martínez Méndez. Je tiens à remercier tout spécialement le professeur Gabriel Tortella, qui m'a patiemment aidée à déchiffrer ces montants que le lecteur trouvera sans doute très élevés du fait de la fluctuation des monnaies entre les deux guerres mondiales. Bien qu'ils paraissent invraisemblables, voici les valeurs actuelles de certains des chiffres mentionnés dans ce livre :

Le fameux boléro de la Belle Otero exposé un mois dans une vitrine parisienne coûtait l'équivalent de 10 millions d'euros.

De 1900 à 1914, on estime que Caroline Otero a perdu 680 millions d'euros (soit 46 millions d'euros par an).

En une soirée, elle pouvait dépenser jusqu'à 3 millions d'euros.

Le montant que Caroline dit avoir gagné lorsque le rouge est sorti vingt-trois fois s'élèverait à 630 000 euros, en admettant qu'elle ait dit la vérité, ce qui semble improbable. *(NdA)* d'elle pour dépeindre l'un de ses personnages ; le magnat américain William K. Vanderbilt lui a offert un yacht. « Ruine-moi mais ne me quitte pas », lui aurait dit un prince russe en lui donnant une véritable fortune. On surnommait aussi la Belle Otero « la Sirène des suicidés », car bien des hommes ont préféré mourir plutôt que d'être éconduits par elle. Après avoir dilapidé ses richesses sur les tapis verts (on raconte qu'elle pouvait dépenser 700 000 francs en une soirée) [...], sa beauté ravagée par les ans, elle vivait misérablement dans notre ville...

Plus tard, j'allais découvrir au fil des ans d'autres nécrologies me concernant dans la presse française et étrangère. Quand on est vieux, ces désagréments n'affectent que l'univers minuscule dans lequel on vit. Mais en 1948, après avoir appris ma mort dans *L'Espoir de Nice*, j'ai décidé de tuer une bonne fois pour toutes les fantômes de pacotille et les mensonges que j'avais échafaudés dans mes années de gloire pour le plus grand plaisir de mon public. J'entends par là les légendes sur mes origines et mes premiers pas dans le grand monde. Il ne m'a pas été difficile de me séparer de ces fantômes, qui ne m'ont plus jamais hantée. Caroline Otero n'a jamais eu besoin de s'appuyer sur des fables pour se sentir forte. En fait, je n'ai inventé toutes ces fadaises sur mon enfance que pour satisfaire mon public. Je lui ai raconté ce qu'il voulait entendre, rien de plus. Car il existe deux types de mensonges : ceux dont on tire personnellement parti et ceux destinés à plaire à autrui. Comme le disait mon ami poète qui aimait tant faire des phrases, les uns comme les autres sont des actes de pure générosité. Cela n'a rien d'étonnant car, au bout du compte, la Vérité avec un grand « V » n'intéresse personne.

Telle est l'unique raison pour laquelle, pendant plus de temps que nécessaire, j'ai dû préserver ces mensonges. Mais depuis ce jour printanier où je me suis sentie libre de me défaire de tous les ornements biographiques qui avaient été utiles en leur temps, c'est bel et bien fini. La petite Otero dont j'ai dépeint l'enfance dans mes Mémoires, dictés à ma biographe, Claude Valmont, rédactrice à *Comoedia*, est morte ce jour-là. C'était une très mauvaise biographie, j'en conviens, non seulement truffée de balivernes mais aussi d'omissions. Des omissions logiques, quand on y réfléchit, car que pouvais-je faire d'autre que me taire ? En 1926, certaines révélations auraient porté préjudice à bien des gens encore vivants, y compris à moi-même, décédée en 1948 selon le bon vouloir de *L'Espoir de Nice*.

Maintenant que les fantômes frivoles qui ont servi de parure à la Belle ont disparu, c'est avec soulagement que j'affirme que tout ce que j'ai raconté sur mes origines était complètement faux. Je ne suis pas andalouse, encore moins la fille d'une gitane prénommée Carmencita, comme la cigarière de Mérimée, et d'un officier grec rencontré à Séville qui s'appelait Carasson.

Comme j'ai ri à mes heures de gloire de ces impostures que les gens croyaient sans méfiance et qui sonnaient « si vrai » ! Joaquín Belda, l'un de mes biographes les plus zélés, a écrit :

> Toi, lecteur, même si tu es peu versé dans la fréquentation des femmes célèbres, tu les as toujours entendues dire avec la plus parfaite désinvolture qu'elles ont « été élevées dans les plus beaux langes ». Dans la plupart des cas, ce n'est qu'un doux fruit de l'imagination : l'arbre généalogique des Espagnoles « horizontales » remonte tout au plus jusqu'à la Guardia Civil, un corps de métier auquel va toute ma sympathie mais qui ne fait pas partie du Gotha européen. La Belle Otero, en revanche, n'a pas cette vanité. Fille de ses œuvres, elle n'a pas à renier sa naissance.

La renier, non, mais la « décorer » légèrement pour la rendre plus vraisemblable, oui. Être la fille d'une gitane andalouse et d'un officier au nom si peu grec de Carasson est autrement plus crédible que la vérité que je compte relater plus avant. Ce « père » que j'adorais, qui aurait emmené Carmencita à Valga, petit village près de Pontevedra, pour l'éloigner de la tentation après l'avoir rencontrée et arrachée à une *troupe** de gitans à Séville, avait, on en conviendra, des accents de vérité. Une fois en Galice, à cause des extravagants caprices de ma mère, ce « petit fauve indomptable », papa serait devenu l'esclave du jeu (une malédiction dont j'ai moi-même été victime, tout le monde le sait, et qui donne à cette anecdote une touche réaliste, mais revenons à nos moutons). J'ai inventé que papa Carasson s'était ruiné tandis que l'incorrigible Carmencita cherchait du réconfort dans les bras d'un riche amant qui, terrible pied de nez du destin, allait tuer mon père deux ans plus tard. Ayant découvert leurs amours coupables, ce dernier l'avait provoqué en duel.

« Les jours passèrent, lugubres, désolés, avec la monotonie du désespoir, ai-je dicté en 1926 à l'énergique et romantique Mme Valmont. Pour moi, cette période me fait l'effet d'un gouffre profond et obscur où des souvenirs de détresse et de misère viennent s'accrocher, ai-je poursuivi en prenant l'air nostalgique auquel je m'essayais avec les journalistes et certains amants. À la maison, tout s'en allait à vau-l'eau. Les créanciers de mon père étaient venus vendre toutes les choses de valeur qui restaient chez nous, les meubles, les objets d'art, la vaisselle, l'argenterie… »

Une histoire tout à fait concevable à l'époque. Pour l'échafauder, j'avais pris soin de m'inspirer de cas véridiques et de mettre bout à bout des bribes de faits divers et autres terribles chroniques, un genre journalistique qui faisait fureur au début du siècle et permettait de retracer la vie de Landru ou du célèbre Jack l'Éventreur. C'était un autre temps.

Tout était parfait, mais j'ai décidé d'ajouter une note encore plus dramatique à mon histoire. Je me rappelle encore l'expression de Mme Valmont quand je l'ai évoquée. Ma biographe avait la manie de bouger son chapeau d'une main maladroite chaque fois qu'elle entendait quelque chose d'incroyable. Je trouvais ce défaut fort peu seyant. Expérimentée dans l'art de séduire, j'aurais dû lui dire combien il est ridicule de jouer avec les plumes ou la voilette de son chapeau. Oui, pour la remercier de sa crédulité, j'aurais pu au moins lui signaler que, même dans les cas les plus désespérés, une dame ne tripote jamais son chapeau. « Gardez-vous-en, ma chère, *c'est très vulgaire**. » Mais je ne l'ai pas fait. Maintenant, je me rends compte que sa manie m'incitait à dramatiser davantage, comme lorsque j'ai délibérément forcé sur le mélo en lui confessant la suite :

« Livrée à elle-même, ma mère redevenait la gitane de jadis. Aigrie par le chagrin et la misère, elle ne s'occupait plus de nous que pour nous distribuer à tout propos des taloches et des injures. Veule et sans courage, elle laissait aller les choses sans même essayer de réagir et nous étions livrés à nous-mêmes sans aucune retenue et sans aucune discipline, plus dénués de toute tendresse et de tous les conseils que les enfants les plus déshérités, livrés au hasard de la rue. [...] L'amant de ma mère était-il toujours aussi épris d'elle ou bien se rendit-il compte qu'il était responsable de toute cette détresse et fut-il gagné par la pitié ? Je ne sais. Toujours est-il qu'un beau matin, nous apprenions que ma mère allait se remarier avec lui. [...] Nous étions tous bien jeunes alors ; ma sœur jumelle [eh oui, je me suis inventé une jumelle car je trouvais cette idée intéressante. Dommage que je n'aie pas davantage exploité ce mensonge car j'aurais pu tirer parti du fait d'avoir un double quelque part dans le monde...], ma sœur jumelle et moi, ai-je poursuivi pour le plus grand plaisir de Mme Valmont, n'avions pas encore dix ans, mais je me rappelle le sentiment de révolte et d'indignation qui nous fit frémir lorsque nous sûmes que l'assassin de mon père allait venir s'installer dans le foyer qu'il avait détruit. La réprobation de tous les enfants du mort monta, haineuse et hostile, contre ma mère et son mari. Dans cette maison, que son nouveau maître essayait de réorganiser, une atmosphère de drame s'installa. [...] La fierté castillane n'est pas un vain mot et mes frères savaient déjà que le mot « lâche » est une injure qu'un Espagnol ne peut pas admettre. Le soir même où ma mère avait annoncé l'arrivée à la maison de son second époux, l'on s'aperçut que mes frères avaient disparu. Ils avaient été recueillis par un ami de mon père qui possédait une ferme aux environs et qui avait eu pitié d'eux. Par la suite, ils partirent en Amérique et parvinrent à se créer une situation là-bas. Ils ne revinrent jamais en Espagne. [...] Dans la maison maudite où le nouveau maître s'était installé, il ne restait plus que moi et ma petite sœur, qui n'était alors qu'un bébé. Ma jumelle était partie chez une parente de mon père qui s'était chargée de son éducation et un frère plus jeune avait été mis en pension. »

Il me fut facile de dicter le reste de la fable car je l'avais déjà « confiée », avec de petites variantes, à des revues mondaines et à des admirateurs compréhensifs. Notez qu'il est fondamental pour un menteur d'avoir une bonne mémoire – ce dont je peux me vanter – afin de s'en tenir à la même version des faits. Malgré cela, il est impossible de ne pas se trahir, ce qui m'est arrivé à plusieurs reprises comme je le raconterai plus loin.

« Ce fut alors pour moi un véritable enfer qui commença, ai-je expliqué à Mme Valmont, dont les oscillations du chapeau indiquaient que mon histoire était assez larmoyante et crédible à son goût. Il se produisit cette chose étrange : ma mère, qui aurait dû s'attacher davantage aux deux seuls enfants qu'elle avait pu garder auprès d'elle et chérir en eux le souvenir d'un passé où elle avait connu le bonheur, se mit à m'en vouloir de ses malheurs et à devenir en quelque sorte la marâtre de sa propre fille. [...] J'avais toujours chéri ma mère. Je l'aimais peut-être encore plus parce qu'elle me rendait le souvenir de mon père plus présent. Ses colères injustifiées, ses reproches continuels, l'exaspération qu'elle avait à mon égard et qui devenait presque maladive, tout cela me rendait affreusement malheureuse. [...] Quoique ce fût pourtant bien contraire à mon tempérament, je parvins à me dominer et à être docile pour essayer de la calmer. [...] Mais arriva un jour où mon caractère indépendant et fier reprit le dessus et je me révoltai.

« Habituée à ma passivité, ma mère fut stupéfaite de ma révolte qu'elle ne put admettre. Dans un moment d'exaspération, elle résolut de se débarrasser de moi. Quelques jours après ma rébellion, elle m'annonça que j'allais devoir quitter la maison et entrer dans une pension aux environs de Valga. J'accueillis cette nouvelle sans émotion, très indifférente à ce que mon malheur changeât de décor car je pensais qu'il était impossible d'être plus malheureuse que je l'avais été. Je me trompais : l'on me fit voir que le malheureux, comme le sot, trouve toujours plus malheureux que lui. »

J'ai alors décrit à Mme Valmont comment, dans cette école de jeunes filles, j'étais devenue l'objet de toutes les vexations des directrices, Pepita et Juanita, qui me prenaient pour leur bonne. J'agitais les mains en parlant, un geste que les Français considèrent comme étant très andalou, afin de souligner le côté dramatique de l'histoire, et je voyais les ornements du chapeau de ma biographe acquiescer avec compassion. Que j'aie séjourné dans une école pour jeunes filles modestes et subi de nombreuses humiliations était parfaitement plausible car, au XIXe siècle, on battait souvent les élèves. Je n'ai pas d'enfants, mais je sais que cette pratique a mis longtemps à s'éteindre.

Le début de ma carrière artistique a été le point culminant de mes mensonges. Convaincue que les leurres doivent à la fois être teintés de tragédie et de romantisme, j'ai enchaîné comme suit :

« J'étais tellement malheureuse que j'ai songé à mourir. J'ai cherché longtemps quel moyen employer pour me tuer ; puis j'eus une idée. J'avais entendu dire que les allumettes étaient du poison. Je ramassai tout ce que je pus trouver comme allumettes-bougies, je les fis bien fondre dans de l'eau et j'avalai cette mixture. Comme ce n'était pas très toxique, j'eus simplement une indigestion et ma tentative d'empoisonnement passa inaperçue. [...] Au milieu de cette existence de ténèbres, je vois un rayon de soleil qui éclaire les traits de ma camarade Paquita. [Notez que j'ai pris soin d'attribuer aux personnages qui peuplent ma légende des prénoms *très espagnols**, mais facilement prononçables en français.] Grâce à sa sagesse, Paquita avait toute la confiance des deux mégères. [...] Elle avait les différentes clefs de la maison, c'était elle qui fermait les portes de l'école une fois la nuit venue. "Je ne veux pas que tu tombes malade, me dit-elle. [...] Tu iras te promener pendant une heure et je serai là pour t'ouvrir la porte quand tu rentreras." [...] Je n'acceptai pas tout de suite l'offre que me faisait ma camarade. J'avais peur. [...] Un matin, pendant la messe, Paquita me glissa un papier d'un air mystérieux. [...] C'était ma première lettre d'amour. Je la lus avec un battement de cœur car je savais de qui elle venait. »

J'ai expliqué à Mme Valmont qu'un jeune homme m'avait suivie, qu'il s'appelait Paco Coll et qu'il était très beau. « Je me décidai à profiter de l'offre de Paquita et le soir même j'allai retrouver mon amoureux. »

Mme Valmont a adoré la suite de l'histoire :

« Je prenais la poudre d'escampette tous les soirs. Je me faufilais à côté de Paquita à l'heure où, munie des clefs de l'établissement, elle allait en fermer les portes. [...] J'aimais tendrement Paco et je le trouvais si beau. Il m'embrassait, me caressait, me disait que j'étais belle. [...] La danse était ma grande passion et une véritable hantise. Toute petite, je dansais en m'accompagnant avec des castagnettes. Je n'ai jamais appris à danser, je dansais aussi naturellement qu'un oiseau chante. [...] Je demandai à Paco de m'emmener dans une salle de danse. Le patron de l'établissement, un petit café chantant, m'engagea pour deux pesetas par soirée. C'était là un cachet d'étoile, puisque les chanteuses et danseuses habituelles ne touchaient qu'une peseta. »

J'ai conclu cet épisode de ma vie en disant à Mme Valmont que j'avais été très heureuse, jusqu'au jour où l'on m'avait surprise.

*

Lire entièrement l'histoire dictée à Claude Valmont par la Belle Otero pour se faire une idée de ses débuts dans une gargote galicienne jusqu'à son modeste premier succès professionnel en France serait fastidieux. Dans ces Mémoires comme dans d'autres, où les biographes ont pris pour argent comptant ce que leur racontait la Belle, il est étonnant de voir à quel point Caroline Otero est soucieuse de donner à ses inventions des airs de vérité. Rien dans ces écrits ne semble trop fantasque mais ils restent poignants. Nul doute qu'elle s'est inspirée de faits divers de l'époque qu'elle a ensuite enrichis de détails de son cru destinés à éveiller la compassion ou plus simplement à mettre en valeur son tempérament espagnol. Pour la Belle Otero, la «*furia* [fureur] espagnole» était un attribut essentiel. Même à la fin de sa vie, alors qu'elle avait presque totalement oublié sa langue maternelle, elle parlait français avec un accent épouvantable. Claude Valmont a souligné ce trait de caractère dans des phrases comme : « mon sang gitan bouillonnait dans mes veines » ou « l'indomptable nature de ma terre andalouse ». Ces détails étaient en somme indispensables à l'édification du portrait *très andalou** si prisé dans ses jeunes années.

Pour comprendre ce phénomène, il faut songer qu'au milieu du XIXe siècle, grâce aux écrivains romantiques qui avaient voyagé dans la péninsule Ibérique et au succès de la *Carmen* de Bizet (jouée pour la première fois en 1875), les Français imaginaient l'Espagne comme un pays peuplé de guitares et de tambourins, de toreros, de gitanes et de sang. Dans le Paris de la fin du XIXe siècle tourné vers la modernité, la cigarière de Bizet qui méprise ses amants et meurt de ses passions était considérée comme le dernier bastion du romantisme et d'un folklore enjolivé et tragique. Elle symbolisait l'attrait de l'atavisme dans un monde qui s'ouvrait de manière vertigineuse au XXe siècle et au « progrès », un mot magique employé à tout va et aussi caractéristique de la Belle Époque que l'envie de se divertir.

Il est donc compréhensible que, pour satisfaire aux goûts de son temps, la Belle Otero ait décidé de cacher ses origines galiciennes (les tristes danses populaires de sa région ne l'auraient pas portée au pinacle) et se soit inventé une biographie en accord avec la personnalité qu'on attendait d'une Espagnole.

À la lecture de ses Mémoires, on s'aperçoit que la Belle mentait plus pour des raisons pratiques que par romantisme ou par fierté. Elle voulait façonner un personnage des plus fascinants, et comme la construction du mythe exigeait de l'amour et des larmes, elle était prête à les fournir. La touche « Bizet » s'imposait également. Caroline Otero n'a pas cherché à anoblir son passé, contrairement à d'autres « horizontales », image joliment graphique utilisée à l'époque pour désigner les courtisanes. Comme le fait remarquer Joaquín Belda dans le passage cité, Caroline Otero ne s'invente pas d'arbre généalogique comportant un comte ou un duc. Mais elle ne tombe pas davantage dans l'excès inverse si courant en son temps, qui consiste à éveiller la pitié ou à se dépeindre sous les traits d'une jeune ingénue trompée par le monde et ses démons. Bien au contraire. Consciente que sa vie était loin d'être exemplaire, elle n'a pas cherché à gommer son enfance et a préféré mettre l'accent sur les frasques et les actions immorales qui correspondaient à son caractère. Ainsi, en lisant ses Mémoires, même en les sachant faux, le lecteur a le sentiment qu'ils sont dictés par un esprit lucide qui veille à ce que son personnage agisse exactement comme elle-même l'aurait fait : avec sang-froid et menant une existence peu digne de celle d'une « demoiselle ». Telles étaient les petites infamies qu'inventait Caroline Otero pour illustrer les débuts de sa vie aventureuse.

*

En retraçant l'époque où elle a quitté son village, puis l'internat et les débuts de sa vie d'artiste, Caroline fabrique une histoire peu édifiante que je reprends directement des souvenirs dictés à Mme Valmont. Elle raconte que, lorsque ses escapades sont découvertes, les punitions se mettent à pleuvoir sur elle, et que Juanita et Pepita lui interdisent de sortir de la cuisine. Pour se venger, elle décide de donner une leçon aux deux vieilles filles en faisant cuire un gros rat dans un pot-au-feu. Prise de remords, elle tente ensuite de sortir la bête de la marmite, mais « devant cette chose innommable, pleine de débris de chair, de poils et de saletés », elle fait une crise d'hystérie tout à fait dans le ton de l'époque romantique. Elle devient comme folle, crie, pleure jusqu'à tomber malade, si bien qu'en la voyant le médecin comprend très vite qu'elle déteste l'école et les directrices, et lui propose de venir se reposer chez lui. Elle est très reconnaissante à son sauveur, mais après quelques jours idylliques passés dans sa famille, elle se languit de Paco, « mon premier et grand amour », pour reprendre ses termes. Elle ne tarde pas à s'enfuir avec lui, sans même prendre congé de son bienfaiteur. Le jeune couple (elle n'a que douze ans) part au Portugal.

*

À Lisbonne, Caroline découvre qu'elle est enceinte, mais décide de ne rien dire à Paco. Ils coulent des jours heureux jusqu'à ce que les gendarmes les retrouvent et renvoient Caroline chez sa mère tandis que Paco Coll s'enfuit à Barcelone. Le retour de Nina (comme l'appellent ses proches) à Valga est un nouvel épisode malheureux. Carmencita se montre toujours aussi cruelle. Au cours d'une dispute, Nina lui avoue sa grossesse. Sa mère la gifle et l'insulte, si bien que le lendemain, sans un centime en poche, la petite part non pas à Barcelone – ce qui serait logique puisque son fiancé s'y trouve –, mais à Lisbonne, dans l'hôtel où elle a vécu son histoire d'amour avec le jeune homme. Elle justifie cet acte comme suit : « J'ai pensé que je pourrais aller directement à l'hôtel où j'avais demeuré avec Paco car le directeur de l'hôtel était très gentil. Il me connaissait et il me recevrait sûrement. Je lui dirais que je venais y attendre Paco, mon fiancé. Après, on verrait bien ! »

*

Même dans ces souvenirs mensongers, le destin de la Belle suit toujours un cours très… « otérien ». Caroline raconte à sa biographe qu'elle a eu la chance de rencontrer à hôtel un imprésario de théâtre qui, remarquant sa beauté et son talent, lui propose de manière désintéressée de débuter comme soliste (!) et d'inclure dans son spectacle un numéro spécial où elle dansera et chantera *La Gran Vía*, une *zarzuela* très en vogue à l'époque. Caroline Otero se produit donc au théâtre Avenida à Lisbonne et remporte un véritable succès. Peu après, la chance « otérienne » frappe à nouveau à sa porte. Dans ses Mémoires, cette gamine de onze ou douze ans, appelée à posséder par la suite la plus belle collection de bijoux du monde, affirme qu'un jour elle se promène dans les rues de Lisbonne quand, soudain… « je me suis arrêtée devant la boutique d'un bijoutier. […] Il y en a qui regardent avec convoitise un cornet à la crème, moi, c'était d'une *rivière** de diamants que j'avais envie ». Là, elle s'entretient très poliment avec un homme « d'une quarantaine d'années, à la figure sympathique ; qui portait des lunettes d'or et me regardait avec bienveillance ». Deux lignes plus bas, la fillette est endiamantée de la tête aux pieds puisqu'elle devient l'heureuse propriétaire non seulement d'un collier, mais aussi d'un diadème, d'une bague, d'un bracelet et de boucles d'oreilles en brillants. La Belle a recours à de délicieux euphémismes pour expliquer que le monsieur aux lunettes d'or n'est autre que Porazzo, le plus riche banquier de Lisbonne ! Il l'installe dans une maison meublée (« Qu'elle est jolie, cette petite mignonne ! » s'exclame la propriétaire avec la même bienveillance que son client. « Vous pouvez compter sur moi, monsieur, soyez assuré qu'elle sera bien installée et ne manquera de rien »). Et, en effet, Nina ne tarde pas à obtenir tout ce qu'elle désire. « Je me laissais gâter et j'avais pour mon protecteur à peu près l'affection qu'une fillette peut avoir pour un parrain qui la comble d'attentions et de cadeaux. Je ne l'aimais pas et je ne pouvais répondre à l'amour très passionné qu'il me témoignait que par une affection quasi filiale. […] J'avais un beau chien danois, au poil lisse et tout brillant qui s'appelait Black […]

[mais] je regrettais le théâtre avec ses émotions et ses succès. Puis, il faut bien le dire, je regrettais surtout Paco, dont je n'avais pas eu de nouvelles depuis bien longtemps. »

*

C'est justement parce que Paco Coll lui manque que Caroline quitte son bienfaiteur et prend le train pour Barcelone, sans oublier d'emporter avec elle tous les cadeaux et l'argent du banquier. Quelques jours plus tard, installée dans la ville (à seulement douze ans), elle engage une femme de chambre appelée Rosalie, « très hautaine et digne de sa coiffe de province ». Caroline, Rosalie et sa coiffe font très vite une apparition remarquée dans une loge du Palais de Cristal, que fréquente Paco. « Rosalie et moi fîmes sensation. L'attention des spectateurs était vivement attirée sur nous et en quelques instants, ma loge fut remplie de fleurs. »

« Qui cause tant de bruit ? » aurait alors demandé Paco, stupéfait de découvrir « sa » Nina. Paco et Caroline vivent à nouveau ensemble, mais « une inquiétude à présent commençait à m'obséder », écrit Mme Valmont sous la dictée de la Belle. « Je ne lui avais pas dit que j'étais enceinte. [...] Il me parut maintenant que l'heure était venue de lui faire cet aveu puisque environ *quatre*[1] mois étaient déjà passés. »

On ignore si, à l'écoute de ces retrouvailles ô combien romantiques, Mme Valmont a porté la main à son chapeau comme à chaque fois que la Belle lui relatait un épisode particulièrement truculent. Nul doute que toutes ces aventures ne la surprenaient guère. Vivre à Lisbonne avec Paco Coll, devoir regagner l'Espagne entre deux policiers, se faire mettre à la porte par sa mère, retourner

1. C'est moi qui souligne. *(NdA)*

au Portugal, débuter au théâtre, être entretenue par un banquier qui la couvre de diamants et lui permet d'amasser une fortune, quitter ce dernier pour partir à la recherche de son amoureux, le tout en quatre mois seulement, relève du domaine de l'inimaginable. Même l'empathique Claude Valmont aurait dû s'en rendre compte, mais peut-être la dame était-elle déjà trop impressionnée par la confession suivante pour prêter attention aux détails chronologiques.

« C'est à cette époque que je fus engagée pour chanter au Palais de Cristal et que je connus mon premier succès. [...] Encore si Paco se fût contenté de dépenser mon argent et qu'il eût continué à se montrer amoureux et tendre, j'aurais été moins malheureuse ; mais le mauvais garçon ne se montrait même plus gentil et ne se cachait guère pour faire la cour à d'autres femmes. [...] Je pensais souvent avec un grand bonheur à l'enfant qui allait naître et je voulais espérer que mon amant était aussi heureux que moi. Je voulais l'espérer... mais j'étais loin d'en être sûre. [...] Railleur, il me fit quelques allusions que je parus ne même pas comprendre. Alors il se tut, mais s'arrêta à une résolution dont il prit bien soin de ne pas m'avertir. Il profita de ce qu'un jour j'étais un peu souffrante pour me conduire chez une sage-femme, dont le métier était plutôt de faire des anges. Sans être avertie de quoi que ce soit, je fus endormie au chloroforme. Lorsque je me réveillai, je souffrais atrocement et je fus très malade pendant trois jours. J'en ai toujours voulu à Paco d'avoir agi traîtreusement à mon égard et ce fut mon premier grief contre lui. »

Les fantômes de la petite Agustina Otero

Nice, 8 avril 1965, 19 heures.

C'est vrai. J'ai raconté tous ces mensonges romantiques sur mon adolescence et la façon dont je suis montée sur les planches à Mme Valmont, en 1926. D'aucuns se diront que l'histoire est tragique, mais pas autant que la vérité. Heureusement pour moi, j'ai vite compris le genre de tragédie qui émouvait le public. Les gens aiment les petits malheurs, les drames aigres-doux et rédempteurs qui leur permettent d'imaginer ce qu'ils auraient plus ou moins fait à la place de l'héroïne. Les amours contrariées émaillées des souffrances ordinaires que sont l'injustice, la jalousie et la vengeance, la pauvreté et les contretemps, les font frémir.

En revanche, les drames authentiques qui laissent entrevoir la misère humaine et plongent le personnage dans la boue la plus abjecte arrachent tout au plus un cri horrifié à l'auditoire. Mais très vite, l'intensité de l'effroi se change en dégoût, puis en mépris. J'ai maintes fois vérifié ce phénomène. Il y a chez l'être humain un mécanisme qui lui fait fuir l'Atrocité avec un grand « A », comme si elle constituait un châtiment divin, à croire que la victime est responsable de sa malchance et doit purger sa peine. Voilà pourquoi je n'ai jamais dit la vérité, qui a cependant filtré à travers des témoignages indiscrets. Pourtant, j'ai toujours gardé le silence sur la naissance d'Agustina Otero Iglesias, fille naturelle d'un ravaudeur de parapluies et d'une mendiante de Valga, mère de cinq autres enfants aussi bâtards et misérables que moi. J'ai toujours caché notre existence pouilleuse et me suis bien gardée d'aller dire que nous dormions avec les bêtes et que, toute petite, j'ai vécu un drame qui a marqué ma vie.

Comme on l'a vu plus haut, j'ai raconté à Mme Valmont qu'on m'avait forcée à avorter, belle invention ne contenant pas l'ombre d'une vérité car la Belle Otero avait connu un sort bien différent. Les fantômes de la petite Otero que je vais à présent invoquer sont ceux qui me hantent le plus dernièrement. Tiens, Garibaldi, j'enlève le tissu sur ta cage. Toi qui as déjà vu ces spectres, veille un peu avec moi, approche que j'aie un peu de compagnie pendant qu'ils me parlent.

Quand je leur lâche la bride, les fantômes de la petite Otero évoquent un soir d'été, à Valga, en 1879. Je rentrais chez moi chargée de pommes de pin et de quelques quignons que les voisines m'avaient donnés. Mon destin malheureux m'a fait croiser la route de Venancio Romero, surnommé Conainas, un cordonnier âgé de vingt-cinq ans qui habitait un village voisin.

Les villageoises dirent par la suite qu'il m'avait vue danser dans la rue avec mes amies et m'attendait dans un bois de sapins situé à droite de la côte de Terroeira, sur le chemin qui mène à Requeixo. Il était près de minuit, la lune brillait, j'avais dix ans.

La véritable enfance de la Belle Otero

S'il n'existe aucune preuve attestant le passage de Caroline dans une école de jeunes filles, à Lisbonne ou à Barcelone, un document officiel rend compte du viol dont Agustina Otero Iglesias fut victime le 6 juillet 1879 aux abords de son village. Perdu pendant de nombreuses années, ce procès-verbal a été retrouvé par le poète Celso Emilio Ferreiro dans les années 1940. Ferreiro, qui devait par la suite devenir l'un des poètes les plus reconnus de sa génération, raconte qu'il a découvert le papier « par hasard, juste avant que le chiffonnier ne l'emporte à l'usine de récupération ». Il lut la description du viol de celle qui était alors devenue à Paris une étoile mythique avant de le remettre à Prudencio Landín, journaliste spécialisé dans les affaires criminelles au *Faro de Vigo*. Conscient de la rareté du document, Landín en publia un résumé dans lequel il avait supprimé les « parties les plus choquantes » :

> C'était en 1879. Une mère désolée se présenta au tribunal de Caldas de Reyes en disant que, dans la nuit du 6 juillet, sa fille avait été sauvagement agressée sur un chemin isolé. Une instruction fut ouverte par le juge Juan Puig Vilamora. La police se rendit dans la modeste maison où vivait la victime. Les médecins José Benito Vázquez et José Francisco Vázquez l'exa-

minèrent et firent un rapport qui établissait que le viol avait été si brutal que « la décence ne permet pas de le décrire en détail ». La fillette était dans un état alarmant. Elle délirait, manifestement sous le choc.

Dans le paragraphe suivant, le journaliste évoque la déclaration de la victime en ces termes :

> La petite fille était âgée de dix ans. Nous avons lu son récit minutieux des faits. Dans le procès-verbal, elle déclarait que la seule profession qu'elle exerçait était celle de mendiante. Ce soir-là, elle portait le petit panier où elle amassait les quignons de pain qu'on lui donnait par charité. Le viol fut commis entre 22 et 23 heures. En entendant crier au secours, deux femmes qui se trouvaient dans les parages accoururent sur les lieux du drame et constatèrent que le criminel – qu'elles connaissaient bien – avait pris la fuite. Elles soulevèrent le corps de la malheureuse enfant, qu'elles ramenèrent chez elle, craignant qu'elle ne mourût en route car elle était dans un état grave. Malgré des recherches approfondies, la police ne put retrouver le coupable, qui avait quitté la région et était sans doute parti aux États-Unis.

La description de Venancio Romero qui figure dans le rapport de police est la suivante : « Cheveux châtains, barbe rousse bien fournie, nez aquilin, yeux marron clair, teint pâle, taille normale, pantalon à carreaux noirs, veste et gilet de drap mélangé, chemise colorée, chapeau melon, bottines. »

Les papiers officiels ne donnent pas davantage de précisions. Que s'est-il passé ensuite ? Qu'est devenue la fillette ? Où l'a-t-on soignée ? Comme Caroline Otero a toujours refusé d'évoquer cet épisode, ses biographes avancent différentes versions. Parmi toutes celles que j'ai pu lire au cours de mes recherches, la plus intéressante me semble être la description de Borobó (pseudonyme de Raimundo García Domínguez), auteur d'un petit ouvrage intitulé *La tremenda infancia de la Bella Otero*[1]. Aujourd'hui âgé de quatre-vingt-cinq ans, Borobó en avait soixante lorsqu'il a mené son enquête. Sachant que bien des personnes qui avaient connu la Belle étaient encore de ce monde, on peut estimer que ses recherches se fondent sur des témoignages fiables. Il raconte :

> Après ce terrible événement, la petite fut emmenée à la Casa de la Gina, une taverne populaire qui existe toujours à Valga. Elle y resta deux jours. Les médecins étant incapables d'arrêter l'hémorragie, ils décidèrent de transférer la fillette au Real Hospital de Compostelle. La petite parcourut à cheval les trois lieues qui séparent Valga de Saint-Jean-de-Compostelle. Il semble incroyable que, dans son état, elle ait survécu à cet épouvantable voyage.

On pense donc que la future Belle Otero a guéri des multiples lésions que lui a infligées son violeur, entre autres une fracture du pelvis et des déchirures si profondes qu'elles l'ont rendue stérile. Borobó explique qu'en cherchant à démêler le vrai du faux parmi les témoignages recueillis, il a passé en revue les registres du Real Hospital de Compostelle de l'année 1879, mais aussi des précédentes et des suivantes sans trouver trace d'Agustina Otero. Mais il affirme avoir rencontré un vieillard de Valga, Juan Soneira, qui se rappelait avoir vu « un soir lointain la fillette rentrer seule chez elle, tenant à la main le misérable balluchon d'une malade guérie depuis peu ».

1. Littéralement : « La terrible enfance de la Belle Otero ». *(NdT)*

*

Comme Borobó, j'ai moi aussi échoué dans mes tentatives de savoir où Agustina avait été internée. Borobó, avec qui j'entretiens une relation très cordiale, m'a suggéré d'aller vérifier si, avant de regagner Valga avec son « misérable balluchon », Agustina n'avait pas séjourné dans un couvent d'oblates qui se trouve à Compostelle, tout près du Real Hospital. C'était une hypothèse intéressante. Ces religieuses recueillaient des femmes « de mauvaise vie », autrement dit des prostituées et des filles mères. Il était donc fort possible qu'elles aient accepté une enfant indigente victime d'un viol pour veiller sur elle pendant ses longs mois de convalescence. M'appuyant sur le fait que tout mensonge comporte un fond de vérité, je pensais que certains épisodes relatés dans les souvenirs de la Belle – les mois passés dans « l'école de jeunes filles » où les directrices la faisaient trimer ou bien l'histoire du ragoût au rat – avaient pu avoir lieu dans un décor similaire, mais beaucoup plus modeste, comme un couvent pour femmes dévoyées.

Agustina n'est pas allée chez les oblates pour la bonne et simple raison que le couvent n'a ouvert ses portes qu'en 1882. Il n'y a pas trace d'elle dans les archives d'autres institutions caritatives, ni à la maison de Bienfaisance, ni à l'hospice Altas y Bajas ou chez les Petites sœurs des pauvres… Son nom ne figure pas dans les registres des douze institutions que j'ai visitées. La fillette était peut-être de constitution assez forte pour s'être remise toute seule de blessures aussi graves, ce qui concorderait avec sa légendaire bonne santé rudement mise à l'épreuve par des nuits blanches épiques passées à consommer de l'alcool et sans doute une ou deux drogues à la mode dans le Paris galant de la Belle Époque. Il est également possible qu'on ait volé le document attestant son séjour dans un établissement consacré aux bonnes œuvres. C'est le cas de la plupart des lettres, certificats ou autres paperasses la concernant.

Ce qui a trait à la Belle a toujours éveillé un intérêt maladif de la part de biographes ou de simples fétichistes. Il y a encore quelques années, il était si facile de chaparder des documents en toute impunité que les jeunes années de Caroline Otero demeurent désormais dans le flou le plus complet. Elle aussi victime d'un vol par un biographe un peu trop enthousiaste, Elena Otero, la petite-nièce de Caroline, était encore en vie quand je me suis rendue à Valga. Elle m'a appris qu'après le viol, Agustina avait dû supporter les ragots qui, à l'époque, couraient bon train quand on perdait sa virginité. La jolie mendiante s'était attiré le mépris de tous les villageois. Les riches la regardaient avec dédain et les pauvres, dans leur ignorance, en étaient arrivés à la conclusion qu'on l'avait violée parce qu'elle l'avait bien cherché. Les hommes estimaient que les danses lascives d'Agustina étaient plus féminines qu'enfantines. Ses déhanchements avaient affolé Venancio Romero. Quant à leurs épouses, certaines disaient savoir de source sûre que la fillette avait été déflorée bien avant cette funeste soirée.

L'Ombre pose trop de questions

Nice, 8 avril 1965, 19 h 30.

Tu vois, Garibaldi ? On ne peut pas m'accuser d'avoir oublié les miens et de m'être inventé une enfance très éloignée de la réalité. Je vois d'ici la tête qu'aurait faite Mme Valmont si elle avait su qu'une des courtisanes les plus célèbres de son temps, *demi-mondaine** convaincue qu'Éros gouvernait sa vie, n'était en vérité qu'une fillette meurtrie cherchant à régler de vieux comptes… Regarde, Garibaldi. Tu remarques le fantôme de ce corps minuscule qui supporte ses blessures douloureuses et le poids du mensonge ? Bien sûr que tu le vois. Il fait mal, n'est-ce pas ? Même maintenant, alors que mon heure est proche et que presque plus rien ne m'importe, les souvenirs de Nina Otero m'angoissent. Mais je continuerai de les évoquer. Pas pour toi, Garibaldi, oiseau idiot et déplumé. Les confidences les plus terribles n'ont nul besoin de l'inutile compassion de témoins. Je le ferai pour cette ombre sur le mur, qui est non seulement belle, mais muette et aveugle. Je veux qu'elle se rappelle quel était le véritable but de sa vie (de la mienne) quand, au sommet de sa gloire, elle se laissait peut-être abuser comme tant d'autres personnes. Je veux qu'elle sache, ou plutôt qu'elle se souvienne de la force qui a permis d'animer une aussi belle statue.

« La vengeance, ma chère, lui dis-je en la regardant fixement, est plus forte que l'amour et aussi dévastatrice que la passion. » L'ombre s'inquiète. Je dirais même que son menton tremble un peu. Par moments, il s'allonge au point de ressembler à celui d'une vieille femme aux chairs flasques. Allons, reviens, mirage. « Je ne te raconterai rien que tu ne saches déjà », dis-je à l'Ombre pour la rassurer. Je poursuis.

Si je n'ai révélé cette histoire à personne, ce n'était pas par crainte de remuer le passé mais parce que je doutais qu'on puisse comprendre qu'une fois remise de ses blessures, exposée au qu'en-dira-t-on, le seul plaisir de la petite Agustina consistait à continuer de danser pour plaire aux hommes. « Cette effrontée cherche encore à se faire violer », disaient les commères de mon village. Ces vieilles biques étriquées savaient-elles seulement que, lorsqu'on n'a plus rien à perdre, on a tout à gagner ? Pourquoi aurais-je détesté les hommes ? Je n'ai jamais songé à me cacher d'eux, pas même quand leurs yeux avides se posaient sur moi ou que mes os enfantins accusaient encore le coup qui venait de me frapper. Au contraire, jusqu'à ce que je quitte Valga, j'ai dansé dans la pinède et dans la rue, me déhanchant comme la femme que j'étais devenue avant l'heure. Et tout en agitant ma jupe miteuse, je me jurais que puisque les hommes m'avaient dépouillée de tout ce qui fait la fierté de mon sexe, y compris de la possibilité d'être mère, je leur volerais à mon tour leurs attributs les plus précieux. « Regardez-moi, désirez-moi, je vous prendrai votre dignité en échange de mon honneur. Je vous ferai payer ma peur en devenant maîtresse de votre orgueil et même de votre volonté. » Ma jupe en haillons virevoltait sans rien leur révéler de mes intentions, mais chacune de mes cambrures disait ces mots, comme le diraient plus tard d'autres robes, d'autres jupons plus beaux et plus coûteux. « *Venez, venez, monsieur le comte, et vous aussi, altesse**, l'amour est un jeu. *Faites vos jeux... les jeux sont faits**. Venez, osez, pariez, sentez le plaisir qu'on a de posséder la plus belle femme du monde. Vous pensez pouvoir remporter cette partie ? Vous vous trompez. L'amour ressemble trop au baccara. Pour gagner, il faut garder la tête froide. Mais... je vous en prie, essayez quand même, mon ami. Les jeux sont ainsi faits. Osez. Après tout, la chance aime parfois être tentée... quoique, pour être tout à fait franche, je suis prête à parier que la petite Agustina vous prendra votre cœur, *monsieur**, votre argent, vos bijoux et aussi votre virilité. *Je prendrai aussi vos larmes, cher prince**, car rien n'est assez précieux en échange de ce ventre que vous avez à jamais rendu stérile. »

Franchement, je m'étonne que personne ne sache lire un message aussi clair exprimé par des jupes qui bouillonnent avec toujours plus d'audace à mesure qu'elles comprennent combien il est facile de gagner. De l'amour ou du hasard, qui est le plus fort ? Les palpitations du sexe ou l'inimitable crépitement d'une boule d'ivoire à la roulette ? Tous deux sont des jeux qu'on dit semblables, bien que je n'aie pas été aussi chanceuse au jeu qu'en amour. Autrefois, il s'est trouvé quelqu'un – il fut le seul et, heureusement, je crois me rappeler qu'il s'agissait d'un être assez insignifiant – pour insinuer que je substituais un plaisir à un autre. « La Belle éprouve aux tables de jeu ce qu'elle feint admirablement de ressentir au lit », a écrit l'un de ces plumitifs qui étaient légion au début du siècle. Qui était-ce ? Je ne m'en souviens plus... Je ne pense pas que c'était le grand Gabriele D'Annunzio, qui m'adorait, ni le timide Proust auquel j'ai inspiré le personnage d'Odette, ni même ce jeune poète patriotique, José Martí, qui est tombé amoureux de moi en me voyant danser à New York et a décidé de me faire figurer dans son poème le plus célèbre[1]. Je ne crois pas non plus que ce soit Colette ou Valle-Inclán, qui m'ont si bien dépeinte dans leurs livres : « La Belle éprouve aux tables de jeu ce qu'elle feint admirablement de ressentir au lit… » Non, ne dis rien, Ombre. Oublions cela. Je ne voudrais pas que ton joli cou tremble à l'évocation de cette passion qui est parvenue à t'embraser : *le rouge, le noir, le rouge**… Je peux voir ta silhouette sur le mur. Le désir te fait défaillir, Ombre, *pair, impair, et manque**… Ça suffit. N'y pense plus, tout est fini. Jamais plus tes pupilles ne s'enflammeront à l'idée de dominer le hasard. Ce fantôme-là est mort lui aussi. Parlons plutôt de l'Amour, art dans lequel tu étais passée maître.

Mais l'Ombre insiste, laisse tomber sa jolie tête en avant comme pour dire : « Qui qu'il soit, cet écrivaillon avait raison. Comment avons-nous fait pour gagner au lit et tout perdre sur le tapis vert ? »

Je n'ai pas l'intention de lui répondre. Le mieux serait de baisser la persienne pour qu'elle cesse de nous embêter. Pas vrai, Garibaldi ? Je ne comprends pas pourquoi ce mirage dure si longtemps. En général, c'est une vision rapide et fugace comme un spectre. Aujourd'hui, par contre… Va-t'en, Ombre. Même pour Garibaldi, la réponse à ta question est évidente : en amour comme au jeu, seuls gagnent ceux qui ne se laissent pas emporter par la passion. Voilà pourquoi en donnant son corps sans jamais compromettre son âme, on connaît l'incomparable

1. Il s'agit du très célèbre poème de José Martí, connu comme *la Guantanamera*. La dixième strophe se réfère à la Belle Otero : *Ya llega la bailarina/Soberbia y pálida llega :/¿ Cómo dicen que es gallega ?/Pues dicen mal : es divina* (« Voici la danseuse/Elle est pâle et fière :/Pourquoi dit-on qu'elle est galicienne ?/On se trompe : elle est divine »). *(NdA)*

ivresse de pouvoir dominer un autre être humain, un entêtement bien plus enivrant que le besoin d'aimer. Au jeu, en revanche…

Tu me fais perdre patience, Ombre. Les mirages sont agréables tant que leurs visites sont courtes, or je trouve qu'aujourd'hui tu tardes à disparaître. Que faisons-nous ici, à parler de choses que nous connaissons toutes les deux par cœur ? Le pouvoir… l'amour… le jeu… Comme le disait notre amie Colette, ce sont les trois pieds d'un même banc. Lequel est le plus fort ? Certainement pas le deuxième, Ombre. La petite Agustina n'a pas, n'a jamais aimé personne. Pour se défendre de l'amour, il lui suffisait de se rappeler la douleur de sa chair outragée ou de regarder sa mère qui, à vingt-quatre ans, s'était vu infliger par le ciel six enfants de pères différents. Maintenant, je veux que tu partes. Je vais baisser la persienne avant que le soleil décline et allonge ton ombre pour te faire perdre ta beauté et te redonner l'apparence d'une vieillarde qui se complaît à soliloquer. Allez, va-t'en. Il est temps que je dîne. Voyons un peu quelle triste soupe d'ail et quelle viande coriace et réchauffée composent ce soir le menu de la Belle Otero.

L'amour d'une joueuse

Nice, 8 avril 1965, 20 heures.

L'ombre sourit comme si elle ne voulait pas donner crédit à mes paroles, comme si, à force de faire semblant, elle avait fini par croire à toutes les passions qu'elle, que nous avons mises en scène pour le bonheur des autres. Comme si cette idiote n'arrivait pas à concevoir qu'une grande courtisane n'ait jamais été amoureuse. À moins que je l'aie été et ne m'en souvienne plus.

« Allez, ma vieille, semble-t-elle me dire, inutile de mentir à ton ombre. Avoue que tu as aimé au moins une fois. Tu es une tricheuse avertie mais tes actes te trahissent. Les chroniques de l'époque ont vanté ta nature passionnée. De terribles récits décrivaient tes scènes de jalousie maladive qui n'avaient rien à voir avec les histoires à l'eau de rose que tu as racontées à Mme Valmont. À l'époque, les journaux disaient de toi : "La Belle vit des amours tumultueuses qui ont failli lui coûter la vie..." ; "La Belle a tenté de se suicider avec du laudanum". Il y a aussi les témoignages des hommes qui t'ont aimée. Ils ont fait ta réputation en affirmant que le meilleur de toi était tes accès de colère et ton talent si diabolique qu'à tes côtés ils se sentaient uniques au monde. Bien sûr, tu as été amoureuse, sans doute plus que n'importe qui d'autre. On ne fascine pas autant en se contentant de feindre,

Caroline, ou devrais-je plutôt t'appeler Agustina ? Ah, je crois que je commence à comprendre l'énigme : tu es peut-être deux personnes différentes dans un même corps. La petite Agustina qui séduit par vengeance, et Caroline, la femme qui aime avec passion. »

*

Décidément, cette ombre est stupide. Je vais aller peler quelques pommes de terre et mettre la soupe sur le réchaud à gaz. Rien ne vaut la routine quotidienne pour effacer les mirages des heures de gloire. Si je me lève, je ne verrai plus l'ombre, elle s'évanouira, mais... si elle décidait de partir pour toujours ? Si elle ne venait plus me rendre visite ? Avec qui parlerai-je ? Toi, Garibaldi ? Non, *paxariño*[1], nous avons partagé trop de moments solitaires. Je préfère ne pas bouger pour éviter qu'elle me quitte. Je vais rester ici, calmement, assise sur le lit. Autant le dire : j'aime la voir, j'aime me voir telle que j'étais, même si elle pose des questions ridicules.

Écoute-moi, Ombre, lui dis-je en la regardant bien en face et en m'armant d'une patience qui me fait généralement défaut. Je n'ai jamais été folle et je ne compte pas sombrer dans la démence parce qu'un mirage sur le mur me pousse à trop parler de faits qui ont eu lieu voici près de cent ans. Comme je te l'ai déjà dit, nous ne sommes pas deux ; Agustina d'un côté et Caroline de l'autre. Je n'ai jamais cru à ces fariboles de la psychologie, comme on désigne aujourd'hui cette science qui s'acharne à diviser l'être humain en deux ou trois personnalités distinctes. Désormais, seuls les fantômes de la petite Agustina perdurent. Tu sais bien que j'ai tué les autres et j'espère que tu n'as pas l'intention d'aller les réveiller. À quoi bon évo-

1. « Petit oiseau » en galicien. *(NdT)*

quer sans cesse ce qu'on a été et qui est à jamais révolu ? Pourquoi me rappeler ma gloire ? Je m'entends bien avec les spectres de mon enfance. Ils ne détonnent pas dans mon existence actuelle. Deux vies misérables sont deux vies misérables. Je trouve donc normal que ces fantômes aient pris d'assaut cette triste chambre d'un hôtel meublé de la rue d'Angleterre. Quel genre de visiteurs peut espérer une vieille femme comme moi ? Des oiseaux venant parfois se poser sur le balcon, des ombres sur le mur ou ses propres fantômes. Ils m'accompagneront jusqu'à ma dernière heure, même s'il m'arrive de plus en plus souvent de soupçonner la Mort de m'avoir oubliée. Qu'attend-elle ? Elle veut peut-être que la Belle Otero s'éternise à l'hôtel Novelty, un nom très prétentieux pour une modeste pension, sans plus d'admirateurs que les pigeons qu'elle nourrit sur son balcon et qui sont moins attirés par ma pitoyable personne que par le chant d'un canari.

*

Il se peut que ma situation soit encore pire que cela, que je sois morte et déjà en enfer. Oui, c'est probable. Quelle meilleure punition que de se voir vivre misérablement dans une ville qui était autrefois à mes pieds, en sachant que tous ceux qui m'ont aimée sont morts, hantée par des souvenirs lointains, avec pour seule consolation d'entrevoir l'ombre de la femme que j'étais ? Des spectres. Je préfère les appeler ainsi, c'est plus distingué même si ce sont les images les moins reluisantes de ma vie, celles d'Agustina Otero, une fillette de Valga qui a un jour séduit son destin avec indécence.

*

« Séduire son destin avec indécence... » ; « affoler les hommes... ». Je souris encore en évoquant ces phrases qui devaient m'éloigner définitivement de mon village natal. « Regardez-la, disaient les bonnes gens de Valga en me voyant danser entre les pins, *a rapaciña ten una fermusura diabólica que atrae asta a Santa Compaña*[1], et elle en a conscience… » Quelles vaines paroles! À l'époque j'étais comme toi, Garibaldi. À peine un peu plus qu'un petit animal sauvage. Qu'aurais-je pu comprendre à l'utilisation de la beauté? M'étais-je déjà regardée dans une glace? Connaissais-je la couleur de mes yeux et la brillance de mes cheveux? Comme tous les miséreux, la fillette que j'étais n'avait pas idée de son physique. Les eaux de la rivière étaient ce qui s'apparentait le plus à un miroir. Elles me renvoyaient des reflets de vif-argent, comme le savent tous ceux qui s'y sont penchés. Cela me fait penser au mythe de Narcisse. Ce médecin autrichien si en vogue a tout confondu en faisant croire aux gens qu'on pouvait tomber amoureux de son propre reflet. Moi, je vous dis qu'il est impossible de distinguer dans l'eau autre chose qu'une silhouette tremblante. Voilà pourquoi les pauvres de ma génération ignoraient jusqu'aux traits de leur visage.

*

J'interromps ici le récit de la Belle pour signaler un fait qui a attiré mon attention alors que je marchais sur ses traces. Quand on étudie la vie de quelqu'un, on fait des découvertes dont on n'a pas conscience mais qui changent notre vision de cette personne et de son comportement. Tout le monde sait que, pour écrire une biographie, il faut tenir compte du contexte historique. J'ai appris qu'il était encore plus nécessaire de connaître une foule de petits détails quotidiens rarement consignés

1. « La gamine a une beauté diabolique qui va jusqu'à attirer la compagnie divine » en galicien. *(NdT)*

dans les livres d'histoire. Lorsque Agustina cherche à expliquer son innocence en parlant de la méconnaissance qu'elle avait de son corps, il me vient à l'esprit un extrait de *L'Histoire de la vie privée*, de Philippe Ariès et Georges Duby. Dans le tome consacré à la fin du XIXe siècle, on peut y lire :

> Il faut déplorer l'absence d'une grande étude de la diffusion et des modes d'utilisation du miroir [dans l'Europe de l'époque]. Dans les villages du XIXe siècle, seul le barbier possède une véritable glace, réservée à l'usage masculin [...] mais la campagne ignore les glaces dans lesquelles on perçoit la silhouette en entier. Chez les paysans, l'identité corporelle continue de se lire dans les yeux d'autrui, de se révéler par l'écoute d'une perception intérieure.
> Comment vivre dans un corps qu'on n'a pas vu ? [demande Véronique Nahoum dans cet ouvrage]. Cela nous semble incompréhensible. Dans un monde aussi visuel que le nôtre, il est à peine concevable que, cent ans plus tôt, 99 % des êtres humains n'avaient jamais vu leur corps, avec tout ce que cela peut entraîner dans la façon d'être des personnes et la configuration de leur personnalité.

Considérant cette réflexion, il n'est pas incongru de penser que l'ignorance et l'accusation d'une chose qui échappait à une fillette de dix ans aient influé sur le caractère indomptable de Caroline et sur sa décision de quitter Valga.

De Valga à Marseille

À compter du jour où elle quitte Valga et jusqu'en 1880, lorsqu'elle connaît ses premiers succès sur scène, nous ne disposons pas de renseignements fiables sur la vie de la future Belle Otero. Dans les Mémoires qu'elle a dictés à Mme Valmont, Caroline parle d'un fiancé appelé Paco Coll, de sa fugue au Portugal, de ses débuts à Lisbonne, puis à Barcelone, et d'une grossesse. Rien de tout cela n'est vérifiable. Quant à la grossesse, elle est tout bonnement impossible d'après les examens médicaux de la fillette après le viol. Comment est-elle parvenue en quelques années à devenir l'une des étoiles les plus prometteuses de son temps ? Comment, et avec qui, s'est-elle échappée de Valga à l'âge de douze ans ? Je me suis employée à cerner Caroline à travers des témoignages plus ou moins directs recueillis dans le seul endroit susceptible de me donner une piste, à savoir son village natal, dans la province de Pontevedra.

Voici les informations que j'ai glanées après quelques jours pluvieux à Valga :

Valga est un petit village qui compte cinq paroisses : Campaña, Cordeiro, Setecoros, Valga et Xanza. Les photographies prises il y a quelques décennies montrent un triste coin perdu avec des maisons de pierre. L'endroit a beaucoup changé depuis. Celui qui s'y rend aujourd'hui pour y chercher la trace de Caroline Otero découvrira de belles constructions de brique, des gens gais et ouverts, toujours fiers de parler de la célébrité du village, contrairement à leurs aïeux, qui en avaient honte. À la mairie, Mon et Mari Carmen, chargés des affaires culturelles, tentent d'en finir une bonne fois pour toutes avec les tabous qui ont pendant des années fait de l'ombre à la Belle. Récemment, sur leur initiative, une coopération entre la municipalité de Valga et celle de Nice a été amorcée afin de rassembler des documents et des objets dans l'intention d'édifier un petit musée. Malheureusement, ils n'ont pas collecté grand-chose : ni papiers, ni lettres, et pas davantage d'affaires personnelles. Quant aux témoignages sur l'existence de Caroline après sa fuite de Valga, ils divergent ou sont le produit d'imaginations trop fertiles. Certains estiment qu'elle a été servante chez un médecin (l'épisode qu'elle relate dans ses souvenirs sur son séjour chez un docteur de Pontevedra, qu'elle a quitté pour partir avec Paco, n'est peut-être pas une coïncidence). D'autres pensent qu'elle s'est prostituée et s'est vite retrouvée dans un établissement mal famé de Pontevedra, où elle touchait un salaire de misère pour danser et passer un moment avec les clients. Ses plus proches parents, Juan Manuel et Elena Otero, deux de ses petits-neveux qui vivaient encore lorsque je suis allée à Valga, sont persuadés que la vérité est bien différente. Ils croient que, vers 1880, leur grand-tante a suivi l'une des nombreuses troupes de comédiens ambulants qui se produisaient dans la région. Elena Otero raconte que la mère de la Belle (qui s'appelait effectivement Carmen même si elle n'était ni gitane ni andalouse) s'était plainte de ce que sa fille avait disparu sans prendre congé d'elle et de ses frères et sœurs. Un beau jour, plus personne n'a eu de ses nouvelles, bien que beaucoup s'accordent à dire qu'un ou deux ans après son départ, des femmes du village l'avaient aperçue.

L'histoire veut qu'Agustina, qui à l'époque se faisait déjà appeler Caroline (elle avait adopté le prénom d'une de ses sœurs décédée avant son baptême, sans doute pour s'assurer bien inutilement que sa mère ne la ferait pas rechercher car elle était mineure), ait profité du passage de la caravane d'artistes et de saltimbanques dont elle partageait l'existence aux abords de son village pour s'en approcher. Tandis que les roulottes traversaient le pont, elle se pencha sur le garde-fou et attira l'attention des femmes qui lavaient du linge près de la rivière. Elle les pria tout d'abord de ne parler à personne de cette rencontre tant qu'elle n'aurait pas disparu. Elle leur lança ensuite deux jolis vêtements brodés (dans d'autres versions, il s'agit de chemises de nuit) en leur demandant d'aller les porter à sa sœur cadette. Après quoi – sans laisser aucun message pour sa mère –, elle rentra à l'intérieur de la roulotte comme si elle craignait que quelque chose ou quelqu'un ne la retienne à Valga.

Le second contact de Caroline avec sa famille a eu lieu près de quatre-vingts ans plus tard. En 1959, Elena Otero envoya à sa grand-tante âgée et ruinée une lettre où elle lui proposait de venir passer ses vieux jours chez elle. Six mois plus tard, elle reçut l'une des trois lettres manuscrites [1] que la Belle aurait dictées à un secrétaire. L'original, conservé pendant des années par Elena, a été prêté à un biographe un peu trop… passionné par son sujet d'étude, José Piñeiro Ares, qui ne l'a jamais rendue à sa propriétaire sous prétexte qu'on la lui « avait volée », mais il l'a reproduite dans son livre :

1. Les deux autres lettres datent des années 1950. L'une est adressée au maire de Valga pour lui annoncer l'intention de Caroline Otero de léguer sa fortune (déjà inexistante), aux pauvres de son village ; l'autre à son avocat, auquel elle demande un conseil juridique. *(NdA)*

Nice, 21 juin 1959

Mme Elena Otero
Puentecesures

Madame,
En réponse à votre lettre du 14 janvier 1959, qui est la seule que Mme Caroline Otero ait reçue. Elle ne vous a pas répondu plus rapidement car elle était hospitalisée dans une clinique pour une maladie grave. Notre retard est dû à l'interdiction du médecin de lui transmettre du courrier. Pour ce qui concerne son testament, elle a en effet pris ses dispositions pour léguer sa fortune aux nécessiteux de son village, mais elle va encore réfléchir, bien que la famille Otero ne se soit jamais souvenue de son existence. Il se peut qu'elle fasse un geste. Je vous écris ces mots que me dicte Mme Otero, dont je vous transmets, à sa demande, les salutations les plus cordiales.

Le secrétaire
E. MARTÍNEZ

On constatera que Caroline, toujours aussi menteuse, se cache derrière un « secrétaire » pour exprimer un certain dédain et de la rancœur envers sa famille. Je dois dire que, lorsqu'on devient un « auteur en quête d'un personnage », on développe toutes les qualités d'un fin limier afin d'exploiter les pistes utiles. Ainsi, quand j'ai lu cette lettre, j'ai été frappée de constater à quel point la signature ressemblait à celle figurant sur de nombreuses cartes postales anciennes. Au début, j'ai cru qu'elle avait écrit elle-même cette lettre et s'était inventé un assistant pour se donner de l'importance malgré son dénuement, mais après avoir consulté une graphologue, j'ai changé d'avis. Il est certain que l'écriture ressemble à celle des dédicaces de la Belle Otero, en particulier le « o » majuscule. Pourtant, les personnes qui lui ont rendu visite dans sa retraite niçoise – comme Alberto Oliveras, pour enregistrer une interview à la fin des années 1950 – affirment qu'elle parlait à peine l'espagnol. Elle maîtrisait le français avec un accent castillan quelque peu forcé, baragouinait l'anglais et même l'allemand car elle avait de grandes facilités pour les langues, excepté celle de sa patrie qu'elle n'utilisait qu'afin de donner une touche exotique à sa conversation, l'émaillant de temps à autre d'un « *¡ Caramba !* », d'un « *¡ Dios mío !* », et d'une flopée d'indispensables « *¡ Olé !* ».

Il est par ailleurs probable que la Belle Otero ait appris à écrire en France et non en Espagne. Dans son enfance, bien qu'inscrite à l'école du village où enseignait sa marraine de baptême, Josefa Cousiño, elle préférait aller danser que s'asseoir derrière un pupitre. Or cette lettre est écrite dans un espagnol correct. J'en déduis donc qu'un voisin de la rue d'Angleterre, sans doute un immigré que connaissait Caroline, a dû lui servir de secrétaire.

Pour en revenir au contenu de la missive, le ton méprisant et amer qu'adopte Caroline pour s'adresser à ses parents semble corroborer d'autres histoires que m'a racontées sa petite-nièce. Elena Otero affirme avoir entendu la mère de la Belle se plaindre que sa fille ne s'était jamais occupée d'elle, pas même au faîte de sa gloire. C'est certainement vrai car jusqu'à sa mort, en 1903, cette femme vivait toujours dans la cabane où Caroline avait vu le jour, une misérable construction de 36 mètres carrés. Comme souvent à l'époque, les membres de la famille, autrement dit la mère et ses six enfants (deux filles et quatre garçons), dormaient à l'étage pour profiter de la chaleur dégagée par les cochons, les moutons et parfois une vache qui occupaient le rez-de-chaussée. La maison natale de la Belle

Otero n'existe plus, mais on peut voir des masures similaires dans la rue qui, depuis quelques mois, porte le nom de son illustre habitante.

*

On peut probablement attribuer le manque d'intérêt de la Belle pour sa famille à quelque malheur d'antan. À en croire ses Mémoires, elle en voulait particulièrement à sa mère, à qui elle reproche ses adultères, sa méchanceté, sa jalousie, sa légèreté. Elle confie d'ailleurs à sa biographe qu'après le viol, Carmencita ne s'est même pas déplacée pour aller la voir à l'hôpital ou pendant sa convalescence. Mais ces réflexions ont également pour but de reléguer son enfance aux oubliettes afin de préserver la légende selon laquelle elle était andalouse et fille d'une gitane, qui pimentait si bien sa trajectoire artistique. Rien ne prouve qu'Agustina soit retournée à Valga après en être partie à l'âge de douze ans. Dans une interview accordée au *Diario Ilustrado* de Madrid quand elle était au pinacle, elle déclare qu'elle compte se déplacer pour « superviser les travaux de la grande villa qu'elle fait construire pour sa mère », mais aucun renseignement fiable ne confirme qu'elle s'est rendue en Galice. Quant à la villa, elle n'a bien entendu jamais existé. Certains habitants du village disent avoir entendu parler d'un voyage de Carmen Otero à Paris, où elle souhaitait rencontrer sa célèbre fille. Dans la rubrique « En voyage » du *Faro de Vigo* daté du 19 juin 1895, à côté d'informations concernant l'arrivée ou le départ d'autres personnalités, on trouve un article intitulé « La mère de la danseuse Otero » dont le texte est le suivant :

> Avant-hier, à la gare de Redondela, en partance pour Madrid et Paris, nous avons croisé la mère de la célèbre

> Caroline Otero qui a tant fait parler d'elle dernièrement. Pour voyager, cette dame avait revêtu les habits traditionnels de notre province.

Il est peu probable que cette visite ait eu lieu. Caroline, l'une des femmes les plus riches de son temps, n'aurait sans doute pas invité sa mère pour la renvoyer ensuite dans la misérable maison qu'elle partageait avec des porcs et des moutons. Les petits-neveux de la Belle nient tout contact entre la mère et la fille et affirment que l'envoi de bas de soie de Caroline à sa génitrice évoqué par un biographe est pure invention. Il existe cependant des photographies des bas en question, que j'ai préféré ne pas reproduire dans cet ouvrage car ils ressemblent plus à de la peau de lézard qu'à des dessous fins fabriqués à Paris. Le biographe affirme cependant avec insistance que Carmen les aurait donnés à un médecin parce qu'elle n'avait pas de quoi payer sa consultation.

Le détachement de Caroline vis-à-vis de sa famille se vérifie aussi dans ses souvenirs, quand elle évoque la visite de son frère Adolfo à Paris. Caroline se débarrasse de sa présence importune d'une manière très romantique : après s'être disputée avec le prince russe Pirievski, un aventurier passionné et l'un de ses plus fougueux amants, elle lui demande de lui prouver son amour en allant combattre aux côtés d'Adolfo à la guerre du Transvaal.

Un an plus tard, le retour du guerrier est relaté dans la rubrique « En voyage » de *La Verdad*, le journal de Cesures daté du 29 juillet 1900 :

> Adolfo Otero a été blessé par balle à la jambe. Deux mois de permission lui ont été accordés pour se remettre. Cesures lui souhaite la bienvenue.

Le mensonge était peut-être un trait de caractère commun aux Otero, car, comme le dit Caroline dans ses Mémoires, ni le prince Pirievski ni son frère n'atteignirent jamais le Transvaal : « Folle d'inquiétude, je remuai ciel et terre pour être renseignée et je finis par apprendre que Pirievski était bien tranquillement à l'abri et faisait la noce avec mon frère dans tous les lieux de débauche de Lourenço-Marquez. »

*

Je sais pertinemment que ces informations ne sont que de futiles anecdotes, mais elles aident à connaître le personnage et nous informent sur des faits curieux. Il est très étrange de constater que la vie d'une femme disparue il n'y a pas si longtemps puisse faire l'objet de tant de légendes et d'élucubrations. À Valga, j'ai non seulement entendu des versions contradictoires, mais aussi des dizaines d'informations et d'histoires apocryphes. Honteux de la vie débauchée de Caroline Otero, les habitants du village refusaient de parler d'elle et sont peut-être à l'origine des multiples histoires abracadabrantes qui circulent sur son compte. Dans le feu du silence, ils ont inventé en quelques années des récits comme celui des bas, allant même jusqu'à y inclure de fausses reliques, ou cet autre, que m'a raconté une femme avec force détails. En 1891, époque où la Belle Otero était déjà célèbre, l'une de ses tantes aperçut aux abords de Valga une voiture aux vitres tendues de rideaux verts dans laquelle voyageaient Caroline et un prince russe. L'attelage n'entra pas dans le village mais « s'arrêta devant ma tante, qui était couturière, et Agustina lui demanda si elle pouvait lui rendre un grand service », m'a dit cette femme. « Elle voulait qu'elle prenne la cape de velours rouge qu'elle portait et qu'elle en fasse un manteau à saint Roch, vénéré à l'église de San Salvador, dans la paroisse de Setecoros. » La tante de mon informatrice s'exécuta et adapta tant bien que mal la cape parisienne aux besoins de la sainte effigie, mais le curé de Setecoros refusa tout net d'en parer saint Roch qui, soit dit en passant car je l'ai constaté par moi-même, n'est qu'une modeste figure de stuc au manteau peint en rouge. Drapé dans une étoffe luxueuse, il aurait frisé le ridicule.

Qui passe à Valga se voit gratifié de dizaines d'anecdotes de ce genre, toutes censées être véridiques. Les témoignages abondent et chacun se fait un plaisir plus ou moins grand d'y aller de la sienne. D'aucuns certifient que leur grand-mère mendiait avec la Belle ; d'autres jurent les grands dieux qu'un de leurs aïeux fut le seul et unique amour de Nina ; enfin, il se trouve toujours quelqu'un pour parler de son oncle qui l'a vue voler des jupons à une voisine, « parce qu'elle ne manquait pas de culot ». Pourtant, la seule légende que j'aie pu vérifier à Valga est digne d'un roman de García Márquez. Si je devais lui donner un nom, je l'appellerais *Les Paillettes du père Carrandán*.

Les paillettes du père Carrandán

Évidemment, l'anecdote vient démentir l'avarice dont ses descendants taxent la Belle. Elle figure dans *La Terrible Enfance de la Belle Otero*, de Borobó, qui est certainement la personne qui en sait le plus long sur Caroline, ou tout au moins la plus honnête intellectuellement. Borobó a passé de nombreuses années de sa vie à collecter des informations sur la danseuse. Il a notamment recueilli des témoignages selon lesquels la Belle, une fois célèbre, aurait correspondu avec un curé du village, frère de sa marraine de baptême. J'aimerais ici faire un petit aparté pour expliquer qu'en plus d'être née de père inconnu, comme le prouve son acte de baptême, Caroline Otero n'avait pas de parrain, mais une marraine qui s'appelait Josefa Cousiño, une demoiselle de bonne famille chez qui sa mère avait été domestique. Josefa avait toujours aimé Nina qui, après le viol, l'appela au secours plutôt que sa mère, comme en témoigne le procès-verbal. C'est Josefa qui avait choisi son prénom en souvenir d'une de ses ancêtres.

*

En plus d'être une femme très charitable qui dirigeait l'école où la Belle avait appris très sommairement à lire et à écrire, Josefa était la sœur de Manuel Vicente Cousiño, un prêtre surnommé Carrandán. Après s'être compromis avec les carlistes, celui-ci était revenu au bercail. Malgré ses idées traditionalistes, c'était un homme assez ouvert, sans quoi ce que nous décrit Borobó et que j'ai eu le plaisir de vérifier n'aurait pu avoir lieu.

Le récit de Borobó s'inspire de *Bilis*, un ouvrage de Luis Bonafoux, réputé pour ses chroniques au vitriol et qui connaissait bien Caroline, et d'un article de Joaquín Pesqueira paru en 1943 dans un journal local :

> Ce curé, paix à son âme, était le père Carrandán, un carliste convaincu. [...]. Il recevait souvent des lettres d'Otero écrites en français [...] et distribuait à la famille de celle-ci et aux pauvres de sa paroisse l'argent et les vieux costumes de scène que l'artiste lui envoyait. [...]. Carrandán admirait et appréciait avec une sincérité non feinte les actes de charité de Caroline Otero. « *É muito mellor*[1], nous disait-il en galicien, que certaines femmes riches qui passent pour être vertueuses. » Le père Carrandán louait toujours les qualités de Caroline Otero. Le reste importait peu à ce prêtre à l'esprit très ouvert, très humain et très galicien.
>
> Carrandán n'était pas le curé de Valga car il était maître national et qu'il y avait incompatibilité entre les deux fonctions. Il s'occupait en revanche de sa propre chapelle, qui jouxtait sa maison. [...] Selon l'un de ses petits-neveux, ne sachant que faire des tenues somptueuses de la Belle, il les remettait au curé de Setecoros, autre paroisse dépendant de la municipalité de Valga, si bien que certaines effigies de cette église [...] se virent parées d'étoffes soyeuses. Adepte de la chrétienté primitive sans aucune afféterie, Carrandán aimait être porteur de ces cadeaux charmants

1. « Elle est bien meilleure. » *(NdT)*

et singuliers. Et comme ses relations avec le curé de Valga n'étaient pas au beau fixe, il préférait offrir les atours de la Belle à celui de Setecoros, dont les habitants s'étaient toujours distingués par leur bonhomie et leur ample humanité.

*

Que les Vierges d'un village de Galice portent les habits d'une riche courtisane me semblait digne de figurer dans un roman. Encore fallait-il que ce soit vrai. Dans l'intention de m'en assurer, je suis allée visiter l'église de Setecoros où, à mon plus grand dam, je n'ai rien découvert d'intéressant. Le saint Roch dont m'avait déjà parlé l'une des villageoises était toujours à sa place, avec son manteau rouge peint sur le stuc. À gauche du maître-autel, j'ai remarqué une Mater dolorosa parée, il faut le dire, d'atours plutôt fastueux. D'après Elena Otero, la tenue de la Pietà avait été coupée dans des habits ayant appartenu à sa grand-tante. Je ne tenais plus de joie en découvrant en effet son manteau de velours rouge bordé d'or, son petit mouchoir de dentelle de Paris et son rosaire fait de perles de jais qui avaient dû jadis parader sur la scène des Folies-Bergère ou du Cirque d'Été. Le curé du village s'est empressé de m'expliquer que ce costume n'était qu'une copie de l'original, qu'il avait fallu remplacer parce qu'il avait été endommagé à cause de l'humidité. Il n'y avait donc dans cette église ni saint ni Vierge portant les vêtements de la Belle Otero.

Persuadés d'avoir affaire à une autre légende, les quatre chasseurs de reliques que nous étions (Carmen et Mon, de la mairie de Valga ; Alicia Caicoya, mon amie et imparable chercheuse d'indices en terre galicienne, et moi) avons déserté les lieux très désappointés. Nos investigations se soldèrent par un nouvel échec car aucune des statues sacrées ne revêtait des costumes de déesses païennes. Cette histoire nous avait conduits dans une impasse. Nous ignorions pourtant qu'une heureuse trouvaille nous attendait non pas à Setecoros, comme l'indiquait la légende, mais à Valga, dans la maison du père Carrandán.

Cette demeure, l'une des plus imposantes du village, existe encore aujourd'hui. Elle est habitée par les descendants de Josefa Cousiño. Ces derniers ne nous apportèrent que la confirmation de ce que nous savions déjà : Carmen, fille mère et indigente, recevait de l'aide de la famille pour qui elle travaillait occasionnellement. Josefa était la seule personne qui avait bien voulu être la marraine de la petite Agustina et personne n'était au courant de la correspondance entre Caroline et le curé. Une nièce de Carrandán aurait pu nous renseigner à ce sujet, mais la pauvre était si âgée qu'elle avait perdu la mémoire depuis bien longtemps.

Nous étions sur le point de partir quand nous avons vu à côté de la maison de Carrandán la chapelle où il disait la messe. Plus machinalement que mus par la curiosité, nous avons demandé à la visiter.

C'est une petite chapelle familiale comportant cinq ou six bancs, un autel avec en son centre une image flanquée de deux portraits : à gauche, le Sacré Cœur ; à droite, la Vierge Marie. Il s'agit de deux tableaux faits comme des icônes et ornés de tissus qui, à environ deux mètres de distance et malgré la lumière diffuse, ressemblaient à des broderies en relief. Comme je ne suis pas très hardie et que j'avais le sentiment d'avoir importuné nos hôtes avec des questions inutiles, je n'osais pas les prier de nous laisser voir ces portraits de plus près. Mais alors que j'allais tourner les talons, Alicia Caicoya, la véritable détective de notre groupe, eut une initiative heureuse. Toujours armée d'un appareil photo, Alicia n'avait pas l'intention de laisser passer quelque chose qui pouvait se révéler intéressant. Avec sa diplomatie coutumière, elle a fait en sorte que les parents du père Carrandán, que notre présence commençait à importuner, nous tiennent les tableaux afin de nous permettre d'en faire quelques clichés.

Sans aucun doute, les saintes effigies portaient la soie et les paillettes, les fanfreluches du péché et les perles de nacre envoyées de Paris par Caroline Otero. Exceptés le visage et les mains peints, le Sacré Cœur et la Vierge Marie sont entièrement couverts de broderies et de verroterie. Le Sacré Cœur est revêtu d'une tunique en lamé doré drapée en partie par un manteau de soie rose parsemée de paillettes turquoise. Les atours de la Vierge sont coupés dans le même tissu, mais d'une autre couleur. Sa tête est ceinte d'une couronne où brille une petite pierre, sans doute une topaze, cousue sur une bande de perles minuscules alors très en vogue à Paris.

Encore surpris et intrigués par cette découverte, nous ignorions que, grâce à Alicia, nous n'étions pas au bout de nos trouvailles. Non contente d'être tombée sur la Vierge et le Sacré Cœur en costumes d'artistes de music-hall, elle a poursuivi ses recherches dans les églises des environs jusqu'à dénicher une robe restée intacte.

Après mon départ, Alicia a également trouvé une autre tenue du péché cachée sous la table de la sacristie d'une petite chapelle située à Requián, un charmant lieu-dit dans la montagne de Valga. Pendant des années, la tunique avait servi à parer un saint. La coupe est simple, presque comme celle d'une casaque, mais la teinte, la texture du tissu et les broderies de fleurs *Arts déco** entrelacées de guirlandes fin de siècle n'en font pas un vêtement qu'on a coutume de voir sur une image sainte espagnole.

La découverte d'une robe parisienne dans un endroit aussi insolite et de deux tableaux kitsch « avant la lettre », comme aurait pu le dire la Belle Otero, nous prouvait que la légende qui circulait dans la région était vraie, tout comme les paroles méprisantes que Luis Bonafoux attribue à Caroline dans *Bilis*. Lors d'une fête du jeudi saint donnée par la danseuse à son domicile, quelqu'un lui aurait dit :

« Je savais bien que vous étiez une fervente catholique. J'ai appris que vous envoyiez des costumes en Andalousie pour habiller la Vierge de votre village !

– Dame ! s'exclama Caroline Otero en riant. C'est très amusant. Que voulez-vous donc que je fasse à ces idiots ? Ils font tout de même partie de ma vie. Après tout, cela me fait de la peine de penser qu'ils me couvrent de bénédictions parce que je leur offre les vieux chiffons de mes soirées pour en revêtir la Vierge. »

« Otero est une femme de caractère », conclut Bonafoux avec admiration.

Quitter ces quatre murs

Nice, 9 avril 1965, 9 h 30 du matin.

Après être restée au moins une semaine enfermée chez moi, j'ai décidé d'aller faire des courses. Quand il me prend de rester seule, je peux passer des mois sans bouger de ma chambre. Dans ces cas-là, je demande à Georges Ivaldi, un jeune homme qui habite dans l'immeuble, ou à Assunta, ma voisine, de me monter le journal et un peu de nourriture dans un vieux panier attaché à une corde. « Comme Raiponce dans sa tour, *ma Belle** », aurait dit mon ami Cocteau s'il n'était pas mort comme tous les autres. « Sauf qu'au lieu d'être prisonnière d'une sorcière, tu l'es de tes jolies vieilles jambes », aurait-il ajouté. Cocteau s'est toujours plu à frapper là où ça fait mal. Pourtant il se serait trompé car les jambes de la Belle peuvent encore grimper les deux volées de marches qui la séparent de la rue, sous les yeux de ses voisins étonnés. J'adore surprendre mes voisins. « Regardez, Mme Otero a décidé de regagner le monde des vivants », murmurent-ils quand ils me voient prendre le chemin de la place, mon cabas à provisions dans une main, ma canne dans l'autre. Ils posent sur moi le regard admiratif qu'ont les bonnes gens en voyant une vieillarde de quatre-vingt-seize ans parfaitement maquillée et droite comme une danseuse. Il m'arrive de leur sourire. À chaque âge ses petites coquetteries.

Le trajet est court. C'en est fini pour moi des longues

flâneries sur la Promenade des Anglais que je faisais encore il y a quelques années, à l'époque où les touristes me photographiaient sans trop savoir qui j'étais. Une vieille actrice du cinéma muet, une princesse ruinée ? Quelqu'un, sans doute, mais qui ? Aujourd'hui, je me contente de parcourir la centaine de mètres qui me sépare du « Tout est là », l'impeccable boutique du traiteur Marcel Entressangle. Quand je suis de bonne humeur, j'aime cette balade qui me semble aussi longue et variée que lorsque je me promenais en bord de mer. À petits pas, le monde est grand ou minuscule selon les besoins de l'imagination. Aujourd'hui, je crois que je vais acheter deux œufs et un peu de pain pour le dîner, rien de plus. Et demain, samedi, je descendrai me faire un petit plaisir en m'offrant le *civet** de lapin que le *père** Marcel mitonne le week-end. Avant, je détestais cette viande, à laquelle je me suis habituée au fil du temps. Je relève la sauce avec une pincée de coriandre qui me rappelle la manière de cuisiner le lièvre du chef du kaiser Guillaume. Je pourrais appeler ce plat « *civet** à la mode de Willy *chéri** », ce ne serait pas une mauvaise idée.

Willy *chéri**... Il y a bien longtemps qu'il n'occupe plus mes pensées. Même du temps où j'aimais ressasser bêtement mes années de gloire comme on s'assoit devant un écran de cinéma, il n'avait guère de place dans mes souvenirs. En revanche, j'ai souvent songé à son cousin, le tsar Nicolas. Ce garçon était un piètre amant, je le crains, mais il ne méritait pas de connaître une fin aussi tragique.

– *Bonjour, monsieur** Entressangle. Donnez-moi deux œufs roux et une petite *baguette**.

– Bien, mademoiselle, je suis à vous tout de suite.

J'oublie un instant que je suis dans la boutique du *père** Marcel parce que, dans l'encadrement de la porte, un homme d'une vingtaine d'années me regarde. C'est étrange. Il est trop jeune pour connaître ne serait-ce que ma légende. Mais ces yeux ? Non, ce n'est certainement pas un admirateur, ma chère Lina[1], ne te fais pas d'illusions. C'est sûrement un journaliste. Un de ces reporters insistants, stupides et obstinés de je ne sais quel journal.

– Mademoiselle ?

Je l'ignore. Je me concentre sur les doigts boudinés du *père** Marcel qui soupèsent les œufs tandis que je lui tends quelques misérables francs. Je sors ensuite de la boutique comme si je n'avais pas vu ce bonhomme.

– Mademoiselle, mademoiselle Otero…

L'avantage des vieux, c'est de pouvoir feindre d'être sourds, une prérogative d'autant plus utile que nous le sommes en général. Mais ce garçon, qui ne manque pas de toupet, cherche à prendre mon bras pour m'aider à descendre un escalier que je connais par cœur. Je l'en empêche en lui lançant une grossièreté de mon cru. Maintenant qu'il se tient tout près de moi, à une distance peu respectable, je lui trouve un petit air de ce garçon qu'on voit si souvent dans *Paris Match*, autant que moi dans la presse de mon temps. Comment s'appelle-t-il, déjà ? Ah oui, Johnny Holyday, Hallyday ou quelque chose dans le genre. *¡ Caramba !* J'ai beau lire les journaux, ces gens-là me semblent tous les mêmes. Mon poursuivant a les cheveux aussi ridiculement longs que ce chanteur. Avec ses pattes et son blouson trop grand, il a la même allure. Je continue de marcher comme s'il n'existait pas. Feindre une digne démence sénile est un autre privilège du grand âge. Ce journaliste se fatiguera avant moi, j'en ai découragé de plus coriaces. J'ai l'intention de rentrer chez moi en traversant la petite place qui se trouve devant la *basilique** de Notre-Dame quand, soudain, je vois un autre Johnny Hallyday en train de décharger un

1. Le lecteur remarquera que le diminutif a changé. Nina (Agustina), le surnom qu'on donnait à la Belle dans son enfance en Galice, a cédé la place à Lina (de Carolina), car c'est ainsi que l'appelaient ses amis et amants à l'âge adulte. *(NdA)*

camion, puis encore un autre, brun cette fois, qui s'apprête à enfourcher une grosse moto. J'espère que tous ces Johnny sont une mode et non une conjuration. « Il doit s'agir d'un nouveau genre d'apaches[1], ma chère Lina. *Plus ça change et plus c'est la même chose** », me dis-je comme à chaque fois que j'observe les particularités de cette époque qui n'est pas la mienne. Si mes jambes me faisaient moins mal, je pourrais m'aventurer plus loin, dans d'autres rues, afin d'apprécier les changements du monde. J'ai toujours été curieuse. Je regarde derrière moi et constate que le journaliste ne me suit plus. Tant mieux. Les reporters d'aujourd'hui sont moins tenaces que ceux de jadis, capables de me harceler jusqu'en enfer. J'en connais la raison. Ce n'est pas que le passage des années favorise à ce point l'oubli, mais la légendaire réputation de sauvage que je me suis forgée depuis que j'habite le quartier y est pour beaucoup. « La Belle Otero ? vous diront la boulangère, le patron du restaurant du coin et n'importe lequel de mes voisins insignifiants. On la voit très peu. La pauvreté l'a aigrie. »

D'autres voisins, souvent des femmes, ajoutent en se frottant les mains sur leur tablier, comme Pilate : « Oh, plus personne ne s'intéresse à elle, monsieur… Avec ses grands airs et toutes ses simagrées, elle cherche encore à nous faire croire qu'elle est importante, mais elle ne reçoit plus de visites depuis des années. Elle habite tout près, au 26, rue d'Angleterre, dans une modeste chambre où elle a dû rassembler les restes de son naufrage. Montez, si ça vous chante, mais je vous parie 10 francs que cette pauvre vieille toquée vous dira qu'elle ne peut vous recevoir parce qu'elle attend un admirateur, un duc ou un comte. Tous ces délires de grandeur seraient insupportables s'ils

1. Au début du XXe siècle, on appelait « apaches » certains individus oisifs, voire délinquants, qui rôdaient dans les villes. Voir à ce sujet le chapitre intitulé « Paris selon Pío Baroja ». *(NdA)*

n'étaient pas aussi pathétiques. Vous savez quoi ? Il y a quelques années, elle se faisait livrer par un restaurateur du quartier un repas pour deux, histoire qu'on s'imagine qu'elle recevait un de ses prétendants. Maintenant, elle se contente d'une demi-bouteille de champagne de temps en temps. C'est triste, vous ne trouvez pas ? » Et la femme frotte encore ses mains rougies dans son tablier en espérant que le journaliste, pour ne pas rentrer bredouille, publiera sa photo avec la légende : « Une voisine nous raconte la triste fin d'une des femmes les plus riches du monde, que la passion du jeu a réduite à la misère. »

Mais cela n'arrive plus depuis fort longtemps. Personne ne vient déranger les voisins pour qu'ils racontent des anecdotes sur mon compte. Les années ont passé. Les caprices d'une ancienne multimillionnaire qui dépense parfois ses derniers francs dans une demi-bouteille de Montebello ne captivent plus les foules. C'est mieux ainsi. Je n'ai pas besoin que des journalistes m'expliquent dans quelles conditions je vis. Quand ai-je reçu le dernier ? Il travaillait pour *Paris Match*. C'était en 1954, voici plus de dix ans. Je l'avais laissé me prendre en photo devant le Negresco parce que j'avais encore un petit col d'astrakan présentable à me mettre et un joli chapeau de feutre. Qui ai-je vu d'autre ? Ah oui, un certain Antonio Olano ou Olanó, qui m'a confié être journaliste, galicien de surcroît, autrement dit la dernière chose à laquelle je m'attendais. Plus tard, en 1959 peut-être, je me rappelle un autre gratte-papier. Il avait une belle voix et des yeux verts très expressifs. Nous avons parlé en français, mais il était espagnol. Oliveras, c'est cela. J'ai bien aimé sa visite. Dans un élan stupide que je regrette à présent, je l'ai même invité à monter. Je me suis assise sur le lit – que je déguise en canapé dans la journée en le couvrant de jolis petits coussins. Lui a préféré prendre place sur une chaise trop petite pour ses longues jambes. On aurait dit un lévrier, un lévrier très attentif. Dans cette position inconfortable, il m'a écoutée débiter mes mensonges avec une politesse exemplaire. « Excusez-moi, lui ai-je dit après lui avoir montré mon album de coupures de presse. (Ce jour-là, ma chambre était pleine de poussière et je ne voulais pas lui laisser le temps de s'en apercevoir.) Excusez-moi, mais il faut que je parte. Un de mes admirateurs m'attend au casino. On ne dirait pas, mais je possède une petite fortune. Un jour, après ma mort, tout le monde le saura. »

*Très charmant**, cet Oliveras. En véritable homme du monde, il a fait semblant de croire à toutes mes fariboles. Il devait savoir que les vieux ne mentent pas pour tromper les autres, mais se leurrer eux-mêmes. C'est logique, n'est-ce pas ? Que nous reste-t-il hormis les mensonges et les fantômes ?

Je marche vers la petite place. Je m'assois souvent sur un banc pour nourrir les pigeons que je connais tous par leur petit nom. Je me souviens qu'un jour, un gardien a essayé de m'en empêcher. « Allons, *monsieur le gendarme**, ne soyez pas si sévère. Avant je séduisais les hommes. Maintenant, je n'ai plus qu'eux », lui ai-je répondu en lui adressant un sourire touchant d'ancienne coquette qui fonctionne à merveille dans ce genre de situation. La ruse a marché. Jean-Pierre et moi sommes devenus des amis. Quand il me voit, il s'empresse de porter mes quelques provisions jusqu'au deuxième étage. Mais aujourd'hui Jean-Pierre et les pigeons ne sont pas là. En cette saison, les rues de Nice sont pleines de touristes et je n'aime pas ça. Les gens nous regardent comme si nous étions de charmantes reliques. Où a bien pu passer le journaliste qui ressemblait à Johnny Hallyday ? Il a tout simplement disparu. *Tant pis**, c'était peut-être encore un mirage. Peu importe. J'arrive au milieu de la place et constate avec surprise que mon banc est libre. C'est un miracle alors qu'il y a foule. Je vais profiter de l'occasion et m'arrêter pour un petit tour de magie qui n'a rien à voir avec les pigeons ou les gendarmes.

*

Je m'assois, pose ma canne et mon sac en macramé dans un coin à l'écart du soleil et des mouches, et cherche un pavé plus haut que les autres sur lequel j'ai un jour trébuché par hasard parce qu'il était descellé. Il doit être là, quelque part sur la gauche. *Là, voilà**. Je le foule légèrement et répète à voix haute une phrase que j'ai apprise il y a des années. De même que les fous, les vieux dans mon genre ressassent tellement que personne ne se retourne sur leur passage : « … au moment où, me remettant d'aplomb, je posai mon pied sur un pavé qui était un peu plus élevé que le précédent, tout mon découragement s'évanouit… », murmuré-je. « Comme c'est intéressant, *madame**, dirait un journaliste (pas le Johnny d'aujourd'hui, mais l'un des plumitifs de mon époque, fin connaisseur des phrases littéraires immortelles), vous citez avec une rare précision ce célèbre passage du *Temps retrouvé*, quand Proust pénètre enfin dans la cour des Guermantes. Je me trompe ? Non, il s'agit bien de l'instant où, lorsque son pied touche un pavé plus haut que les autres, le narrateur découvre qu'il est capable d'écrire tous les souvenirs qui affluent grâce à sa petite madeleine archi-rebattue. Vous avez une excellente mémoire, *madame**. »

Ce à quoi je m'empresserais de répondre :

« Fort juste, mon ami. Il s'agit en effet d'un extrait du dernier tome de *La Recherche*. Dites-vous cependant que ce jeune snob de Marcel, que j'ai du reste bien connu, ne m'a jamais intéressée. Je n'ai même pas lu son œuvre. Mais il suffit de séjourner dans la bonne société pour y apprendre des maximes intéressantes et de belles phrases. On parvient ainsi à se constituer une vaste culture d'opérette qui est très décorative. Vous comprenez ? Cela peut même être réconfortant et évocateur, comme en cette occasion. Tout cela est d'une grande utilité, vous ne trouvez pas ? En cherchant bien, je crois me souvenir que c'est Gabriele D'Annunzio qui a attiré mon attention sur ce passage du livre de Proust, qui venait alors tout juste d'être publié. Autant vous dire que je ne portais pas Marcel dans mon cœur, mais il me semble que ce qu'il a écrit là est très vrai et très humain. Vous n'avez jamais vécu cela, mon garçon ? demandé-je à l'invisible journaliste. Vraiment pas ? Je veux parler du plaisir qu'on éprouve à découvrir quelque part, après de nombreuses années de recherches, un chemin qui nous ramène dans le passé, une sorte de sésame, comme ce pavé sur cette place, qui me permet miraculeusement non pas de faire renaître les souvenirs, mais bel et bien d'emprunter un tunnel qui remonte le temps. »

Le journaliste invisible hausse les épaules, bien que je lui garantisse l'existence de ces tunnels. J'ai découvert celui dont je parle il y a tout juste un mois. Par le plus grand des hasards, j'ai posé mon pied sur ce qui n'était qu'un vulgaire pavé. J'ignore s'il ressemble à celui de la cour des Guermantes dont parle *le petit Marcel**, mais je suis sûre et certaine qu'il possède le même pouvoir. Il suffit de lever la tête pour que la vue d'une voiture, d'un réverbère ou de tout autre engin moderne en brise l'effet. Il n'y a qu'à avancer un pied jusqu'au point magique. Alors, le dénivelé me renvoie à l'époque lointaine de mes premières années en France. J'espère sincèrement que les services de voirie, peu scrupuleux en général, ne viendront pas réparer cet infime défaut, pour que mon passé reste à jamais présent. C'est fait, je me livre à l'un de mes petits jeux : je pose la pointe du pied sur le pavé et… abracadabra… *Dieu merci**, ça ne rate pas, un charmant souvenir ressuscite aussitôt.

Oui, je sais bien que j'ai déclaré ne pas aimer évoquer mes années de gloire, mais je suis une menteuse. Et puis, plus que savourer un souvenir, je revis une scène. Mon pied pourtant déformé par les ans et les cors me procure la même sensation, légère comme un soupir, que lorsque je foulais le sol d'une ville qui est proche et assez peu différente de Nice…

C'était en 1887 et je dansais pieds nus dans les rues de Marseille.

Le premier coup de chance

Nice, 9 avril, 10 heures.

Je crois le moment venu de préciser que malgré ce que j'ai raconté sur mes débuts à Claude Valmont, mon amie et biographe, et toutes ces choses qui ont été écrites à mon propos, Paris n'est pas la première grande ville que j'ai conquise. Certes, j'y étais en 1889 et je me suis produite sur la scène privée du Grand-Véfour, mais c'est là que commence et s'arrête « mon succès ». Je vais par conséquent oublier le tissu de mensonges qui figurent dans mes Mémoires et que j'ai racontés pour le simple plaisir de voir trembler de bonheur les plumes du chapeau de cette dame si crédule. Mais je ferai une exception. Je mentionnerai, quoique brièvement, le mari chanteur d'opéra que je me suis inventé pour accompagner mon personnage imaginaire de quatorze à dix-huit ans, un époux italien et aristocrate que j'ai appelé le baron Guilermo. Inutile de s'étendre davantage sur les raisons qui m'ont poussée à imaginer cette fable. Toute femme de ma génération se doit d'avoir eu un mari au moins une fois dans sa vie. N'ayant jamais convolé, je trouvais le personnage de ce baron bien pratique pour jouer le rôle indispensable de conjoint. Non contente de l'avoir inventé, je l'ai paré de qualités destinées à justifier les actes que j'ai commis lorsque j'étais célèbre. J'en ai fait un baryton issu d'une grande famille italienne ruinée, un bel homme caractériel qui me faisait atrocement souffrir (il faut toujours avoir des amours malheureuses, elles servent à excuser tant de choses...).

J'aurais donc connu Guilermo lors d'un voyage imaginaire au Portugal. Éperdument amoureuse de ce ruffian, je l'aurais suivi jusque sur la Côte d'Azur. Lasse de sa méchanceté, je devais le quitter deux ans plus tard, juste avant d'arriver à Paris pour triompher au Grand-Véfour. Le baron me fut aussi très utile pour justifier ma passion du jeu. J'avais déjà raconté dans mes souvenirs que mon faux père et mon fiancé Paco Coll étaient joueurs, car beaucoup se figurent que le démon du jeu tient aux relations qu'on a avec les hommes (particulièrement un père ou un amant). Je sais malheureusement que les dépendances néfastes ne viennent pas de causes aussi simples, mais je croyais bon de soutenir cette thèse idiote, qui serait bien reçue par Mme Valmont. Voilà pourquoi je lui ai relaté une petite anecdote véridique, mais vécue avec un autre compagnon que Guilermo qui n'était pas précisément un mari.

« À Monte-Carlo, je ne fus pas longue à comprendre le but des manigances de Guilermo. [...] Après avoir épuisé mes économies, ce fut le tour des bijoux, puis d'objets divers, et même de mon linge. [...] Le démon du jeu ne me possédait pas encore ; je ne croyais donc pas aux combinaisons gagnantes. [...] Un jour, je me promenais comme d'habitude dans les salles de jeu et je roulais dans ma tête des pensées qui n'avaient rien de gai. Soudain, je me demandai pourquoi je n'essaierais pas de jouer, moi aussi. [...] Comme tout le monde me regardait, ma timidité m'empêchait d'accomplir le geste pourtant si simple de miser sur un tableau. Je parvins à m'y décider enfin et jetai deux louis sur le rouge au trente-et-quarante. Quelques secondes après, je voyais le *croupier** ratisser mes deux louis. [...] J'allai faire un tour un peu plus loin [...] puis, quelques instants après, je revins par hasard près de la table où j'avais jeté mes deux louis. Je vis sur l'un des tableaux une masse d'argent considérable. Je regardai pour voir à qui elle appartenait et quel était le joueur assez heureux pour avoir fait venir une somme pareille, lorsque soudain, comme l'on était arrivé à la fin de la taille, le *croupier** m'interpella et me dit : "Mademoiselle, vous laissez encore vos gains sur le rouge ?" Je fis un geste signifiant que cela ne me concernait pas, que cet argent n'était pas à moi. "Si, si, fit le *croupier**, tout cet argent vous revient, il y a eu une erreur..." »

Apparemment, ai-je expliqué à Mme Valmont, « en ramassant mes deux louis, le croupier avait fait une erreur. Or, il s'était trouvé qu'à la table on avait remarqué cette jolie fille à l'air timide et on avait fait rectifier au croupier son erreur. Celui-ci avait donc remis les deux louis, et comme personne n'avait retiré l'argent, tous les gains étaient restés sur le rouge. Le rouge était sorti vingt-trois fois de suite et mes deux louis étaient devenus une cinquantaine de mille francs. [...] Merveilleuse aventure, en effet, mais qui avait déchaîné en moi la passion du jeu, encore endormie et latente ».

L'histoire a beaucoup plu à Mme Valmont. Je l'ai souvent évoquée, mais la vérité est que, vers 1880, Caroline Otero Iglesias se promenait effectivement sur la Côte d'Azur, mais elle gagnait misérablement sa vie en chantant et en se faisant aimer dans des établissements mal famés. Qui sait... La vie est peut-être un funeste cercle vicieux. Les exploits de la Belle Otero devaient donc commencer et prendre fin aux abords de Nice.

Bien avant que ma vieille caboche dérangée se mette à parler du baryton imaginaire, le pavé de la place m'a rappelé Paco Coll, que j'ai présenté dans mes souvenirs comme mon seul et unique amour. Il a bel et bien existé, mais c'était un comédien ambulant que j'ai rencontré à Barcelone après m'être échappée de Valga avec des marionnettistes portugais. Tous deux sans le sou, nous nous sommes liés d'amitié et il m'a appris à danser et à chanter. « Tu bouges comme un ange », me disait-il pendant les leçons qu'il me donnait. Je comprends à présent qu'il faisait allusion à d'autres mouvements infiniment plus lucratifs que ceux de la chorégraphie. Grâce à ces déhanchements, après m'être rompue à la danse aussi bien sur scène que dans un lit, nous pûmes quitter l'Espagne. Une tournée infructueuse dans le nord de la France nous décida à nous installer à Marseille. Paco me trouva du travail dans une taverne appelée La Petite Poupée, et la chance nous sourit jusqu'à ce qu'il gâche tout en s'amourachant de moi. Il voulait que je renonce à la partie la plus rentable de ma carrière. « Nous aurions du succès si nous dansions ensemble », me dit-il. Mais je savais déjà que ma vocation n'était pas de laver son linge sale ou de m'acquitter des devoirs d'une bonne épouse. J'avais beaucoup d'admirateurs et une jolie petite collection de bijoux : une broche de jade, un solitaire qui valait au moins 500 francs, une bague en argent avec un cœur que j'ai souvent mentionnée tout au long de ma vie. « C'est ma pièce préférée, disais-je quand on m'interviewait. C'est la bague de fiançailles que mon père a offerte à ma mère. Quoi qu'il arrive, je ne m'en séparerai jamais. »

J'ai presque tenu parole. Même si l'objet n'avait aucune valeur sentimentale et qu'il n'était qu'un détail destiné à alimenter ma légende, je l'ai conservé pendant des années, jusqu'au jour où, avec les quelques babioles qui me restaient, l'humble bague a pris le chemin du mont-de-piété.

« Entre-temps, ai-je continué à l'intention de Mme Valmont (et une partie de cette histoire est vraie), la fortune commençait à me sourire sur la Côte d'Azur. Un brasseur de Lyon m'invita chez Paul Bocuse, qui était alors et reste encore aujourd'hui l'un des meilleurs restaurants du monde. Il me proposa 50 francs pour chaque nuit que je passerais avec lui. À dix-neuf ans, c'était la plus belle offre qu'on m'eût jamais faite, mais je la déclinai. Contrairement à ce qu'on a pu dire de moi, j'ai toujours choisi les hommes que je mettais dans mon lit, et je tenais à conserver ce privilège quel qu'en fût le prix. J'en avais déjà fait les frais quand, après une terrible dispute avec Paco, encore adolescente, j'étais restée seule dans la ville, sans personne pour me protéger. Deux ou trois jours plus tard, comme pour célébrer ma liberté nouvellement conquise, je dansais dans les rues crasseuses près du port de Marseille, loin du regard lubrique du brasseur de Lyon et plus encore de celui de mon jeune baryton. À l'époque, je ne parlais pas encore français et ne pouvais comprendre les commentaires des marins étrangers qui posaient sur moi des yeux pleins de convoitise. Je dansais comme je le faisais dans la pinède de Valga, aussi insouciante que par le passé, quand soudain, je m'aperçus qu'on me suivait. »

Alors, mon pied trébucha contre un pavé plus haut que les autres et je dus m'arrêter.

*

– Excusez-moi, madame, ou plutôt mademoiselle. Vous êtes bien la célèbre Belle Otero, celle qu'on a surnommée la Sirène des suicidés et qui s'est retirée de la scène il y a une cinquantaine d'années ?

Le souvenir est si vif que j'ai du mal à en sortir et à reconnaître ce garçon qui ressemble à Johnny Hallyday et vient d'interrompre ma rêverie avec un parfait sans-gêne. Mais mon hébétude ne dure qu'une seconde. Sans me lever du banc, je brandis ma canne au-dessus de sa tête et lui fais signe de me laisser tranquille. Il s'éloigne de quelques pas. Maintenant, je sens à nouveau le contact de la pierre sous mon vieux pied nu.

« Je m'appelle Jurgens, mademoiselle, me dit une autre voix bien plus lointaine que celle du journaliste, indissociable des pavés de la place. Ernest André Jurgens. Je suis agent artistique et je représente l'Eden Musée de New York. »

Je constatai alors que cet homme était trop bien habillé pour fréquenter les quartiers mal famés du port de Marseille. Il portait un costume beige très clair, et des guêtres de la même couleur cachaient en partie ses souliers marron de bonne facture. Il avait une montre de gousset et un chapeau comme ceux des promeneurs oisifs. Je me rappelle que sa moustache était si expressive qu'on eût dit l'enseigne et l'âme de son visage. Je n'avais d'yeux que pour elle.

« Je vous ai vue danser hier soir à La Petite Poupée, un endroit peu digne de votre talent, me dit la moustache, mais nous pourrons facilement mettre un terme à cette situation. Avez-vous déjà entendu parler de l'Eden Musée ? »

Il m'engagea. Lorsque mon pied foula à nouveau un pavé trop élevé, ce fut en 1890, dans une rue de Séville entièrement reconstituée par les décorateurs de l'Eden Musée de New York pour mes débuts en Amérique. Il me fallut laisser passer des mois et découvrir d'autres inventions de génie de mon nouveau protecteur pour accomplir encore ce rituel magique qui fonctionne toujours.

– Peut-on savoir ce que vous faites ici, jeune homme ? Ne marchez pas sur ce pavé et soyez gentil de me laisser tranquille. On ne vous a jamais dit dans le quartier que Caroline Otero est une vieille folle qui ne parle jamais aux journalistes ? Partez ou j'appelle un gendarme.

L'esprit de la Belle Époque

Bien que d'aucuns affirment que les premiers succès de la Belle Otero ont eu lieu sur une scène parisienne en 1880, il me semble important de prendre la plume pour expliquer que cette confusion est due à une intelligente campagne de publicité orchestrée par le coadministrateur de l'Eden Musée de New York, Ernest André Jurgens.

En 1889, année de la plus célèbre Exposition universelle de Paris, Jurgens se rendit en France afin d'embaucher des artistes pour la saison théâtrale à New York. Il passa plusieurs semaines dans cette ville où son supérieur, le comte Alfred von Kessler, l'avait envoyé « à la recherche d'une danseuse espagnole authentique avec des castagnettes et une bonne réputation sur les planches françaises, qui soit en mesure d'éclipser la Carmencita, cette fausse étoile sous contrat chez nos rivaux Koster & Bial's ». Mais le séjour de Jurgens touchait à sa fin et il n'avait toujours pas trouvé sa perle rare. Il faut préciser qu'à l'époque, l'exotisme était à la mode. Il suffisait d'être japonais, indien ou, plus proche de nous, espagnol, pour faire fureur en Europe et en Amérique. Peu importait que la fameuse Carmencita de Koster & Bial's fût en réalité la fille d'un maçon polonais née à Aliquippa (Pennsylvanie). Dans le Paris enfiévré de la Belle Époque, Jurgens ne comprenait pas son incapacité à dénicher une rivale à cette danseuse qui n'avait d'espagnol que son pseudonyme. La ville comptait pourtant tous types d'artistes venus de la péninsule Ibérique, mais Jurgens estimait qu'aucun n'arrivait à la cheville de la Carmencita (qui avait, soit dit en passant, un talent fou). Il s'apprêtait à regagner New York avec son maigre bagage artistique : des « chiens danseurs de Sibérie », un « prodigieux numéro d'assiettes chinoises » et un couple de danseurs véritablement espagnols appelés « *Les Deux Ibañez** », qui avaient réussi la prouesse de danser le tango le long des 333 mètres d'escalier de la tour Eiffel sous les yeux ébahis des journalistes. Auparavant, il décida d'aller faire un tour dans les cabarets de province, en quête d'un joyau à l'état brut qu'il pourrait peut-être lancer en Amérique. Ce tranquille père de famille de trente-sept ans eut ainsi le malheur de rencontrer, puis de s'éprendre de Caroline Otero, qu'il propulsa au pinacle alors qu'elle n'était qu'une parfaite inconnue qui gagnait sa vie aussi bien en dansant qu'en se prostituant.

Avant de voir comment, par mille subterfuges, un administrateur de théâtre amoureux peut faire d'une jolie prostituée trouvée dans un bouge de Marseille l'une des artistes les plus célèbres de son temps, il serait intéressant de connaître les circonstances historiques et sociales qui ont favorisé cette période frivole et magnifique connue sous le nom de Belle Époque, où des personnages comme Caroline Otero n'étaient pas rares. Si les modèles sociaux incarnent l'esprit d'une époque, il est nécessaire, pour comprendre les comportements, de présenter le monde de la fin du XIXe siècle, qui avait Paris pour capitale.

Nous sommes en 1889. La grande Exposition universelle et son symbole le plus renommé, la tour Eiffel, font de cette ville la cité du progrès, un mot qui était alors sur toutes les bouches et qui, avec la *joie de vivre**, constituait l'un des deux piliers de cette splendide époque paradoxalement née d'une humiliation.

En effet, la France, vaincue vingt ans plus tôt de manière cuisante par la Prusse, commence peu à peu à se fabriquer un nouvel orgueil national étayé par ces deux piliers. En 1870, le conflit s'était conclu par un désastre et la fierté blessée des Français a revêtu différentes formes. D'une part, les valeurs établies commencent tout doucement à changer. Entre la fin des années 1870 et le début des années 1880, l'interdit est jeté sur de vieilles croyances ayant surtout trait à la religion et à la morale. Cette dernière, assez relâchée dans la haute société, devient plus permissive dans d'autres milieux auparavant très étriqués. Anatole France résume ce nouvel état d'esprit en faisant l'apologie du bonheur lors de l'inauguration d'une université populaire appelée Émancipation :

> Une longue tradition religieuse, qui pèse encore sur nous, nous enseigne que la privation, la souffrance et la douleur sont des biens désirables et qu'il y a des mérites spéciaux attachés à la privation volontaire. Quelle imposture ! […] N'écoutons pas les prêtres qui enseignent que la souffrance est excellente. C'est la joie qui est bonne !

Par conséquent, la consigne est donnée de profiter de la vie et de bien s'amuser, plaisirs accessibles à la petite et à la moyenne bourgeoisie, mais dont la classe ouvrière est exclue. Tandis que celle-ci passe d'interminables journées à travailler et a une espérance de vie qui ne dépasse pas les quarante ans, les autres se divertissent. Vers la fin du XIXe siècle apparaissent les fêtes, les bals populaires en plein air dans une ambiance que Renoir a par exemple bien rendue dans *Le Moulin de la Galette*. Les divertissements se « démocratisent », les expositions universelles, symboles de la modernité et de l'avant-garde, reçoivent toutes sortes de visiteurs. Les nouveaux courants artistiques font l'éloge de la mollesse et de la distraction avec la bénédiction des intellectuels qui, dans les cafés bohèmes et extravagants, chantent les gloires de l'esprit du moment. Car avant que les Folies-Bergère ou le Moulin-Rouge deviennent à la mode, riches, pauvres, aristocrates, petits-bourgeois, artistes et écrivains fraternisaient dans des établissements comme Le Chat noir, où le patron recevait ses clients en leur disant «*Salut mes cochons** » ou «*Tas de salauds** » ! Parmi les gens du peuple et les intellectuels, on pouvait croiser le prince de Galles, le roi de Grèce et même Pasteur ou Renan. Dans d'autres endroits comme le Cabaret de l'Enfer, sur le boulevard de Clichy, des serveurs déguisés en bagnards et traînant un boulet derrière eux adressent à la clientèle un « Bienvenue, chers condamnés » en lui proposant de sombres breuvages. En 1879, divers groupes littéraires prônent la frivolité comme les fameux Hydropathes, présidés par Goudeau et bientôt rejoints par les Hirsutes et les Je-m'en-foutistes. Tous ensemble, ils crient « Vive l'incohérence » et vantent les mérites de l'hédonisme et de l'insouciance qui font suite à la grande humiliation de 1870.

D'autres cas de figure peuvent illustrer l'ambiance singulière de la Belle Époque, mais je trouve plus utile d'évoquer le processus qui, à partir d'une sensibilité humiliée, pousse à cette exaltation qu'on a si souvent qualifiée de *joie de vivre**. Les publications des Hydropathes aident à reconstruire et à comprendre les origines de ce phénomène.

Les événements de 1870, la chute du Second Empire et la déchéance de Napoléon III incitent les intellectuels à chercher dans le passé de la France des moments glorieux auxquels s'identifier et destinés à exalter les valeurs nationales. En quoi les Français sont-ils différents des Allemands ennuyeux et des Anglais sceptiques ? Ils se distinguent de leurs voisins par leur façon d'être très iconoclaste, très *gaie** et très païenne, leur nature hédoniste que les intellectuels ont baptisée « l'esprit gaulois ». Soudain, on se met à chercher les raisons de son orgueil dans un passé reculé et patriotique : celui des Gaulois. Peu importe que les données historiques soient justes ou teintées de légendes, la vérité se contente amplement de ces clichés qui ont perduré dans le folklore et la littérature.

Pour édifier une nouvelle esthétique, on a recours à des symboles à la fois patriotiques et païens : les nymphes se mettent à proliférer et les faunes côtoient des personnages tout droit sortis de vieilles légendes gauloises quasiment oubliées. Parallèlement, dès 1880, on commémore à nouveau la prise de la Bastille, festivité interdite pendant des années pour éviter les troubles. Les bonnets phrygiens et les Mariannes reviennent orner les monuments et l'iconographie populaire. On se pâme devant ce qui est français. Les Français deviennent forts par nature et triomphateurs. Ils se posent aussi en héritiers de la célèbre et inégalable aptitude des Gaulois à profiter des plaisirs de la vie. Si l'on ajoute à cela qu'ils ont le don d'apprécier la beauté, la bonne chère et l'amour, on comprendra que les textes préférés de ce nouveau courant esthétique sont *Gargantua* et *Pantagruel*, et sa devise, la même que celle de Rabelais : « *Fays ce que veulx**. »

Comme il fallait s'y attendre, cette mentalité insouciante et antibourgeoise a vite conquis des intellectuels du monde entier, qui viennent s'installer dans la Ville lumière. De 1880 à 1910, Paris a attiré une pléiade d'auteurs venus de partout, séduits par cette atmosphère stimulante. Oscar Wilde, exilé et ruiné, ne fait pas exception à la règle – il écrit d'ailleurs ses dernières œuvres en français, comme *Salomé*, qui cadre si bien avec l'esthétique de l'époque –, pas plus que les frères Machado, l'irritable Pío Baroja ou le jeune Rubén Darío.

Tous se donnent rendez-vous à Paris. Pour ceux qui aspirent à devenir écrivains ou intellectuels, la cité mythique est un passage obligé, même si les nouveaux venus ne tardent pas à découvrir qu'elle a plusieurs visages. Baroja justement, dans ses Mémoires, décrit les facettes de Paris qui valent le détour.

Paris selon Pío Baroja

Pour commencer, voici les opinions très particulières de Baroja sur la littérature et les écrivains de l'époque :

> Cette époque [...] a favorisé l'apparition d'esprits brillants comme Colette ou Renan, mais aussi d'autres auteurs tels qu'Anatole France ou Marcel Proust, auxquels je ne prédis pas un grand avenir (*sic*).

Quelques pages plus loin, Baroja parle d'écrivains qu'il fréquentait plus assidûment :

> Quand je fis la connaissance de Wilde, il avait quarante-trois ans et en paraissait cinquante. Cet homme triste et décrépit avait peut-être écrit *Le Portrait de Dorian Gray* et d'autres livres pour snobs pompeux et pétulants, mais j'avais peine à croire qu'il pût être l'auteur de comédies aussi sémillantes que *L'Éventail de lady Windermere* ou *L'Importance d'être Constant*.

En plus de ces commentaires, Pío Baroja a laissé d'inestimables témoignages sur les usages, modes et événements de l'époque. Il a inévitablement donné son avis, au demeurant assez sévère, sur l'*affaire** Dreyfus, qui devait ébranler la France pendant plus de dix ans. Il a émis des critiques acerbes sur la vogue stupide et snob qui incitait les riches à louer les fréquents attentats anarchistes de l'époque et à s'enthousiasmer des événements les plus tragiques. Il évoque par exemple une aristocrate pétrie d'admiration non pas pour un anarchiste, mais un criminel de la trempe de Landru : « Il est charmant », aurait dit la dame à un Pío Baroja scandalisé.

Bien qu'on ignore si Pío Baroja et la Belle Otero se sont connus, l'écrivain devait certainement éprouver un profond mépris pour tout ce que Caroline représentait car il parlait avec beaucoup de dédain du Paris insouciant dont elle faisait partie. Quand il décrit les Folies-Bergère et le Moulin-Rouge, des lieux qu'il avoue n'avoir visités qu'une ou deux fois, il s'indigne contre les paroles indécentes et absurdes des chansons qui font alors fureur. Il précise que la grande attraction de ces endroits était le *chahut**, un « cancan effréné, un grand numéro de cirque qui s'achève par une bacchanale désordonnée et dionysiaque ». Révolté, il écrit :

> Parfois, des danseuses mouraient en faisant le grand *écart** tandis qu'une bande d'ivrognes leur jetait des fleurs. Quand ces théâtres fermaient leurs portes, il était étonnant de voir les boulevards et les rues occupés par des jeunes gens en pantalons amples serrés par des ceintures colorées et coiffés de chapeaux de paille. « Qui sont-ils ? » demandais-je. « Des apaches, des ruffians », me répondait-on. « Mais comment est-ce possible ? insistais-je, étonné. Ils ne sont pas cent, mais mille ! » Le faubourg Montmartre était l'un des quartiers occupé par les apaches. La police ne s'y frottait pas. Le gouvernement français les a pour finir supprimés de manière radicale en les obligeant à aller au front de 14, mettant un terme définitif à ce mouvement parisien. Ce fut l'une des bonnes épurations réalisées par la France.

Si l'on ajoute quelques pincées de frivolité à ce milieu décrit par Baroja (avec des personnages ineffables, comme le *Pétomane** du Moulin-Rouge, qui se produisait dans un numéro musical composé de flatulences sonores), un peu d'argent, plus de progrès et toute l'effervescence liée aux expositions universelles (surtout celle de 1889), on obtiendra un tableau plus ou moins fidèle de ce qu'on a qualifié d'« esprit de la Belle Époque » (qui va de 1889 jusqu'à la guerre de 14).

En 1889, et plus précisément au début de l'hiver, Caroline Otero arrive à Paris, accompagnée d'Ernest André Jurgens, son nouveau mentor. Elle découvre une ville débordant d'optimisme, des salles où sont organisées des fêtes extravagantes, des rues où circulent déjà les premières automobiles. La cité est bénie par ce prodige des temps modernes qu'est la fée électricité, qui permet de créer des patinoires ou des tapis roulants qu'on emprunte pour visiter les pavillons de l'Exposition universelle et admirer les merveilles du progrès sans faire le moindre pas. Dans l'un des pavillons se produisent un soir cent artistes fraîchement arrivés des steppes de Sibérie. Le lendemain, c'est le tour du célèbre cirque de Buffalo Bill, avec sa *troupe** composée d'authentiques cow-boys et Indiens d'Amérique du Nord. Les photographies de l'époque rendent bien compte de ce qu'est la Ville lumière. Mais pour une jeune fille de province qui vient tout juste d'avoir vingt ans, tout cela n'est qu'un lointain mirage qu'elle contemple de la fenêtre du studio de son professeur de danse. Car malgré l'amour qu'il éprouve pour Caroline, Jurgens n'oublie pas que sa préparation artistique est prioritaire. Il compte bien lancer sa protégée à New York lors de la prochaine saison théâtrale, au mois d'octobre, et a donc engagé pour la former un maître de musique qui s'appelle Bellini. On ne sait pas grand-chose de lui, si ce n'est qu'il aurait créé l'un des meilleurs numéros musicaux du monde. Bellini reçoit le couple à son domicile, rue de Beaune. Il fait danser la Belle, l'écoute chanter et fait non de la tête. « C'est impossible, décrète-t-il. Il me faudrait un an, voire toute une vie, pour lui enseigner mon art. Elle ne sait ni danser ni chanter, et elle n'a aucun style. »

Acacias, palmiers et tamarins

Nice, 9 avril 1965, 11 h 30.

J'aimerais dire que Bellini était un type particulièrement ridicule. D'une voix flûtée, il passait son temps à me crier dessus. « *Talons, ma chère, ta-lons. Tu n'arriveras jamais à rien, espèce de cornichon andalou !** »

Non, vraiment, il ne mérite pas que je lui accorde une seconde de mes souvenirs. Le charme peut si facilement se rompre. Si je retire le pied du pavé qui me replonge dans mes premiers succès, tout disparaîtra. Le tunnel qui relie la place moderne de Nice au vieux port de Marseille me renverra alors irrémédiablement dans le présent. « Tu es une femme forte, Lina, me dis-je. Depuis quand es-tu là, à évoquer ton passé ? » « Depuis moins longtemps que je ne le crois, me réponds-je à moi-même. Le temps est élastique comme une jarretière de belle dentelle de Chantilly. » Le soleil n'a presque pas bougé, ma baguette de pain et mes œufs n'ont pas attiré les mouches… Il ne s'est donc pas écoulé plus de deux minutes. Les images d'antan sont heureuses mais ne durent guère. Et l'apache qui ressemblait à Johnny Hallyday, le journaliste, où est-il passé ? On dirait qu'il a disparu. Les garçons d'aujourd'hui sont bien inconstants. Il a dû s'avouer définitivement vaincu. Tant mieux.

Il fait un temps magnifique. Le printemps est agréable à Nice, et les personnes très âgées bénéficient d'un avantage que peu de gens connaissent. Comme le temps passe plus lentement pour les vieillards de mon espèce, il se produit un phénomène semblable à l'enfance, lorsque le corps est vif et que les heures paraissent éternelles tant il y a de nouveautés à découvrir, mais, à l'inverse, nous comprenons tout dans l'instant alors que notre corps est devenu si lent que le temps se fige pareillement. Lenteur et agilité sont des réalités différentes qui procurent des sensations similaires. « Ils redeviennent des enfants », disent les gens en songeant au côté gâteux qui nous caractérise, mais sans s'apercevoir que cette affirmation est vraie dans un sens bien plus agréable qu'ils ne l'imaginent. Nous sommes capables de percevoir la vie et les objets avec autant de minutie et d'émerveillement que les enfants. En d'autres termes, nous avons recouvré l'adresse qui permet de vivre pleinement dans le présent. J'en ai pris conscience depuis peu, après avoir fêté mes quatre-vingt-dix ans. Je sais maintenant que les adultes vivent dans le futur, toujours soucieux de ce qui les attend au détour d'un chemin. Les idiots et les vieux qui n'ont pas encore atteint mon âge vivent dans le passé. Ils regardent derrière eux en observant sans cesse ce qui est à jamais révolu. Nous autres, en revanche, nous pensons au présent car c'est la seule chose qui nous appartienne véritablement. C'est aussi le royaume des enfants qui ont tout à apprendre, ou des condamnés à mort qui s'appliquent à l'étirer afin de le rendre semblable au futur qui est hors de leur portée. Vivre l'instant, pouvoir sentir ce qui nous arrive d'une minute à l'autre… Ainsi se déroule sous nos yeux l'immense présent que si peu voient, gorgé d'odeurs et d'impressions que les autres traversent sans les apprécier, trop occupés à regarder en avant ou en arrière. Pourtant, vivre l'instant présent n'est pas la seule chose agréable de cette enfance sénile dont je suis fière. Un autre phénomène en est indissociable et autrement plus plaisant : l'écoulement peu rapide du temps qui permet à l'enfant de considérer un objet en lui insufflant la vie, de dialoguer avec une pierre ou les rideaux de sa chambre dont les plis forment des silhouettes et des visages, présente les mêmes avantages pour les très vieux et les condamnés à mort. Les êtres inanimés et muets prennent vie.

Je crois que ce phénomène est dû à nos mouvements d'une lenteur extrême. À présent, assise sur ce banc, avec le temps comme châtiment et le frein des indispositions liées à l'âge, je peux sentir tout ce qui m'environne. Si je portais par exemple mon choix sur cet acacia qui s'élève à quelques mètres de moi, la lourdeur de mon pas me permettrait (à supposer que j'aie de meilleurs yeux) d'étudier tous les détails de son écorce et même de me concentrer sur les secrets de ses taches comme le font les enfants, ou de voir des aspects humains là où il n'y a que du bois. Ce sont les avantages de la lenteur. Mais, à dire vrai, je suis trop âgée, presque aveugle et quasiment sourde. Ma peau encore extraordinaire – *ironie du sort** – remplace mes yeux et mes oreilles, et même si elle ne reçoit plus de caresses, elle est sensible au souffle du vent qui joue avec mon corps avant d'agiter les branches de cet acacia. Jusqu'à aujourd'hui, les arbres me distrayaient. Je les sentais, et c'est pour cette raison que je ne comprends pas pourquoi le parfum de leurs fleurs ne me monte pas aux narines maintenant. Je n'entends pas davantage le vent bercer leur feuillage. Je serais prête à jurer que je perçois tout autre chose qui ressemble plutôt aux grognements d'une voix que j'aurais dû laisser derrière moi il y a au moins soixante-dix ans. « *Talons, mademoiselle, ta-lons**. Ne regardez pas par la fenêtre. Même parisiens, les acacias restent des arbres, et les arbres sont des êtres inanimés. Ils n'ont pas besoin que vous leur prêtiez attention, alors que moi, je vous demande de vous concentrer sur vos pas, *espèce de cornichon** ! » dit le maestro Bellini.

Étrange journée. Des choses m'échappent et m'irritent. Cela ne s'accorde pas avec mon caractère. « Allons, Lina, ne t'inquiète pas, ce souvenir imprévu doit être très facile à chasser. » Je n'ai qu'à me lever et à rentrer chez moi au lieu de lambiner ici comme une jeunette alors que deux volées de marches me séparent de ma chambre. Si je pars, la voix s'évanouira. « Allons, Lina, un peu de courage. Qu'attends-tu ? Dépêche-toi, passe devant cet acacia trompeur, évite de le regarder. Tu marches lentement, c'est sûr, mais tu auras tôt fait de dépasser ce traître. »

« *Cornichon, un cornichon !** Voilà ce que vous êtes. Vous n'arriverez jamais à rien ! »

« Presse le pas, Lina, me dis-je. Rentre chez toi, réfugie-toi en terrain connu, fais comme si de rien n'était. Tu n'as jamais cru aux fantômes. » C'est vrai, je vis avec eux depuis trop longtemps, je sais comment les traiter et justement, je crois qu'il faut les laisser s'amuser un peu. Si cette voix est celle du maestro Bellini qui a décidé de revenir m'embêter aujourd'hui, je la laisserai parler et le charme se brisera aussitôt. Le prochain arbre que je croiserai en chemin est l'un de ces tamarins si communs à Nice. C'est un arbre d'ici qu'on ne trouve pas dans le Nord, un arbre sans murmures.

« Profites-en, Bellini, lui dis-je comme s'il me suivait à la trace. Profite tout ton soûl de la complicité d'un arbre parisien pour m'importuner car tu n'en auras bientôt plus l'occasion. »

L'histoire selon le maestro Bellini

Un matin, en 1889, un Nord-Américain flanqué d'une jeune Espagnole a frappé à la porte de mon studio de danse. Il voulait la préparer à la scène. « J'ai pris ma retraite, *monsieur** », me suis-je empressé de lui expliquer sans me donner la peine de les inviter à entrer. Il a eu beau chatouiller mon orgueil en me disant que j'allais travailler pour l'Eden Musée de New York et évoquer des amis communs, je n'étais pas près de me laisser fléchir. Sombre crétin. Ignorait-il que Ferdinando Bellini a travaillé dans les plus célèbres théâtres, de Londres à Moscou ? Il connaissait sans doute ma renommée parce qu'il a tellement insisté et m'a annoncé un prix que seul un imbécile aurait pu refuser. « Il est amoureux de la *petite**, me suis-je dit, et je parie qu'une bonne partie de cette somme sortira de sa bourse. » Sur cette bonne pensée, j'ai regardé la jeune fille. La faible lumière du vestibule ne parvenait pas à cacher la beauté singulière de ses yeux, mais je reparlerai de cela plus avant. Un professionnel comme moi doit savoir se soustraire aux premières impressions, tout au moins tant qu'il n'a pas évalué avec objectivité un éventuel talent artistique. Elle était très grande, peut-être 1,70 mètre, et ses mensurations semblaient intéressantes. Quelques instants plus tard, pendant que Jurgens, satisfait, fumait un cigare dans l'un des petits fauteuils capitonnés que je réserve aux mentors, j'ai constaté qu'elles étaient les suivantes : 97-53-92 pour un poids de 51 kilos. « Maintenant, danse, *petite** », lui ai-je dit. Elle a esquissé des pas absurdes et indignes de mon art. « Maintenant, chante », lui ai-je ordonné avant de constater que sa voix était aussi lourdaude que ses mouvements. Des années plus tard, une fois passée la passion qu'avait déchaînée la Belle Otero à New York et après que Caroline avait bénéficié en maintes occasions de mon enseignement artistique – cela dit en toute modestie, une vertu qui ne m'est pourtant guère familière – Acton Davies, critique de New York réputé pour sa causticité, devait résumer une prestation de la Belle en une phrase : « J'ai vu la Belle Otero chanter et je l'ai entendue danser. »

Mais, sur les planches, le talent seul ne suffit pas. Caroline Otero avait une qualité aussi précieuse : le feu. Il était dans ses yeux, dans ses cheveux et, surtout, dans la sensualité de chacun de ses mouvements. Il me faut avouer qu'Otero était le « sexe à l'état pur », ainsi que l'a affirmé plus tard un artiste peu talentueux, le séducteur professionnel Maurice Chevalier que je n'ai, bien sûr, jamais compté parmi mes élèves.

« Je regrette, c'est impossible », ai-je dit à Jurgens. Mais je réfléchissais déjà à la façon dont un maestro comme moi allait se débrouiller afin de tromper un public cultivé et faire passer pour du talent ce qui n'était que sensualité féminine et diabolique (personnellement et *Dieu merci**, je ne suis jamais tombé sous le charme). Jurgens m'a confié sa protégée avant de rentrer à New York, où il comptait annoncer à son supérieur qu'il avait trouvé une rivale à Carmencita (d'après ce que je sais, celle-ci était très douée). Il s'est consacré corps et âme à organiser une importante campagne promotionnelle avant les débuts de « l'étoile », prévus au mois d'octobre. Je dois reconnaître que tous ces montages publicitaires étaient si solidement agencés que même P.T. Barnum[1], le roi de ces tours de passe-passe, en aurait été ébahi. J'ai d'ailleurs eu l'honneur de rencontrer ce personnage époustouflant.

Pendant que je formais Otero, Jurgens, dans son pays, chauffait l'ambiance en faisant publier dans la presse des articles ronflants :

> Très bientôt, nous pourrons voir la mystérieuse beauté espagnole, reine internationale de la danse, qui vient d'achever une tournée en Europe et a transporté le public le plus sophistiqué du monde avec ses prestations exotiques.

De mon côté, je supportais les sautes d'humeur de cette Andalouse sauvageonne tout en mettant sur pied une stratégie. J'ai dépensé l'argent que m'avait versé son amoureux transi chez les meilleures modistes et coiffeurs de Paris. Pendant dix mois, nous avons travaillé sans relâche pour faire de cette créature ordinaire et sans éducation une femme non pas du monde, mais presque. Jurgens, qui ne supportait pas d'être trop longtemps séparé de sa petite gitane, est vite revenu à Paris sous prétexte de « superviser nos progrès », mais je ne lui ai guère prêté attention car j'avais d'autres chats à fouetter. Ravi que sa protégée ait appris les manières du grand monde, il s'extasiait de la voir ramasser la traîne de sa robe ou poser élégamment un chapeau sur sa tête. Je dispensais mes leçons de chant et de danse avec une patience infinie, mais les fruits de mes efforts tardaient à venir, si bien que j'ai eu pour finir une idée brillante et imparable destinée à nous attirer le

1. Phineas Taylor Barnum est le créateur du cirque le plus populaire et le plus extravagant de tous les temps. Il comprenait cinq pistes de spectacle et devint notamment célèbre grâce à ses exhibitions de vaches à deux têtes, de femmes à barbe, d'hommes éléphants et autres « monstres » en tout genre. *(NdA)*

succès. La poche lestée de l'argent que Jurgens venait de me remettre, j'ai engagé quatorze danseurs confirmés autrement plus doués que notre étoile. Composée de sept hommes et de sept femmes, cette *troupe** avait enthousiasmé le public parisien lors de la grande Exposition. J'ai également mis sous contrat cinq guitaristes et l'orchestrateur et chorégraphe talentueux don Evaristo Bergasa, qui est devenu le directeur de la compagnie. Tout était réglé comme du papier à musique quand, un matin de septembre, j'ai rendu son petit fauve à Jurgens, qui a écouté le récit du difficile apprentissage de Caroline calé dans un fauteuil moelleux. Jacquo, mon pianiste, faisait courir d'un air las ses doigts sur le clavier et improvisait un petit air andalou en guise d'adieu. Lui aussi était épuisé tandis qu'Otero, indifférente à tout ce que nous avions fait pour elle, regardait par la fenêtre, apparemment plus captivée par le murmure du vent dans les branches des acacias de l'avenue que par mes explications ou les questions de Jurgens. « Allons, Lina, il est temps de prendre congé du maestro », lui a-t-il dit. Et, telle une chatte capricieuse, elle s'est approchée de nous, les mains dans le dos, se déhanchant légèrement au rythme de la mélodie qui lui rappelait sans doute sa terre. « Tu ne veux pas remercier M. Bellini ? insistait l'administrateur. Que t'arrive-t-il ? » Elle se dirigeait vers nous en affichant le sourire enjôleur qui captivait tant les hommes stupides. « Allons, Lina », a répété Jurgens. Elle s'est arrêtée face à moi, son sourire s'est élargi puis elle m'a craché au visage avant d'éclater de rire. Jurgens s'est confondu en excuses.

Telles étaient les véritables manières de Caroline Otero. Tout ce qu'elle avait appris chez moi en matière d'éducation n'était qu'un vernis, certes brillant, mais encore plus illusoire que son talent.

*

Nice, 9 avril 1965, 10h45.

Balivernes ! Tout ce que cet horrible maestro a dit sur ma mauvaise conduite n'est que calomnie. Il est vrai que j'avais un drôle de mauvais caractère dont je faisais étalage chaque fois que cela en valait la peine. Bien souvent, j'ai joué la comédie et feint ce que mes admirateurs appelaient ma « furieuse dignité andalouse », mais j'étais en représentation pour faire honneur au personnage fougueux que tout le monde se plaisait à voir en moi. On m'a attribué des scènes osées qui sont vraies, comme de provoquer en duel au sabre une rivale qui avait eu le toupet de me parodier dans un théâtre sans envergure. J'ai aussi dansé sur une table de restaurant en présence de deux rois et à Moscou, je suis apparue nue sur un plateau d'argent. Mais on m'a prêté des actes que je n'ai jamais commis, tout aussi audacieux mais inventés de toutes pièces, que ma « furieuse dignité andalouse » n'aurait jamais permis. Je veux notamment parler d'une anecdote dont on a beaucoup parlé, selon laquelle sur la Côte d'Azur, à plus de cinquante ans et en pleine déchéance, j'aurais été à cours d'argent au casino. Constatant que le chef des *croupiers** refusait de m'octroyer un prêt, moi, Caroline Otero, je serais montée sur une chaise pour montrer mon derrière (« aussi doré qu'un pain sorti du four », osa dire l'auteur de cette ignominie) à l'assistance stupéfiée. J'aurais ensuite fait quelques petits tours sur moi-même en criant : « Et ceci ? C'est aussi sans valeur pour vous, bande d'idiots ? »

Balivernes ! Tout autant que le crachat destiné au maestro Bellini. S'il me faut expliquer les raisons de mon célèbre caractère de cochon, qui n'a entre nous soit dit jamais outrepassé les limites de la convenance, j'aimerais préciser que j'ai appris très tôt jusqu'où pouvaient aller mes accès de colère. La vie m'a enseigné que les caprices et les excentricités des êtres humains sont comme les liquides : ils tendent à occuper tout l'espace que leur offre un récipient ou, ce qui revient au même, frappent celui ou celle qui doit en faire les frais. En d'autres termes, le capricieux étale ses inconséquences tant que la tolérance d'autrui l'y autorise. La seule différence entre les privilégiés (les beaux, les riches, les puissants) et les simples mortels est que les récipients réservés aux premiers sont beaucoup plus grands, à tel point qu'on leur permet parfois de se laisser aller à des conduites intolérables. Mais, même ainsi, seuls les sots dépassent les bornes.

Quiconque, y compris l'être le plus extravagant, sait qu'au fond on peut aller jusqu'à l'extrême limite de la patience d'autrui mais qu'il faut se garder de faire déborder le vase. Tant va la cruche à l'eau qu'à la fin elle se casse... Autrement dit : il m'est arrivé d'aller jusqu'à ce point ultime en piquant une de ces bonnes colères qui plaisent tant aux hommes, mais j'ai pris soin de ne pas exagérer. Est-ce si difficile à croire quand on connaît mes frasques ? Peut-être, mais on trouve dans la vie des « récipients » de toutes tailles. Certains sont aussi petits que des verres à liqueur et il faut prendre garde qu'ils ne débordent au premier caprice. D'autres, en revanche... Mais d'où me viennent ces paroles stupides ? Ça suffit, Lina, tu es devant ta porte alors cesse de divaguer. Il est temps de regagner le monde de ceux qui sont (encore) des mortels.

Sieste

Nice, 9 avril 1965, midi.

– *Bonjour, mam'zelle**.

C'est ma logeuse, Mme Depo, une vieille folle qui ignore tout des caprices et des ruses féminines et dont le seul plaisir consiste à recueillir dans un bonnet de velours rouge l'argent que lui doivent ses locataires, comme un sacristain faisant la quête. Je lui ai donné de multiples déconvenues. Nous sommes restées des années sans nous adresser la parole. Un jour, alors que je traversais une mauvaise passe, elle m'a coupé l'électricité et m'a privée de chauffage pendant des mois. Mais il en faut plus pour affecter la Belle Otero ! Ensuite, nous avons eu un petit incident au cours duquel j'ai laissé exploser ma célèbre « *furia* andalouse » en lançant une bouteille vide de champagne sur sa pauvre caboche. Maintenant, nos relations sont plus cordiales. Même son absurde manie d'avaler les syllabes et de serrer les lèvres quand elle dit « *mam'zelle** » ne me gêne plus. Il est des personnes dont on déteste jusqu'aux plus petites insignifiances. « Bonjour », lui dis-je, et Depo, très occupée à passer un plumeau rachitique sur les casiers de clefs, se retourne et penche légèrement la tête. Je souris. Je me sens si étourdie après ma promenade que, sans y réfléchir, je me surprends à lui dire :

– Écoutez, Depo, je suis très occupée ces temps-ci, mais

je crois que j'aurai quelque chose pour vous dès lundi. Passez donc me voir pour récupérer votre loyer.

Elle branle à nouveau du chef d'un geste qui ne me semble pas loin d'être éduqué.

– *Oui, mam'zelle**, quand vous voudrez, *mam'zelle**, me répond-elle alors qu'elle sait pertinemment que je ne lui permettrai jamais de franchir le seuil de ma porte, protégée par quatre verrous de bonne qualité et interdite à – presque – tout le monde.

Mme Depo a cessé d'agiter son plumeau. Comme si elle voulait faire durer la conversation par simple amabilité, elle me dit que le temps a fraîchi et se fend d'un sourire aux dents cariées. De même que la plupart de mes voisins, elle s'imagine que j'ai un magot caché quelque part. Hélas elle se trompe mais j'aime entretenir le doute et je m'y emploie dès que l'occasion se présente. Personne ne sait que je suis encore assez téméraire pour retourner au casino. Récemment, j'étais en veine et j'ai gagné un bon paquet d'argent. Les pouces me picotaient comme lorsque je pariais de grosses sommes et mes lèvres tremblaient tout autant, sauf que, cette fois, je jouais ma pension mensuelle, quelques misérables francs qui n'auraient même pas couvert les dépenses hebdomadaires de mon époque glorieuse. Mais n'y a-t-il pas plus de grandeur à risquer tout ce qu'on a à la fin de sa vie ?

Et j'ai décroché la timbale. Environ 600 francs. L'idée m'est alors venue de raviver la légende et de laisser planer l'équivoque. Un jour que je faisais mes courses au « Tout est là », j'ai montré au bon Marcel Entressangle une grosse liasse de billets que j'ai ensuite perdus aussi facilement que je les avais gagnés. Mais l'attrape-nigaud a fonctionné et des rumeurs ont commencé à circuler dans le quartier. Les voisins et ma logeuse me croient riche à présent. C'est parfait. J'aurai ainsi quelques semaines ou quelques mois de tranquillité. Après, à la grâce de Dieu.

« À la grâce de Dieu » n'est qu'une phrase toute faite,

*naturellement**. Je n'ai jamais rien demandé à la Providence. Nous sommes en froid depuis trop longtemps et entretenons des rapports dominés par la méfiance. Je suis néanmoins prête à la supplier de dire à mes souvenirs qu'ils cessent de me poursuivre. Ce n'est pas juste. Sauf à poser le pied sur ce pavé sur la place, je ne fais rien pour les provoquer…

– *Madame** Depo ! Comme c'est aimable de votre part ! dis-je à ma logeuse. (Je m'étonne de la voir sortir de derrière son comptoir et de me proposer de porter mon sac. Les ragots sur ma nouvelle richesse ont dû attendrir son cœur de vieille usurière bigote.) J'accepte votre aide avec joie, *madame**. Mes courses ne sont pas lourdes, mais mes pauvres jambes ont du mal à les monter jusqu'au deuxième étage.

– Tout le plaisir est pour moi, *mam'zelle**. Si vous permettez, je trouve que vous avez l'air un peu dans la lune aujourd'hui.

Je permets.

*

Tous les jours, vers 17 heures, Assunta Giovagnini passe à la maison. Elle est la seule à posséder un double de mes clefs. Elle est, selon sa propre définition, « ma meilleure amie », et je veux bien qu'il en soit ainsi. Pourquoi pas ? Il faut toujours avoir quelqu'un sur qui se reposer. Assunta est une brave personne. Elle a un petit restaurant d'une propreté impeccable dans la rue voisine : « Le Colbert, repas économiques ». L'après-midi, elle m'aide à faire mon lit et à débarrasser les restes de mon déjeuner. Je me demande si elle croit elle aussi que je possède une petite fortune cachée quelque part, dont elle espère hériter. Je me méfie. Bien des fois, j'ai supposé que telle était la raison de son amitié, en plus de la gloriole qu'elle s'attire parce qu'on la pense dépositaire de mes plus scandaleux exploits. « Parlez-moi de votre passé, madame », m'a-t-elle souvent dit. Je refuse tout net et lui montre les dizaines de photos qui tapissent ma petite chambre tout en haussant les épaules. « Tout est là, Assunta, regardez donc par vous-même. » J'imagine que ma voisine meurt d'envie que je lui confie un grand secret ou tout au moins un potin intéressant à répéter ensuite à ses amies. Mais hormis l'expérience idiote de ce matin, cela fait des années que je fuis les souvenirs, à croire que les quatre verrous que j'ai fait installer sur ma porte sont destinés à leur barrer le passage. Pourquoi me risquerais-je à évoquer mes leçons avec le maestro Bellini ou mon grand saut vers la postérité dans la ville de New York, lorsque j'étais la vedette de l'Eden Musée ? À mon âge, il n'est pas bon de ressasser le passé, moins pour la douleur qu'on ressent en le sachant irrécupérable que parce que les souvenirs s'émoussent et deviennent insignifiants à force d'être relatés. Ils perdent toute grandeur. « Que faisait la Belle Otero à la fin de sa vie ? Parlait-elle beaucoup de son passé glorieux ? Combien d'amours secrètes vous a-t-elle avouées ? » ne manqueront pas de lui demander les journalistes après ma mort, armés de leurs carnets de notes. Si elle est honnête, elle devra leur répondre que ma réserve frisait l'agressivité, que je ne m'étendais guère sur mes belles années, pas même avec elle, que je passais des après-midi entières à faire des réussites en écoutant la radio, ou que je lisais des romans sur mon canapé-lit. Ah, histoire d'ajouter une touche mondaine, elle pourrait leur expliquer à juste titre que je consacrais beaucoup de temps à ma *toilette**. C'est tout naturel, car il faut toujours être bien mise au cas où l'on recevrait une visite impromptue, même quand on n'attend plus que la mort.

« Adieu ma chère », dis-je à Assunta Giovagnini lorsqu'elle a terminé son œuvre de bonne Samaritaine. Elle m'a bordée comme elle le fait tous les jours pour que je fasse la sieste. « On est contente ? On a aimé les œufs à la coque ? me demande-t-elle en adoptant le ton paternaliste qu'on réserve aux enfants, aux vieux et surtout aux fous. On monte un peu plus la courtepointe ? » Je fais semblant de dormir, à moins que je n'aie déjà sombré dans le sommeil car je ne saurais expliquer autrement la scène qui se déroule sous mes yeux : un grand vapeur vient se superposer au visage souriant d'Assunta, qui disparaît sur la pointe des pieds et ferme les quatre verrous.

Mais la vision éculée demeure. Maintenant, je distingue nettement un bateau qui s'acharne à voguer sur les murs de ma chambre. Garibaldi le voit-il ?

Certainement pas. Mon canari est tourné vers le balcon et ses amis les pigeons.

Mon Dieu ! Je crois que ma tête va encore me jouer un mauvais tour. C'est la croix des vieux que de se rappeler ce que nous fuyons et d'oublier les choses que nous voudrions garder présentes à l'esprit. Peut-être n'est-ce pas un souvenir mais l'un de ces rêves cruels qui me hantent quand je fais la sieste ou suis dans un demi-sommeil. Rêve ou souvenir, cela revient au même, mais je suis prête à jurer que c'est la statue de la Liberté qui s'élève devant moi.

New York à la fin du XIXe siècle

Cent dix ans exactement après que le vapeur *La Bourgogne*, qui transportait Caroline Otero en Amérique, se fut amarré au quai de Morton Street, j'atterrissais à New York en quête de renseignements sur les débuts de sa carrière. Mon séjour allait être moins brillant que le sien – c'est bien normal –, mais riche en pistes et en informations. Je savais qu'Ernest Jurgens, déployant mille recours et se servant intelligemment de la presse, avait fait d'elle l'un des premiers produits de marketing artistique. Mais j'avais besoin de consulter les archives et de connaître les lieux qu'elle avait fréquentés, dont malheureusement très peu existent encore. Des amis, Ludmila et Chencho Arias, m'ont hébergée chez eux, ce qui m'a épargné la solitude d'un hôtel. Un autre ami, Francisco Serrano, a montré à mon égard plus de patience que Job – j'étais si étourdie que je me suis présentée à l'hémérothèque de Columbia pour consulter les microfilms des journaux de l'époque sans mes lunettes – et a eu la gentillesse de me fournir une mine de renseignements sociologiques sur le New York de la fin du XIXe siècle et ses personnalités. J'ai ainsi pu réunir des détails sur le premier succès de Caroline Otero comme danseuse et d'autres informations très précieuses sur son séjour à New York, où elle est arrivée en 1890.

Le New York que Caroline Otero a découvert à son arrivée était multiple : le New York des ouvriers qui avaient à peine de quoi manger ; le New York portuaire, le New York champêtre ; celui des émigrants venus des quatre coins du monde, qui accueillait jusqu'à quarante bateaux par jour depuis 1840 ; celui des millionnaires. Les différentes classes ne se mélangeaient pas car, dans cette cité plus que nulle part ailleurs, les couches sociales coexistaient sans jamais se rencontrer.

Caroline Otero fréquentait le New York des millionnaires. Dans la ville, on venait de remplacer le gaz par l'électricité. Après la première Foire internationale automobile, rue Madison, l'usage de la voiture à moteur s'était largement répandu. Depuis deux ans, on jouait à Broadway, fidèle reflet des us et coutumes et des progrès de la société, une pièce sur les avantages et les désagréments d'une nouvelle invention appelée téléphone. Dans la dernière décennie du XIXe siècle, 25 % de la population étaient d'origine allemande ou hollandaise, comme les quatre cents familles les plus puissantes de la ville, qui s'étaient enrichies grâce à la terre. Elles vivaient repliées sur elles-mêmes et faisaient barrage aux *new money*, les nouveaux riches, représentés par les Vanderbilt ou les Morgan, qui avaient fait fortune dans l'industrie ou la banque.

Les *clubmen* étaient à la mode dans les hautes sphères de la société new-yorkaise. Ces millionnaires dilettantes étaient assez riches pour jouer au polo toute la sainte journée, organiser des régates et courir le guilledou. Les élues de leur cœur étaient en général des chanteuses ou de belles artistes qu'il était de bon ton de vénérer comme des déesses et de couvrir de bijoux. Hormis quelques exceptions commentées avec horreur dans les cercles restreints, une telle générosité n'était pas dictée par une folle passion ou la magnanimité, mais simplement due à une question de statut. Les mariages étant préparés à l'avance par convention sociale ou économique, le charme et la richesse des messieurs de l'époque se mesuraient à l'aune de la *demi-mondaine** pendue à leur bras. Plus elle était chère et capricieuse, plus son protecteur semblait influent. Il fallait non seulement être dispendieux, mais aussi extravagant. Des légendes se créaient, on grossissait certaines anecdotes jusqu'à en faire des histoires incroyables. Sur la Belle Otero, on disait qu'après l'avoir rencontrée, un multimillionnaire avait décidé de la gâter en l'invitant à manger plusieurs douzaines d'huîtres. L'affaire se serait limitée à de fastueuses agapes si, dans chaque huître ouverte, la Belle n'avait découvert une grosse perle. Elle aurait récolté en un seul dîner de quoi se faire monter un collier de quatre kilos ! Telle est la légende sur laquelle je ne m'attarderai pas car je trouve invraisemblable qu'après avoir mangé autant d'huîtres, notre héroïne n'ait pas succombé à une bonne crise de foie. Mais pour une histoire fausse, beaucoup sont vraies. L'Amérique du Nord était à l'époque un pays débordant de richesses, en pleine crise d'adolescence et réputé pour ses excès.

*

Le 14 septembre 1890, Caroline Otero, inconnue du grand public, arrivait dans cette jeune société encore régie par un groupe très fermé de nantis bien moins tolérants que leurs pairs européens. Jurgens, son agent, avait organisé un grand battage médiatique autour de sa personne et lui avait préparé un accueil aussi fantastique que fabriqué qui allait marquer le début de sa grande carrière dans le monde des privilégiés.

Jamais la Belle ne se risqua à parler de ce qu'elle avait ressenti en pénétrant dans cet univers. On sait cependant que la fausse étoile fut reçue avec tous les honneurs. En voici pour preuve quelques extraits des journaux de l'époque, qui démontrent bien l'efficacité des ruses de Jurgens pour préparer son arrivée à l'Eden Musée :

> Mlle Otero, célèbre danseuse espagnole, est arrivée hier dans le paquebot français *La Bourgogne* [annonçait le *New York Herald*]. Elle vient honorer un long contrat à l'Eden Musée. Le bateau a accosté au quai Quarante et a été accueilli par le vapeur *Laura M. Starin*, à bord duquel se trouvaient messieurs Jurgens et F.M. Reynold, qui lui avaient préparé une magnifique réception. Ils avaient toutefois oublié le permis spécial permettant à la danseuse de débarquer. *La Bourgogne* a donc été obligée de poursuivre son avancée jusqu'au quai de Morton Street tandis que le *Laura M. Starin* tâchait de se maintenir à la hauteur du transatlantique. Caroline Otero a enfin pu embarquer sur le *Laura M. Starin* et a mis pied à terre dans la West 23rd Street tandis que de nombreuses voitures transportaient la troupe à l'hôtel Bartholdi, où devait être logée la danseuse.

D'autres journaux, comme *The World*, racontent que « des milliers de spectateurs ont attendu sur le quai de Morton Street pour accueillir Mlle Otero » et consacraient plusieurs lignes à la vie de l'artiste. L'un d'eux déclare qu'elle « préfère modestement se faire appeler mademoiselle », un autre qu'elle est « la fille illégitime de l'impératrice Eugénie » tandis que, dans certains papiers, elle apparaît comme « une comtesse andalouse ». Dans *The Press*, il est écrit que « Jurgens a pu convaincre Mme Otero d'abandonner sa brillante carrière en Europe pour gagner l'Amérique parce qu'elle cherchait à fuir deux admirateurs royaux qui menaçaient de se battre en duel. Le survivant avait l'intention de demander la charmante danseuse espagnole en mariage ».

> C'est une comtesse [déclare *The Evening Sun* quelques jours plus tard]. Mais certains disent que cette jeune Espagnole étonnante préfère laisser son titre de côté et se faire appeler simplement Otero. Son titre de noblesse serait trop long sur les affiches et ne satisferait pas le public américain, qui lui préfère des pieds sachant danser. Quoi qu'il en soit, puisque le comte Otero a été oublié après leur divorce, il ne compte pas. Il faut dire qu'elle a aussi parmi ses amis le roi Alphonse XII. En 1878, alors qu'elle n'était encore qu'une enfant, Caroline Otero fut enlevée et emmenée dans son palais. Ses kidnappeurs la laissèrent quelques minutes seule pour aller prévenir le roi. L'audacieuse jeune fille en profita pour s'échapper en sautant par la fenêtre. À l'aide de deux béliers, elle put gagner le jardin et courut jusqu'à un hôtel tandis que non loin de là, un groupe de musiciens interprétait une vieille mélodie écossaise.

C'est une chance que les Américains n'aient rien su de la triste vie d'Alphonse XII et de l'amour qu'il éprouvait pour sa cousine, la reine María de las Mercedes, morte justement en 1878, sans quoi ils n'auraient certainement pas inventé ces sornettes et se seraient gardés d'y ajouter l'impayable détail du groupe de musiciens écossais.

Jurgens, qui est l'auteur de cette mise en scène, était éperdument amoureux de Caroline. Il avait eu le coup de foudre pour elle et lui voua un véritable culte jusqu'au jour où, quelques années plus tard et criblé de dettes, il se suicida. Sa protégée lui ayant toujours témoigné de l'indifférence, sa seule réussite dans cette aventure fut de faire de Caroline Otero une artiste mondialement connue. Le 1er octobre, jour de ses débuts à New York, il avait presque dilapidé toute sa fortune pour lui assurer le succès. Après avoir financé le long séjour de la Belle à l'hôtel Bartholdi, situé dans un luxueux gratte-ciel construit depuis peu, Jurgens estima que son standing méritait mieux et lui loua dans la 23e Avenue un appartement qui avait appartenu à l'actrice Lillie Langtry, connue pour avoir été la maîtresse du prince de Galles et la muse d'Oscar Wilde, qui s'était inspiré d'elle dans *L'Éventail de lady Windermere*.

Jurgens était couvert de dettes. Il n'osait pas s'attribuer un pourcentage sur les cachets de Caroline pour financer sa promotion et commença à se servir dans la caisse de l'Eden Musée. Plus tard, les contrats juteux qu'il lui décrocha à Londres ou à Paris ne lui apportèrent pas la fortune mais contribuèrent au contraire à sa perte. Amoureux fou de Caroline Otero, il quitta femme et enfants pour ses beaux yeux et la suivit dans le monde entier. Quand la Belle, dans le plus pur style de la Carmen de Bizet, exigea qu'il cesse de lui faire des crises de jalousie, déclara qu'elle ne l'aimait pas et qu'elle lui était infidèle, il continua cependant de jouer les imprésarios, pour ne pas dire les valets.

Mais nous n'en sommes encore qu'au début. Le 1er octobre 1890, parée d'un impressionnant collier de perles d'une valeur de 12000 francs offert selon la presse par « un admirateur français », mais acheté en vérité par un Jurgens transi d'amour, la Belle monta sur les planches de l'Eden Musée. Comme cela était courant à l'époque, ce célèbre théâtre donnait des spectacles de music-hall associés à d'autres attractions (il s'agissait aussi du plus grand musée de cire d'Amérique).

Accompagnée par la compagnie de danse formée par le maestro Bellini, Caroline chanta et dansa devant un public qui avait été dûment préparé. Tous étaient venus admirer la petite comtesse romantique inventée par Ernest et finirent hypnotisés par sa beauté et son incomparable sensualité. Nombreux furent ceux qui, tout au long de sa carrière, surent déceler le manque de talent et les poses outrées derrière ce que nous appelons aujourd'hui le *sex-appeal* et les airs dramatiques qu'elle qualifiait de « feu espagnol ». Mais personne n'osa jamais nier le fait qu'elle avait le pouvoir de transporter les spectateurs et possédait une beauté voluptueuse très en vogue à l'époque. Ce qui ne séduirait peut-être plus de nos jours était considéré à la fin du XIXe siècle comme un mélange détonant de sauvagerie spirituelle.

On lui fit toujours ces deux éloges contradictoires en la décrivant à la fois « sauvage » et « spirituelle ». Il nous est difficile d'en juger car nous ne disposons pas de témoignage cinématographique de ses prestations sur scène pour comprendre le côté extraordinaire de cette danseuse et chanteuse apparemment médiocre, mais le magnétisme se sent plus qu'il ne s'explique.

Ce soir-là, à l'Eden Musée, l'aura de la Belle Otero brilla de tout son éclat :

> Le rideau s'est levé [lit-on dans *The Sun*]. Huit figurantes en costume traditionnel espagnol sont apparues, suivies de cinq mandolinistes et d'autant de guitaristes dans de belles tenues vert et or. Puis nous avons vu la Belle Otero ! Elle portait une robe de satin blanc au profond décolleté bordé de plumes d'autruche, fendue de chaque côté pour nous permettre d'admirer ses jambes merveilleuses. Son visage très espagnol était pâle comparé à sa chevelure de jais, peignée et crantée de telle sorte qu'elle déferlait en vagues douces à partir du front. Elle s'est présentée avec dignité, s'est inclinée et a chanté après avoir fait signe à ses musiciens. Elle a commencé par une jolie chanson de Tosti, *Ohé Mama*, et a enchaîné sur la célèbre *Paloma* d'Iradier. Elle a une voix très

agréable et ponctue ses paroles de gestes délicats et expressifs.

Conquis, le critique poursuit :

> Dans la deuxième partie du spectacle, elle portait un costume de paysanne rouge et noir, une cape de velours et des bas noirs. Elle avait piqué des fleurs dans ses cheveux. « *¡ Vamos !* » s'est-elle exclamée. « *¡ Vamos !* » lui ont répondu les guitaristes en attaquant une *jota*. Elle dansait avec une incroyable trépidation des pieds et a terminé sur une suite de figures. Ses hanches, ses pieds, son cou et son buste oscillaient d'avant en arrière, lentement, avec langueur ou rapidité, révélant ses courbes enchanteresses et des attitudes d'une fraîcheur inégalable.

Dans un autre journal, le critique est moins impressionné par la sensualité que par le côté « spirituel » du physique de la Belle. Il est allé jusqu'à la comparer à une Vierge :

> Il était un peu plus de 21 heures quand la Belle Otero a fait son entrée sur scène. Son visage beau et pur a fait dire à une adorable dame assise au premier rang qu'elle ressemblait à une *madonna*. Un homme a entendu le commentaire et en a fait part à son voisin. Avant la fin de la soirée, l'expression courait sur toutes les bouches, même celles des spectateurs qui écoutaient debout dans le hall et ont pu se rendre compte que le public parlait déjà de la nouvelle danseuse espagnole comme d'une madone.

Les autres journaux étaient tout aussi enthousiastes : « Otero conquiert New York » ; « Son corps fragile est celui d'un magnifique serpent » ; « Otero a capturé la ville». Pour finir de séduire la presse et célébrer les débuts de sa protégée, Jurgens avait organisé un dîner privé au Delmonico's, auquel Caroline assista vêtue «d'une splendide robe noire laissant à découvert son cou marmoréen... Des fleurs ornaient ses cheveux et un joli bouquet de roses rouges faisait honneur aux couleurs de l'Espagne». D'après les chroniques, à la fin du repas, elle chanta en espagnol et en français, et réserva à ses invités une surprise qui, avec le temps, allait devenir une habitude :

> L'aube était déjà levée depuis longtemps lorsqu'elle monta sur la table et dansa une merveilleuse danse espagnole typique. Elle avait au préalable rassemblé une poignée de lys qui décoraient la table et les avait répartis habilement dans ses cheveux et sur son corps au point d'avoir l'air d'une véritable nymphe...

Les ruses de Jurgens et la beauté de Caroline avaient atteint leur but. Pour que le succès soit complet, il ne leur restait plus qu'à partir à l'assaut de la ville et pénétrer dans l'hermétique société new-yorkaise en s'assurant la confiance des matrones qui la dirigeaient. Les danseuses n'avaient en principe pas droit de cité dans cet univers, mais rien n'était impossible pour une aristocrate de la trempe de la comtesse Otero.

Jurgens ne pouvait pas prévoir que son habileté à faire venir un échantillon des «Quatre cents familles» à la première d'une inconnue allait entraîner la fin de la tendresse que la Belle éprouvait, ou feignait d'éprouver, pour lui. Le soir venu, tout se déroula à merveille tant du point de vue artistique que social. Ernest s'assura un triomphe en constatant la présence dans les loges de riches dames, de *clubmen* et, surtout, de personnalités aux noms prestigieux, comme les époux Herman, Mme John Fair, les Astor ou William Vanderbilt et sa femme. Toujours attentives aux signes extérieurs de fortune, les chroniques mondaines firent l'inventaire des bijoux portés par les dames du public, un détail qui, en plus de donner une idée de leurs fortunes colossales, prouvait l'importance que celles-ci accordaient au spectacle de la comtesse Otero :

> Hier, à l'Eden Musée, nous avons pu admirer une belle *rivière** de diamants, trois rangs de perles fines, un collier de six rangées de brillants portés par Mme William Astor[1] ; les pendants d'oreilles de trente carats de Mme Frank Leslie ; nous avons également remarqué une belle tiare de diamants en forme de peigne appartenant à Mme Whitney Belmont…

Le chroniqueur poursuit en expliquant que les parures les plus simples étaient des boucles d'une valeur de 35 000 dollars arborées par Mme Mills.

Tous ces joyaux éclipsaient de loin les perles que Jurgens avait offertes à Caroline, mais ils auraient fait pâle figure devant ceux qu'elle reçut par la suite. Curieusement, certains bijoux qu'elle posséda des années plus tard étaient ce soir-là autour du cou de Mme Alva Vanderbilt, qui applaudit la danseuse avec une sincère admiration. Il s'agissait d'un collier de perles qui avait appartenu à Eugénie de Montijo, un simple rang de près d'un mètre de long dont William Kissam Vanderbilt fit cadeau à la Belle après son divorce.

Vanderbilt fut le premier d'une longe liste d'amants dont la particularité était d'avoir un compte en banque bien alimenté ou un nom aux résonances prestigieuses. Caroline n'était généralement pas fidèle aux patronymes ronflants, sauf quand leurs titulaires étaient richissimes. William Kissam Vanderbilt ne fut pas une conquête

1. Qui était sans aucun doute dans ces années-là l'arbitre implacable et la figure de proue des « Quatre cents ». *(NdA)*

difficile : il avait la réputation d'être un incorrigible coureur de jupons, particulièrement d'artistes et de *demi-mondaines**. Personne ne s'étonna donc qu'il laisse sa carte à Caroline dès la fin de sa première représentation. Il y a fort à parier que Jurgens ait blêmi ou ait été parcouru d'un frisson devant l'imminence d'un rendez-vous galant. Il dut certainement prendre conscience à cette occasion que son argent n'avait servi de rien, pas plus que ses visites de plus en plus fréquentes dans les caisses de l'Eden Musée. Caroline commençait à faire partie d'un monde contre lequel il ne pouvait lutter.

Quelques semaines plus tard, elle assistait avec décontraction aux thés et aux fêtes de bienfaisance donnés par les implacables dames des « Quatre cents ». Elle en profita aussi pour visiter les chambres de leurs maris (surtout celle de William K. Vanderbilt). Bien avant que l'aventure soit rendue publique, on savait déjà que les amoureux passaient leurs week-ends dans un lieu chaque fois différent : à l'hôtel ou dans la maison de la famille (un immeuble de 3 millions de dollars situé entre la 5e et la 42e Avenue), sur le yacht *Alva* ou à New Port, dans une villa qui n'avait de *cottage* que le nom car elle comptait plus de soixante pièces.

Pendant que Caroline batifolait, son imprésario se ruinait en cadeaux, faisait des projets et s'endettait en priant pour que les escapades de sa dulcinée ne soient rien de plus que les fugues passagères d'une jeune fille impressionnée par le faste.

*

Vanderbilt et Jurgens, les premiers amants de Caroline dans le grand monde, allaient préfigurer un schéma qui se reproduirait tout au long de sa vie amoureuse, avec d'un côté un monsieur influent commettant de plus en plus de sottises, faisant des dépenses inconsidérées, contractant des dettes et s'humiliant pour garder son amour, et, de l'autre, une nouvelle relation qui s'attirait les faveurs de la Belle jusqu'au moment où, prétextant une jalousie inexistante que sa «*furia* espagnole» ne pouvait refréner, celle-ci le remplaçait par un troisième homme. En plus de cadrer parfaitement avec la frigidité que lui imputaient certains biographes (je ne partage pas leur avis sur la question et pense plutôt qu'elle avait un cœur de pierre), cette inconstance ne faisait que la rendre encore plus désirable aux yeux de ses admirateurs. N'oublions pas qu'en ce temps-là les femmes – et plus particulièrement les «horizontales» – revêtaient pour les hommes une importance cruciale et contribuaient à leur renom. Jamais le sexe féminin n'avait été aussi adulé et idéalisé jusqu'à l'obsession, jusqu'à pousser certains amoureux au suicide. Comme à nulle autre époque, les sentiments romantiques se mêlaient à l'impression qu'on produisait en société. «C'est très simple : qu'un homme soit vu en ma compagnie accroît son prestige et le place aussitôt du côté des riches messieurs», disait la Belle Otero dans son autobiographie sans faire preuve de vanité. À la fin du XIXe siècle et sans doute jusqu'à la Grande Guerre, les femmes dans son genre étaient des symboles de pouvoir et d'argent car elles ne se laissaient voir qu'au bras de personnalités triées sur le volet. Celles qu'on traitait dédaigneusement d'«horizontales» étaient en outre les seules femmes qui ne se «vendaient» pas en convolant. Au contraire, elles ne faisaient que se «louer», comme le fit remarquer un jour une autre *demi-mondaine** célèbre. Il y a une grande différence entre se vendre et se louer. Les *cocottes** disposaient de leur propre argent, qui ne leur venait ni d'un père ni d'un mari. Elles n'avaient pas de maître, pouvaient choisir des hommes qui se disputaient l'honneur de les protéger avec leur influence et leur fortune.

Caroline comprit dès le début l'ascendant romantique que la Belle Époque attribuait aux courtisanes et l'exploita au mieux. Il ne fait pas de doute que ces comportements masculins étaient paternalistes, mais ils permettaient aux femmes qui se risquaient à jouer le jeu de rester libres. Elles bénéficiaient ainsi d'un pouvoir quasi illimité.

*

Caroline triompha pendant des mois à l'Eden Musée et dans les salons privés de la bonne société new-yorkaise. Jurgens parvint à étouffer le scandale de ses détournements de fonds grâce à la complicité de ses collègues. Comme souvent dans les cas désespérés, il se lança dans des investissements ruineux en espérant pouvoir restituer l'argent volé, mais, pour finir, cet homme si doué en affaires se trouva pris dans un engrenage de dépenses et d'échecs sans jamais oser demander à Caroline le moindre pourcentage sur ses appointements. Pourquoi l'aurait-il fait ? Sa petite fiancée n'aurait pas compris qu'il exige une rétribution pour son travail d'agent. Quelques mois plus tôt, il avait conclu avec elle un accord verbal stipulant qu'il s'occuperait de ses futurs contrats, mais sans parler d'aucune contrepartie. Quand les propositions en Europe se mirent à pleuvoir après le succès de la Belle en Amérique, Jurgens ne se risqua pas à faire établir un contrat écrit pour se protéger. Des imprésarios de Londres, Paris et Vienne envoyaient des télégrammes et proposaient de belles sommes pour engager la Belle. Jurgens jugeait ces conditions très avantageuses et les avances rondelettes, mais il se garda de s'attribuer un salaire. En fait il avait peur que Caroline le quitte à la moindre pression de sa part.

Il put cependant toucher une rétribution misérable et pathétique. Quand il fut temps pour la Belle Otero de regagner l'Europe, il retarda l'échéance de quelques mois en arguant que ses succès à New York la retenaient dans cette ville. Il cherchait ainsi à la garder davantage auprès d'elle, même si elle lui avait déjà annoncé qu'elle ne s'intéressait plus à lui. Pour justifier son manque de reconnaissance à l'égard de Jurgens, sa promptitude à l'oublier et ses nombreuses infidélités, Otero raconta à certains biographes l'histoire à l'envers, faisant de Jurgens un bourreau.

Toujours soucieuse de se présenter comme une amoureuse « régie par la passion », elle se plaignit d'avoir « atrocement souffert » des incartades de Jurgens, qui l'avaient poussée à la rupture. Ce fut la première fois qu'elle invoqua la jalousie pour quitter un homme. Plus tard, elle se servirait toujours de ce prétexte pour changer d'amant. Tous ceux qui ont connu Caroline Otero s'accordent à dire qu'elle aidait souvent économiquement et affectivement les femmes comme elle restées seules et sans argent. Mais, avec les hommes, elle se montrait intraitable. « J'ai toujours été très jalouse, déclara-t-elle un jour. C'est un défaut comme un autre, mais je ne suis pas de nature à partager mon bonheur avec une tierce personne. »

Avec Jurgens, elle appliqua ce précepte à la lettre : un soir, lors d'un bal masqué au cours duquel Jurgens avait un peu trop invité une belle actrice à danser, elle profita de l'aubaine pour faire une démonstration publique de sa *furia* si pratique. Après lui avoir administré deux gifles aussi sonores que publiques, elle quitta la salle en lui lançant une bordée d'injures galiciennes que, par chance, personne ne comprit. Les suppliques de Jurgens et les cadeaux qu'il lui acheta sur le compte de l'Eden Musée furent vains. La Belle prit ses distances avec toute la hauteur dont sont capables les femmes mortellement offensées. Quant à Jurgens, qui avait entre-temps abandonné femme et enfants pour courir derrière son «étoile», il ne lui resta plus qu'à demander sa note dans le petit hôtel où il logeait pour prendre une chambre dans un établissement encore plus modeste.

Les mois passèrent. Jurgens ne voyait Caroline que lorsqu'elle entrait dans sa loge ou en sortait. Un jour, il obtint cependant que la danseuse lui réserve la soirée de son vingt-deuxième anniversaire, le 4 novembre. Plus qu'une gratification, il s'agissait là d'une aumône, mais les mendiants doivent se contenter de peu.

Jurgens se fendit pour l'occasion d'un cadeau spécial, comme en témoigne le bijou que la Belle conserva jusqu'à la fin de ses jours, sans doute moins pour sa valeur sentimentale que parce qu'elle n'avait pas réussi à le vendre. C'est un petit cœur de métal portant l'inscription: *À ma chère Caroline, de la part de son ami Ernest André Jurgens, 4 novembre 1890*. L'objet a été photographié par Arthur H. Lewis, l'un des biographes de la Belle. Sur les côtés, on remarque trois petits trous qui portent à croire qu'il était auparavant vissé sur une boîte, peut-être un coffret à bijoux, on ne le saura jamais. Quant à la somme dépensée par Jurgens pour cet achat, seuls les fantômes en connaissent le montant.

Caroline, qui allait bientôt rentrer en Europe afin d'honorer ses nouveaux contrats, cherchait à progresser davantage dans les hautes sphères new-yorkaises. Elle avait toujours pris soin de ne pas se consacrer exclusivement à faire tourner la tête des hommes pour obtenir de l'argent et des cadeaux, et se souciait d'entretenir des amitiés féminines. À New York comme dans le reste du monde, ce sont les femmes qui dirigent, choisissent qui inviter ou interdire de séjour chez elles. Les hommes n'ont pas leur mot à dire dans ce domaine. À l'époque, ils se contentaient d'accepter docilement ou de repousser les personnes que leurs femmes avaient désignées, simplement parce qu'elles étaient ce que les Anglo-Saxons désignent sous le terme de *one of us* («l'un des nôtres »). Grâce au sang bleu qui coulait soi-disant dans ses veines ou à ses bonnes relations avec les matrones des « Quatre cents », Caroline était fréquemment invitée dans la bonne société ou conviée à d'autres événements, par exemple à l'inauguration d'un des hôtels destinés à devenir le symbole de New York, comme en témoigne cet entrefilet dans *The Post* :

> Hier soir, lors de la fabuleuse inauguration du Plaza [...] nous avons remarqué la belle comtesse Otero parmi les invités.

Entre-temps, la « comtesse » poursuivait son aventure avec William Kissam Vanderbilt et devenait, en accord avec les mœurs de l'époque, l'une des femmes les plus désirées du moment. Ce Vanderbilt, qui apparaissait autant dans les chroniques mondaines que dans les pages économiques des journaux, était le neveu de Cornelius Vanderbilt, fondateur d'une dynastie devenue multimillionnaire grâce aux chemins de fer. Lorsque William rencontra Caroline, il était marié avec Alva Erskin Smith, une beauté bien en chair issue d'une vieille famille du Sud qui avait aidé Willy à faire tomber les barrières que les membres les plus récalcitrants des « Quatre cents » avaient érigées face aux *new money*. Au début de leur mariage, les Vanderbilt étaient ni plus ni moins des nouveaux riches. Trois coups de maître leur furent nécessaires – l'un orchestré par William et les deux autres ourdis par son épouse sagace – pour pénétrer dans la haute société new-yorkaise.

Les Vanderbilt ou comment devenir « l'un des nôtres »

À la fin du XIXe siècle, des noms aussi célèbres que les Vanderbilt ou les Morgan durent déployer toute leur adresse pour pénétrer dans les hautes sphères de la société. Aux États-Unis, ils se montrèrent généreux et financèrent des institutions et des constructions qui leur conférèrent du prestige et firent d'eux les protecteurs de la ville. Ils bâtirent par exemple l'université de Columbia, le Metropolitan Opera House et des quartiers entiers de New York. Peu à peu, dollar après dollar, leur prodigalité finit par attendrir les cœurs vieux et snobs des « Quatre cents ».

Mais William et Alva Vanderbilt durent surtout leur ascension sociale à deux événements mondains : un bal fastueux auquel Alva eut l'audace de ne pas inviter Mme Astor ; après quoi, le couple abattit sa carte maîtresse en faisant de leur fille Consuelo la duchesse de Marlborough au terme de manœuvres dignes d'un cardinal florentin, entièrement menées par Alva. Le mariage, ou plutôt le *quid pro quo*, était bien dans le ton de l'époque. Comme sa parente Jenny Jerome, la mère de Winston Churchill, Consuelo apportait des sommes considérables aux Marlborough, en échange de quoi les Vanderbilt accédèrent au Gotha non seulement nord-américain, mais mondial. Le prix de cet anoblissement s'élevait à cinquante mille actions de la Beech

Creek Railways et impliquait la rénovation et l'entretien constant du palais de Blenheim ainsi que l'édification d'une maison à Londres. De 1895 jusqu'à son divorce, Alva Vanderbilt réalisa le rêve de toute matrone de l'époque et occupa le trône délaissé par la vieille Mme Astor.

À l'époque de son aventure avec la Belle, ni les blasons mangés aux mites de la vieille Europe ni même les affaires n'intéressaient William Vanderbilt. Les véritables passions de cet homme encore jeune étaient les yachts, le polo et les femmes, sans que l'on sache exactement dans quel ordre d'importance. « M. Vanderbilt ne parlait guère l'espagnol et je baragouinais trois mots d'anglais, rappela des années plus tard Caroline dans une interview. Mais il m'a invitée à dîner et j'ai accepté. Le lendemain soir, il s'est présenté avec un bracelet de diamants en forme de serpent dont les yeux étaient faits d'émeraudes. Un vrai gentleman. »

L'idylle dura six ans avec de longues interruptions. Après la saison new-yorkaise de Caroline, ils se revirent en Europe, souvent sur la Côte d'Azur, à bord de l'*Alva*, le magnifique yacht que Willie offrit ensuite à la Belle. Celle-ci, qui déclarait ne pas avoir « le pied marin », apprécia moins ce cadeau que le collier de l'impératrice Eugénie. Dans ses Mémoires, elle affirme être très malade en bateau, mais d'autres articles signalent que, lorsqu'elle devint propriétaire du yacht, elle était déjà dévorée par le démon du jeu et faillit le vendre pour le changer en jetons. En apprenant l'histoire, Vanderbilt proposa de régler le montant de ses dettes en le lui rachetant, puis l'invita à une courte croisière en Méditerranée.

Il est curieux de relever que, depuis leur première rencontre, aux États-Unis, ils s'étaient presque toujours retrouvés loin de la terre ferme : parfois sur l'*Alva*, parfois sur des bateaux de sport, et aussi – *noblesse** Vanderbilt *oblige** – à bord d'un train privé surnommé à New York « le plus beau palais sur roues du monde ».

Comme le prouve l'anecdote du yacht sur le point d'être vendu, Caroline Otero n'arriva jamais à rompre entièrement avec William. Pendant des années, ils continuèrent de se voir sur la Côte d'Azur et à Paris, même après qu'elle eut conquis le cœur de têtes couronnées et qu'il eut poursuivi d'autres *demi-mondaines** comme Liane de Pougy, la grande rivale d'Otero.

Le retour en Europe

Le contrat de Caroline à l'Eden Musée prenait fin le 1er février 1891, mais Jurgens le reconduisit de deux mois pour garder son étoile auprès de lui, ou tout au moins l'apercevoir entre deux représentations. Ils avaient conclu un accord verbal selon lequel il devait se charger des futures prestations de Caroline en Europe, mais, trop endetté pour partir sur-le-champ, il se lança dans l'organisation d'une grande fête d'adieu à l'Eden Musée. Toutes les places furent vendues pour l'occasion. Le programme annonçait la présence de plusieurs artistes qui n'avaient été invités que pour jouer les potiches à côté de la Belle. Voici ce qu'on lisait de la soirée dans le *Telegraph* :

> Bien des yeux se sont emplis de larmes lorsque la charmante Espagnole que d'aucuns appellent comtesse a envoyé des baisers au public et crié dans sa langue : « *¡ Adiós, amigos !* » Et tous de lui répondre en écho : « *¡ Adiós, señorita ! ¡ Hasta mañana !* »

Des années plus tard, Caroline évoqua son dernier week-end sur l'un des yachts de Vanderbilt dans les termes suivants : « Il n'y avait à bord rien que nous deux et l'équipage, qui se composait tout de même de près de cent personnes, dont un orchestre. Avant de me dire au revoir, Willy m'a offert un beau collier de diamants et a promis de venir me retrouver à Paris. »

Après le retour de Caroline en Europe, Jurgens géra les contrats de la Belle par télégramme et tâcha de renflouer les trous de trésorerie de l'Eden Musée avant que les propriétaires du théâtre remarquent ses irrégularités. Il n'y parvint pas et le scandale ne tarda pas à éclater. La Belle était déjà très loin. Elle passait l'été près de Paris où son chorégraphe, le maestro Bellini, la préparait pour sa saison londonienne prévue à l'automne. On imagine que les dépenses de l'artiste étaient toujours réglées par son agent.

Quelques mois après le départ de Caroline, Jurgens fut accusé de détournement de fonds. Condamné à quitter les États-Unis, il rejoignit son étoile à Londres, où il arriva juste à temps pour assister aux débuts de la danseuse.

Il resta à ses côtés et continua d'administrer ses contrats. La Belle se produisit à Paris, Bruxelles, Amsterdam et Berlin, où elle connut un succès relatif. Son nom ne commença d'être internationalement connu qu'en 1892, après un séjour à Saint-Pétersbourg. Jusqu'à cette date, Jurgens l'accompagna partout, tolérant ses nouvelles conquêtes qui, comme à New York, faisaient les gorges chaudes. Mais cette année-là, des événements sur lesquels je m'étendrai plus tard le décidèrent à quitter sa « créature » et à disparaître.

Pendant des années, alors qu'elle triomphait, Caroline n'eut plus de nouvelles de l'homme qui avait fait son succès, puis, le soir de Noël 1896, Jurgens revint à Paris. Il s'arrêta dans un hôtel miteux des bas quartiers. Certains témoignages attestent qu'il aurait jusqu'alors vivoté tant bien que mal çà et là. Des gens affirmaient l'avoir vu travailler comme serveur dans des gargotes ou des restaurants à Paris et à Marseille, mais lorsqu'ils l'avaient abordé, il avait nié être Jurgens. Poussé par je ne sais quelle impulsion sous les fenêtres de la Belle le soir de Noël 96, il décida de frapper à sa porte. Dans ses Mémoires, Caroline raconte qu'il lui réclama 5000 francs et qu'elle lui en proposa le double en promettant de lui trouver du travail, ce qu'il refusa. Selon d'autres sources qui se fondent sur des déclarations de Caroline au moment des faits, Jurgens, attifé comme un vagabond, s'était présenté chez elle vingt-quatre heures avant qu'elle embarque pour New York car elle avait signé un engagement avec Koster & Bial's, les rivaux de l'Eden Musée: « Ma femme de chambre étant couchée, je suis allée ouvrir. J'étais surprise de découvrir le pauvre Ernest, mais j'étais avec un homme, si bien que je l'ai prié de revenir plus tard en lui promettant de le recevoir. Il a tourné les talons sans piper mot. J'ai alors pensé qu'il avait peut-être besoin d'argent. Je lui ai dit d'attendre un moment et suis allée chercher mon sac. Je ne me suis pas absentée longtemps, mais, quand je suis revenue, Ernest était déjà parti. Je ne l'ai plus jamais revu. »

Le lendemain, le portier de l'hôtel où logeait Jurgens sentit une odeur de gaz provenant de sa chambre et le découvrit mort à côté de la bonbonne ouverte. Il était revêtu du seul costume qu'il possédait. On ne trouva aucun objet de valeur, si ce n'est quelques pièces de monnaie au fond d'une poche. Il n'avait pas laissé de lettre, mais la police conclut à un suicide et n'ouvrit aucune enquête. En apprenant la triste nouvelle, la Belle Otero se plaignit à un journaliste du *Telegraph*: « On ne m'a annoncé la mort du pauvre Ernest que plusieurs jours après mon arrivée aux États-Unis. J'étais très triste, affligée et désolée pour lui et pour sa famille. Mais je ne vois pas comment j'aurais pu l'empêcher de commettre cet acte. »

La Sirène des suicidés

Jurgens ne fut pas le premier homme à se suicider pour la Belle Otero. Il y en eut sept selon certains chroniqueurs, un chiffre élevé qui valut à la danseuse d'être surnommée dans la presse (surtout nord-américaine) « la Sirène des suicidés ». Il faut cependant nuancer et préciser que perdre la vie, ou feindre de la perdre, était fréquent à l'époque et parfaitement dans le ton de l'esthétique outrée de la Belle Otero. La ruine, la trahison, l'honneur bafoué pouvaient pousser quelqu'un au suicide, mais la raison la plus romantiquement fréquente était celle des amours contrariées.

Le premier à se supprimer à cause de Caroline fut un jeune et très bel Italien qu'elle avait rencontré alors qu'elle suivait pour la seconde fois l'enseignement du maestro Bellini avant sa saison londonienne. C'était en 1891 et Caroline venait juste de rentrer de New York. Le garçon faisait partie d'une *troupe** de comédiens connue sous le nom de « famille D'Onofrio ». Il venait de se marier, mais il tenta par toutes sortes de moyens (y compris la violence) de persuader Caroline de s'enfuir avec lui. Quand elle le menaça de tout raconter à sa femme, le jeune homme disparut. On retrouva son corps dans la Seine le lendemain.

Caroline ne connaissait pas le deuxième suicidé, un certain Mercato d'origine italienne qui sauta du quatrième étage d'un hôtel après avoir glissé dans l'une de ses poches le mot suivant : « Puisque vous ne voulez pas me voir, je ne veux plus vivre. » Quelques heures plus tard, le comte polonais Rupievski[1] se tua. D'après les déclarations que Caroline fit à la police, il se tira une balle dans la tête devant chez elle, rue Pierre-Charron, non sans avoir au préalable déposé une gerbe de fleurs sur le pas de sa porte. Si ce que Caroline a dit sur ce terrible événement est vrai, la phrase mérite de figurer dans une anthologie de l'indifférence : « Chaque fois que je monte l'escalier, j'ai une crise de nerfs. Le comte s'est vraiment très mal comporté avec moi. »

Pour compléter la liste, on peut citer un aristocrate français ruiné, dont le nom demeure secret, qui se tira une balle dans la tête dans les lavabos du casino de Monte-Carlo.

La mort de Jacques Payen, aventurier et explorateur, fit la une des journaux. Il lui avait proposé 10 000 francs pour passer une nuit avec elle, mais la Belle lui avait rétorqué qu'elle ne faisait pas l'aumône. Ce refus le poussa à commettre l'irréparable dans le Pavillon chinois du bois de Boulogne.

Une autre mort bouleversa la Belle Otero plus que les précédentes. Elle est citée dans tous les récits la concernant. Il s'agissait d'un pauvre étudiant aux Beaux-Arts prénommé Edmond. Caroline l'avait une fois invité dans son lit. « Le voir jour après jour devant chez moi, à demi mort de faim et de froid, me causait beaucoup de chagrin, expliqua-t-elle. Avant de partir, il m'a dit qu'il n'avait qu'une seule chose à me donner, dont je me souviendrais toute ma vie. Je pensais qu'il parlait d'un

1. Dans l'une de ses nombreuses tentatives pour faire croire qu'elle avait connu l'amour, Caroline Otero relate une turbulente aventure avec un certain Pirievski, qui connaît le même destin que le compte Rupievski. Contrairement au premier, ce dernier a vraiment existé. *(NdA)*

dessin. Jamais je ne me serais imaginée qu'il voulait se sacrifier. » Quelques jours après, Edmond veilla à ce que Caroline ne l'oublie jamais. Il se jeta sous les roues de son attelage alors qu'elle se promenait au bois de Boulogne.

Jusqu'à sa mort, Caroline Otero évoqua cet épisode comme le plus triste et le plus tragique de toute son existence. Peut-être en était-il ainsi grâce aux « prémices de sagesse », cette faculté d'oubli volontaire qu'elle se vantait de posséder dans ses vieux jours. Le fait est qu'elle avait apparemment entièrement gommé de sa mémoire le suicide autrement plus malheureux d'Ernest Jurgens, à qui elle devait pourtant son succès.

Après la sieste

Nice, 9 avril 1965, 18 heures.

Non, ce n'est pas le visage de Jurgens que je vois de mon lit parmi les photos qui tapissent le mur. C'est impossible. Je les connais toutes, même si après tant d'années je ne vois plus les personnages qui y figurent, mais plutôt le message secret que délivrent leurs silhouettes immobiles.

Les objets, en particulier les photos qui occupent depuis trop longtemps un même lieu, finissent par perdre leur individualité pour faire partie intégrante du mur, comme les fissures sillonnant le plâtre ou ce vieux moustique pris dans une toile d'araignée qui se balance à un clou ayant jadis soutenu un tableau de prix. Grâce à ce phénomène dépersonnalisant, je peux vivre sans nostalgie, entourée des portraits de mes amants morts ou de dédicaces enflammées. Quant à celle que je ne serai jamais plus, elle me sourit sur d'autres clichés. On pourra lire après ma mort dans les journaux :

> Dans le modeste *meublé** de la rue d'Angleterre où sa passion du jeu a conduit la Belle Otero pendant les vingt dernières années de sa vie, on n'a découvert que des photos jaunies punaisées sur les murs. Beaucoup représentent l'artiste dans sa jeunesse ; sur les autres posent les célébrités avec qui elle a eu des aventures. Il n'y a en revanche pratiquement pas de meubles. Sous le

> mémorial photographique trône un lit qui servait sans doute de canapé dans la journée. À gauche, un vieux châle posé comme par négligence sur une chaise tente d'en dissimuler la tapisserie râpée. À droite s'élève une fausse cheminée et, plus loin, il y a un réchaud à deux feux. L'humble chambre est divisée par deux rideaux. Le premier soustrait à la vue le lavabo et le bidet ; le second fait office de vestibule séparant la porte d'entrée du reste de la pièce. Nous avons par ailleurs constaté que la porte était protégée par quatre verrous interdisant à quiconque d'entrer dans ce réduit sacré, non qu'il ait contenu des objets précieux (après l'adjudication des biens de Caroline Otero, sa fortune ne s'élevait qu'à 800 francs), mais surtout parce que Mlle Otero a cherché jusqu'à ses derniers jours à s'entourer de mystère. Elle faisait croire à ses voisins que cette chambre d'à peine 20 mètres carrés dont elle « oubliait » bien souvent de payer le loyer abritait un trésor sauvé de la ruine...

Ils pourront dire ce qu'ils voudront, on a déjà raconté tant de choses sur mon compte... Je ne regrette rien. Absolument rien. Pas même ma conduite avec Jurgens. À quoi bon se repentir ? Parvient-on à effacer le mal qu'on a fait ? Mes sanglots contrits lui rendront-ils la vie ? S'il en était ainsi, je verserais toutes les larmes de mon corps. Au fil des années, j'ai tenté d'innombrables fois de me justifier en me disant que c'était une erreur de jeunesse, que mon égoïsme avait été causé par l'aveuglement dont nous sommes tous victimes à vingt ans, quand la vie est pleine de projets et qu'on ne se soucie guère de piétiner les autres pour s'élever un peu plus haut... Mais il est trop tard maintenant pour se frapper la poitrine. Se repentir à la fin de sa vie équivaut à faire des clins d'œil à la Providence afin de l'attendrir, une tentative bien vaine car elle est elle-même trop rusée pour se laisser ainsi abuser.

Tu es là, Garibaldi ? Viens, chante un peu pour moi. J'ai fini de faire la sieste et il nous reste quelques heures à meubler avant que je me remette au lit. Tu crois que si j'ouvre la fenêtre les pigeons viendront nous rendre visite ? Chante pour les attirer, *chéri**. Moi, je vais me passer le visage sous l'eau pour chasser le sommeil. Les siestes sont cruelles. Elles sont capables de convoquer les spectres les plus douloureux et me semblent bien pires que les heures qui précèdent l'aube.

*

Quand j'ouvre la fenêtre du balcon, je vois un panorama que je connais par cœur. Malgré mes mauvais yeux, je pourrais en déceler le moindre changement. À gauche, le toit du restaurant de mon amie Assunta et, un peu plus loin, le magasin de fourrures André Furs. Il n'y a pas un chat dans la rue. Il est trop tôt pour que les pigeons sortent de leur cachette. Je devrais peut-être retourner m'allonger. J'ignore pour quelle raison, mais je commence à me dire que, où qu'il soit, le pauvre Jurgens a fait de cette sieste un miracle : après de longues années sans songer une seule minute au passé, je me surprends à vouloir remémorer les faits qui, de manière si tragique pour lui, m'ont ouvert les portes de la renommée. Serait-ce un châtiment et non un désir ? Revivre ce qui est révolu, retrouver mes débuts et m'obliger ensuite à me rappeler tout ce qui s'est passé quand nous sommes retournés en Europe après mon séjour new-yorkais… Remuer tout cela serait sans doute une juste vengeance de sa part : la vieille Otero debout sur le balcon de sa misérable chambrette, condamnée à ressasser ses débuts. Très bien, Ernest, laisse-moi au moins aller me recoucher. Je suis une dame fragile, je serai mieux sur le lit, les yeux entrouverts, comme lorsque j'attendais mes amants autrefois. Viens toi aussi, Garibaldi, je vais approcher ta cage du canapé. Nous laisserons la fenêtre ouverte et si les pigeons arrivent, leurs battements d'ailes chasseront peut-être les images de Jurgens.

*

Pendant l'été 1891, avant qu'Ernest laisse New York et ses multiples dettes derrière lui pour venir me rejoindre dans ma tournée en Europe (qui devait débuter à Londres), je répétais près de Paris avec le maestro Bellini. Nous habitions Neuilly et cet homme ne perdait pas une occasion de me rappeler qu'en dépit de mon triomphe en Amérique, j'étais toujours aussi peu douée pour le chant et la danse. Heureusement pour la bonne entente qui doit régner entre un artiste et son maître, Bellini me découvrit un talent pour la pantomime, un genre de théâtre que les chercheurs s'accordent à considérer comme précurseur du cinéma muet et qui requiert d'être corporellement très expressif. Il décida alors de m'emmener voir une *troupe** d'acteurs italiens, « la famille D'Onofrio », qui se produisait justement près de chez nous. À compter de ce jour, je m'entraînais parfois avec eux l'après-midi. Ils m'apprirent beaucoup de choses qui me furent utiles par la suite mais, pour mon infortune, l'un des fils tomba amoureux de moi et se jeta dans la Seine.

Cet épisode nous bouleversa tous, mais avant que Bellini et les D'Onofrio commencent à me regarder d'un œil méfiant et à me rendre coupable d'un amour que je n'avais jamais payé de retour, je partis m'accorder quelques jours de repos à Paris. Mon ami Willy Vanderbilt venait d'arriver en Europe après avoir fait la traversée de l'Atlantique sur son yacht. Malgré les fausses rumeurs qui ne tardèrent pas à circuler, il venait effectivement en France pour me voir. Nous eûmes beau être discrets, nous fûmes victimes d'un accident que je trouve aujourd'hui comique mais qui aurait pu très mal tourner. Pendant des jours, cette affaire fit grand bruit dans les journaux, ce qui eut pour conséquence de précéder ma saison londonienne du léger parfum de scandale qui plaît aux hommes d'affaires et – avouons-le – aux artistes.

Le 4 octobre 1891, l'édition parisienne du *New York Herald Tribune* titrait :

DANGEREUX ACCIDENT SUR LE BOULEVARD

> Un accident s'est produit sur le boulevard des Capucines vers 23 heures. Une berline qui roulait à vive allure [...] a heurté un fiacre qui transportait un couple. [...] La dame a été sérieusement blessée, l'homme a quelques égratignures au visage.

Le bruit ne tarda pas à courir que l'homme en question était Willy Vanderbilt. Comme personne n'avait mentionné le nom de la femme qui l'accompagnait, trois actrices déclarèrent qu'elles se trouvaient avec lui. Agacée de n'être toujours pas célèbre à Paris malgré mon succès à New York, je sortis de mes gonds. Contrairement à ce qu'on avait dit, je n'étais que très légèrement blessée au cou. Armée du rapport médical et déployant toute l'éloquence dont j'étais capable, je me rendis dans les locaux de *Paris-Soir* pour convaincre la rédaction que j'étais la mystérieuse dame dont on parlait tant dans la presse.

Quelques jours plus tard, sans faire allusion à William Vanderbilt, *Paris-Soir* publia ces lignes : « Le 4 octobre, Mlle Otero, chanteuse espagnole, a été légèrement blessée dans un accident. »

L'une des fausses accidentées, Renée de Presle, danseuse et contorsionniste quasiment inconnue, s'empressa d'envoyer une lettre incendiaire au journal. Elle proposait de passer à la rédaction pour montrer l'état de ses jambes après qu'elle eut été éjectée de la voiture sur le boulevard des Capucines, ce fameux dimanche.

Le *New York Herald Tribune*, qui avait jusque-là montré

beaucoup de prudence, se fit l'écho d'une autre menteuse, Eva La Vallière, une femme aux mœurs légères, pour ne pas dire une prostituée. « Mme La Vallière, affirmait ce journal sans avoir rien vérifié, a été blessée le 5 octobre dans un accident de voiture. »

Une troisième « blessée » sortie de nulle part essaya elle aussi de se faire passer pour l'énigmatique accompagnatrice de Vanderbilt, mais c'est mon nom qui resta gravé dans les mémoires. Je n'aurais jamais cru que cette publicité allait se révéler fort utile pour mes débuts à Londres, mais, de toute façon, je ne pouvais accepter de me faire remplacer par des mystificatrices qui ne connaissaient Willie ni d'Ève ni d'Adam.

Dis-moi, Garibaldi, les pigeons sont-ils là ? Je ne comprends pas pourquoi ils se font autant désirer aujourd'hui. Qu'ils viennent car il m'est difficile de faire fuir les souvenirs. Tous ne sont pas aussi inoffensifs que ceux qui concernent ce cher Vanderbilt. Ernest va ressurgir d'un moment à l'autre et alors…

Les premiers succès en Europe

Selon les renseignements que j'ai pu glaner dans l'ouvrage d'Arthur H. Lewis[1] et de nombreux journaux – qui m'ont aidée à reconstruire le puzzle complexe de la véritable vie de la Belle Otero –, il semblerait que, le jour de ses débuts à Londres, Ernest Jurgens lui fit le même genre de publicité que celle qui avait si bien fonctionné à New York. En Europe, personne n'étant informé de ses malversations, beaucoup d'amis lui prêtèrent main-forte dans le milieu du théâtre.

Toutefois, il ne parvint pas à réaliser son objectif – attirer les membres de la famille royale britannique le soir d'hiver où eut lieu la première de Caroline Otero dans la salle de l'Empire –, même si beaucoup de personnalités étaient venues l'applaudir et admirer sa beauté. Les critiques anglais se montrèrent moins enthousiastes que leurs collègues nord-américains, pour ne pas dire franchement méprisants. « Lorsqu'elle danse, elle se laisse aller à un abandon primitif mais sans la

1. Des quatre ou cinq biographies de Caroline Otero, celle de Lewis est la plus intéressante et la plus objective. Lors la vente des objets personnels de Caroline après sa mort, Lewis a pu acquérir tous les albums de coupures de presse qu'elle conservait dans son refuge de l'hôtel Novelty, autrement dit tous ses secrets. Bien des articles que je mentionne y sont consignés. *(NdA)*

moindre technique. Quant à sa voix, mieux vaut ne pas en parler », écrivit l'un d'eux.

En vérité, même si elle racontait que ce premier séjour avait été un succès, Caroline Otero dut attendre deux ans pour triompher à Londres. Elle resta une semaine à l'affiche de l'Empire grâce à l'insistance de Jurgens.

« Otero ? Elle était si peu vêtue qu'il était difficile de se concentrer sur son talent », dit un autre journaliste avec un cynisme très britannique.

La compagnie (dont les effectifs avaient été réduits depuis son retour de New York) se produisit dans d'autres pays d'Europe. Elle commença par regagner Paris, puis se rendit à Berlin pour jouer au Wintergarten, puis à Vienne, Varsovie, Bruxelles, Amsterdam… À chacune de ces villes on pourrait associer le nom d'un amant : le très laid et richissime baron Ollstreder à Berlin, qui offrait tous les jours un nouveau bijou à Caroline ; le prince de Belme à Vienne. Dans l'une de ces capitales ou peut-être en Russie, Jurgens décida de cesser de jouer les agents. Il ne supportait plus de voir Caroline lui préférer la compagnie d'autres hommes et n'approuvait pas ce qu'elle appelait ses « bals privés », des représentations dans des restaurants ou chez des particuliers au cours desquelles elle dansait sur les tables pour satisfaire un petit groupe composé d'*aficionados* et de généreux admirateurs.

À compter de là, certaines de ces frasques sont relatées dans la presse. Elle gagnait d'impressionnantes sommes d'argent qu'elle mettait à la banque ou investissait en bijoux, car tant qu'elle ne fut pas sous l'emprise du jeu, comme toute personne ayant vécu dans la misère, Caroline savait que les biens matériels et le pouvoir garantissent l'indépendance. Ces bals exclusifs étaient non seulement rentables, mais lui valurent le genre de réputation dont la publicité se fait au travers de cercles fermés, de bouche à oreille.

Au début de l'année 1892, Caroline venait d'avoir vingt-trois ans et avait remporté des succès conséquents dans des théâtres comme l'Arcadie ou le May Theater. Tout le monde parlait d'elle à Saint-Pétersbourg, mais sa gloire atteignit des sommets après l'un des épisodes les plus légendaires de sa vie. Elle le décrivit à Mme Valmont en assagissant quelque peu les faits, mais d'autres témoignages parlent de la «célèbre scène du plateau d'argent».

Dans un cabinet privé du Café Cuba, un groupe de trente officiers invités par un colonel finissaient de dîner en levant leur verre au tsar Nicolas II, qui venait tout juste d'être couronné. Leur amphitryon leur annonça qu'ils ne pouvaient se retirer car un deuxième dessert, très spécial, les attendait, mais ils devaient se bander les yeux. À cet effet, un large bandeau noir avait été placé à côté de chaque assiette. Certains furent étonnés, d'autres amusés, mais tous s'exécutèrent sans trop savoir ce qui allait suivre. Le colonel fit signe au chef de rang et, au son d'une musique tartare, huit hommes entrèrent en portant un plateau de deux mètres de long qu'ils déposèrent sur la table avant de disparaître aussi silencieusement qu'ils étaient arrivés. Leurs bandeaux retirés, soixante yeux stupéfaits découvrirent alors une très belle femme endormie, à peine couverte de quelques gazes transparentes. Ils ne pouvaient voir son visage, caché par ses cheveux d'un noir de jais.

Une musique plus douce s'éleva. La nymphe ouvrit les yeux et s'étira comme si elle sortait d'un long sommeil. Elle ne portait pour toute parure que quelques anneaux de prix aux pieds et des bracelets qui tintèrent lorsqu'elle agita lentement les mains, révélant le corps qui se cachait sous sa tenue légère. Puis elle sauta par terre et, sans perdre le tempo, s'approcha de grands cierges qui éclairaient la salle. Alors commença un flirt aussi érotique que dangereux entre la flamme et la gaze, comme si la Belle cherchait à consumer le tissu pour se dénuder entièrement. Plus d'un officier tenta de la couvrir de sa cape pour éviter qu'elle ne se brûle, mais un témoin raconte qu'elle les repoussa en disant : « Les flammes ne peuvent rien contre Otero. »

*

Une autre anecdote, très russe, à laquelle Caroline consacre plusieurs pages dans ses souvenirs, explique comment elle s'échappa en pleine tempête de neige de la maison d'un marchand de moutons qui lui avait promis de la conduire chez le prince Pierre. Afin d'échapper aux assiduités du marchand, Caroline lui réclama un verre d'eau et profita de son absence pour sauter par la fenêtre. Pieds nus et dévêtue, elle courut dans la neige et eut la chance de tomber sur un paysan qui l'enveloppa dans des peaux de chèvre. Elle supplia le *moujik* de la conduire chez le prince, où elle s'évanouit.

Je ne m'étends pas sur cette histoire, car je doute qu'elle soit vraie. Peut-être a-t-elle eu lieu, mais il faut dans ce cas lui apporter plus de piquant et y ajouter d'autres ingrédients que la protagoniste a préféré garder sous silence. Racontée de la sorte, elle cadre mal avec la nature d'Otero, qui n'a jamais compté la pudeur parmi ses multiples vertus. Elle savait parfaitement avec qui elle allait. Une fois dans la chambre d'un homme, elle ne reculait pas. Comme bien souvent lorsqu'elle disait des mensonges, il lui est arrivé de donner des versions différentes de l'histoire, tantôt avec un grand-duc dont elle ne pouvait révéler l'identité, tantôt avec un admirateur un peu trop fervent, quand il ne s'agissait pas d'une admiratrice énamourée. La seule constante du récit est le paysan russe, qui l'aurait conduite auprès d'un « commissaire robuste et très sympathique chez qui je suis restée trois jours », ou chez son ami, le grand-duc Nikolai Nikolaevich, qui apparaît plusieurs fois dans l'existence de Caroline, celui-là même qui lui aurait dit un jour : « Ruine-moi mais ne me quitte pas, Ninoshka. »

La présence de Caroline en Russie et ses aventures furent si commentées que nombre de journaux de l'époque transformèrent les faits. Il n'est pas sûr qu'elle ait connu le tsar Nicolas II, l'un de ses six amants de sang royal, lors de son premier voyage dans ce pays. En revanche, elle rencontra un homme d'origine plus modeste quelques mois plus tard. Mais auparavant elle regagna Paris, s'installa dans un petit appartement près des Champs-Élysées (le premier et le seul logement qu'elle paya de ses propres deniers au cours de sa longue vie parisienne) et attendit que la chance tourne, ce qui n'allait pas tarder à arriver.

Sa première tête couronnée

Dans le Paris de la Belle Époque, il n'était pas rare que les artistes consacrées se produisent tour à tour dans de grands théâtres et des antres bohèmes fréquentés par des intellectuels, des nobles, des buveurs d'absinthe et des va-nu-pieds. Tel était l'esprit de l'époque. Le *gai Paris** se composait de toutes sortes de gens fermement convaincus qu'il fallait « s'amuser, toutes classes sociales confondues ». Le mélange de princes et de vagabonds était donc très à la mode et séduisant.

De retour à Paris, Caroline signa deux contrats. L'un pour danser et chanter dans une salle internationalement réputée comme le Cirque d'Été ; l'autre dans un établissement bohème et marginal inconnu jusqu'alors, mais qui devint célèbre par la suite : le Bal Tabarin, cabaret préféré de Toulouse-Lautrec.

Ses frasques russes agrémentées de détails croustillants par les journalistes lui valurent une saison courte mais très commentée au Cirque d'Été. Privée de l'appui de Jurgens, Caroline engagea quelques guitaristes, mandolinistes et danseurs chargés de donner à son spectacle le plus d'éclat possible. Elle montait sur scène la première en costume de torero, puis faisait un bref passage entourée de danseurs qui jouaient des castagnettes ; elle se lançait ensuite dans une danse effrénée aux gestes langoureux. Elle possédait alors une impressionnante collection de bijoux et apparaissait toujours couverte de perles et de diamants, ce qui déclenchait les foudres de certains et lui valait l'admiration des autres. Elle aurait pu pêcher sa première tête couronnée parmi les centaines de spectateurs qui lui lançaient des fleurs ou envoyaient des brassées de roses dans sa loge, quand ils ne cachaient pas un bijou destiné à servir de clef susceptible de leur ouvrir la porte de la Belle Otero. Mais l'histoire en décida autrement.

La pêche au roi eut lieu au Bal Tabarin. Une si illustre rencontre aurait pu être immortalisée par le pinceau de Toulouse-Lautrec, qui s'y rendait presque tous les soirs. Mais ce dernier s'intéressait davantage aux filles de rue qu'aux courtisanes, si bien que la scène qui va suivre ne devait perdurer que dans la mémoire de Caroline Otero, qui l'emporta dans sa tombe le 10 avril 1965.

Albert de Monaco

Nice, vendredi 9 avril.

Six heures et demie de l'après-midi. Il semblerait que mes fantômes aient décidé d'apparaître à tour de rôle comme des toreros ou des toréadors, ainsi que les appelaient les Français. Les mêmes que ceux dont j'ai endossé le costume tout au long de ma carrière. Après le spectre de Jurgens, après mes aventures en Russie et le souvenir fugace du petit Toulouse, en voilà un autre qui recherche ma compagnie. La fenêtre est toujours ouverte et le soleil décline. Mais où sont donc passés les pigeons ? Je n'entends aucun battement d'ailes susceptible de décourager les apparitions. Tant pis. Après tout, cette procession de morts n'est pas si terrible.

*Albert, tu es là, mon beau ?**

*

En temps normal, je n'ai nul besoin de me lever du lit ou de trop me concentrer pour que mes yeux fatigués distinguent parmi les photos épinglées au mur le portrait d'Albert Grimaldi, prince de Monaco. Aujourd'hui, il me semble si proche que c'est tout juste si je ne sens pas sa main posée sur mon bras. Est-ce vraiment toi ? *Bonsoir, Albert**... On renonce à traiter ses amants comme des princes dès lors qu'on est couché. Tu te rappelles ?

Comment le pourrais-tu ? Tu es mort depuis quarante-trois ans.

Mme Valmont a failli en perdre les plumes de son chapeau lorsque je lui ai raconté où et comment j'avais rencontré son Altesse sérénissime Albert Ier, prince de Monaco. À l'époque, le Rocher n'était pas encore devenu la succursale en guimauve d'Hollywood qu'il est aujourd'hui et il n'avait pas pour princesse une belle et célèbre star de cinéma, mais une autre Américaine qui s'appelait Alice Heine. Elle fut la première *rich American girl* – nous appelions ainsi les héritières qui contribuaient à remplir les coffres des aristocrates européens – à jouer à la princesse sur ce gros caillou.

Mais soyons justes : Mme Valmont n'a pas perdu ses plumes parce qu'elle était impressionnée par les origines royales de mon nouvel amant. Albert Ier ne régnait que sur un État d'à peine 10 kilomètres carrés. Et puis, pour enlever un peu de son éclat, il faut préciser qu'il était le descendant d'une grande famille de pirates méditerranéens, dont la principale réussite avait été d'obtenir l'aide de Charles Quint afin de subsister lorsqu'elle fut sur le point d'être gommée de la carte. Un lignage bien peu reluisant, autant l'avouer. Quand je l'ai rencontré, Albert Ier n'était guère estimé. Les aristocrates et même les gens du monde ne l'invitaient jamais à leurs réceptions. Les rois d'Europe le considéraient comme un plaisantin, un de ces princes d'opérette qu'on voyait à Paris, un membre de la pléiade d'aimables altesses dont le fief se réduisait à une carte de visite ornée de couronnes commandée chez l'imprimeur de l'avenue Malesherbes.

D'autres circonstances personnelles ne lui attiraient pas le respect. Il avait épousé une riche héritière issue par sa mère d'une famille juive de Louisiane, et par son père d'une lignée d'industriels allemands. J'ajouterai que son physique laissait à désirer : à quarante-six ans, il était gros et gras, avait la peau olivâtre, les dents cariées et un double menton. Il tentait de cacher certains de ses défauts sous une énorme moustache qui n'était pas toujours propre. De plus, disons tout net que ce n'était pas un amant exceptionnel. Sans entrer dans les détails, je préciserai que nos premiers ébats furent un véritable fiasco. Le pauvre était si embarrassé et impatient qu'il m'a fallu lui demander de se calmer. Nous avons bavardé jusqu'à l'aube, ce qui m'a permis de découvrir un homme d'une intelligence supérieure, puis nous nous sommes endormis. Il m'a aimée au réveil. J'ai menti en lui disant que cela avait été formidable, et il semblait si fier de lui qu'il s'est mis à sautiller dans la chambre. Pauvre Albert. C'était peut-être un cerveau, mais surtout un grand naïf.

En revanche, il était très riche. Le casino de Monte-Carlo lui faisait gagner des fortunes qu'il dépensait en plaisirs et en aventures féminines. Son premier cadeau fut un collier de perles de huit rangs, puis il m'offrit des émeraudes, des saphirs et d'autres gemmes très stylées. Il m'a également installée dans un bel appartement de l'avenue de Wagram où nous avons passé des nuits inoubliables. Nous allions ensemble à Monaco et il me rendait des visites nocturnes à l'Hôtel de Paris. Je passais mes soirées à jouer. Notre liaison dura des années, jusqu'à ce que la princesse Alice me fasse finalement interdire de séjour sur le Rocher. Quelle idiote : à l'époque, je laissais au casino plus d'argent que tout autre joueur. J'y ai perdu des sommes colossales que je ne me donnerai pas la peine de calculer. Mais cette princesse de Louisiane n'a pas réussi à nous faire rompre et j'ai longtemps continué de fréquenter Albert, jusqu'au jour où, se sentant prématurément vieux, il a substitué aux joies de l'amour celles de l'océanographie. Ses goûts avaient changé : les femmes n'avaient plus toutes ses faveurs et n'étaient plus la source de ses principales dépenses. Désormais, il ne s'intéressait qu'aux fonds de la Méditerranée. Il faut croire qu'il y a trouvé le bonheur, et c'est sans doute grâce à son amour des profondeurs et à l'argent qu'il y a consacré que ce prince, considéré partout comme un pantin, a pu se faire une place dans l'Histoire. Contrairement à d'autres têtes couronnées, il le devait à son seul mérite et non à l'éclat de son sceptre.

Mais Mme Valmont n'a pas perdu ses plumes à cause des succès océanographiques du prince de Monaco. Pour être franche, ma biographe était surtout impressionnée par les curieuses circonstances de notre rencontre. Sans doute voudras-tu les évoquer avec moi, Albert, maintenant que tu figures dans les livres d'histoire et que tous les bijoux et l'argent que tu m'as donnés sont retournés, comme sous l'effet d'une pirouette cabalistique de ton épouse juive, dans les coffres de Monaco *via* les tapis verts. Tu vois, nous sommes en paix, toi et moi. Nous pouvons nous parler sans nous faire de reproches et rire ensemble des pieds de nez du destin. Viens donc te rappeler comment notre liaison a débuté. J'ai l'impression de voir quelques pigeons s'ébattre sur le balcon de mon triste *meublé**. Ils s'approchent pour écouter nos aventures. Je me lance. Corrige-moi si je me trompe, Albert. Les morts ont meilleure mémoire que les vieux, qui stagnons dans ce bas monde comme si nous étions déjà passés de l'autre côté.

*

Souviens-toi. C'était un soir, après ma représentation au Bal Tabarin. Cet antre n'était pas un simple salon de danse, comme d'aucuns ont bien voulu le faire croire, et la Belle Otero ne s'y produisait pas faute de trouver un meilleur engagement, mais parce que l'alternance entre les palaces et les bas-fonds nous était aussi indispensable que boire du champagne un soir et faire abstinence le lendemain. Ménager le haut du pavé et le ruisseau était *chic** et nous goûtions tous les deux ce plaisir. Ne fais pas cette tête, Albert, tu sais bien que je dis vrai. Pour ma part, j'adorais le Bal Tabarin. J'en étais encore à mes débuts et tout le monde savait qu'il était facile d'y côtoyer non seulement Toulouse-Lautrec, occupé à peindre des prostituées, mais également tes collègues au sang bleu. C'est ce qui rendait l'endroit intéressant, hormis le fait qu'on pouvait y pratiquer le jeu passionnant de la pêche. Munis d'une canne avec un bout de pain au bout de l'hameçon, les hommes montaient au balcon. En bas, dans la grande salle, nous cherchions à les attirer en dansant et en chantant.

Cette salle originale où l'on pouvait « pêcher » n'importe qui était fréquentée par des hommes rustauds, des viveurs, des ivrognes et, pour ce qui est des dames, des prostituées et beaucoup de célibataires qui voulaient rêver – ne fût-ce qu'un instant – à cette vieille idée espagnole selon laquelle amour et linceul tombent du ciel. Et il est vrai que nous regardions toutes en l'air, Albert, en attendant qu'un de vous laisse tomber du balcon le petit bonhomme en pain qui vous servait d'appât. En bas, sur les planches, les danseuses professionnelles froissaient leurs robes sans perdre le tempo contre celles des autres dames, maîtresses de maison lasses de leur existence, chasseuses de maris et grisettes. Il faisait chaud et, comme nous étions en sueur, nous buvions beaucoup et aussi nous fumions.

On fumait trop au Bal Tabarin. Parfois, nous distinguions à peine le visage des messieurs qui cherchaient une belle prise. Je me demande maintenant si tu ne m'as pas pêchée un peu grossièrement. En tout cas tu n'étais guère très princier, Albert, ne crois pas que j'aie oublié. Ce soir-là, tu ne t'es pas contenté de me lancer l'appât du haut du balcon mais tu l'as fait descendre sur ma tête avec un chapelet de perles passé autour d'un grand pain. Ta carte était glissée sous le collier. Si Toulouse-Lautrec avait été là, je suis sûre qu'il aurait au moins croqué la scène. Toi en haut, un bras sur la hanche, attendant que je morde à l'hameçon, et moi, tentant de saisir l'appât tant bien que mal, jouant des coudes pour écarter les jupons des autres femmes et les mains excitées par l'absinthe. « Ces petits grains d'anis n'ont pas l'air en toc », a dit une vieille édentée qui scrutait le balcon depuis des heures, espérant être choisie par un homme moins regardant que les autres. Elle n'était pas si âgée et devait avoir une trentaine d'années, Albert, mais à force d'être teints pour plaire aux hommes, ses cheveux étaient abîmés, et, excepté les deux dents du bas, elle n'en avait plus une seule dans la bouche. Elle faisait tinter mes perles contre ses deux dents pour s'assurer de leur authenticité. « Oui, elles sont vraies », répétait-elle en posant sur elles un regard jaune de chat. Je ne craignais pas qu'elle me les vole. Cela faisait des années que cette femme n'attendait plus rien, sauf prolonger un peu une jeunesse irrécupérable. J'ai retiré l'une de mes bagues, un petit saphir que je ne sais quel admirateur avait caché dans une corbeille de fleurs avec une carte que je n'avais sans doute pas lue, et la lui ai donnée. La femme l'a prise en se fendant d'un sourire qui tenait plus de la grimace. Elle a caressé les perles sans rien dire, les yeux tournés vers le balcon, pour voir si ce jour-là, après ce coup de chance, la manne du ciel allait enfin tomber.

*

Albert ? Tu es encore ici ? Regarde par la fenêtre. Ils arrivent. Il y a une douzaine de pigeons qui m'attendent. Viens, aide-moi à passer mon peignoir. Je sais qu'il n'est pas aussi beau que ceux que tu m'offrais. Et le velours bleu est trop épais pour la saison, mais les glands sont les miniatures de ceux qui ornaient les rideaux des Folies-Bergère. En tout cas, il est décent. Personne ne pourra dire que la Belle Otero ne soigne pas sa mise. Je sens que tu as hâte de partir. Ne sois pas triste. Je comprends parfaitement que tu ne veuilles par rester au chevet d'une vieille dame. Il te tarde de rejoindre les esprits dans ton genre : Willy, Nicky, Léopold, Bertie… Je me demande ce qu'éprouve un roi ou un prince défunt quand on l'arrache à sa confortable éternité pour le conduire chez une vieillarde. Inutile de me répondre, trésor. Je ne suis pas stupide au point de ne pas comprendre ce qui m'arrive ni pourquoi j'assiste à cet étrange défilé du passé. Il n'est pas nécessaire non plus que tu me proposes poliment de rester pour m'aider à supporter une visite désagréable. Non, vraiment, je te remercie, c'est très gentil à toi, mais la compagnie de Garibaldi me suffira s'ils s'obstinent à apparaître. Pars tranquille, Albert, mais avant, j'aimerais te demander un petit service, *mon beau**… Embrasse-moi et tends-moi la main pour que j'atteigne cette chaise où m'asseoir comme une grande dame. Les pigeons sont aussi impatients que les hommes, tu sais ? Et je ne veux pas les faire attendre.

L'histoire selon Joseph Kun

Je ne pensais pas du tout être convoqué à la réunion de fantômes de cette vieille pimbêche. C'est un défilé incessant de visages d'amants et de rivales. En somme, une procession de ses péchés. Moi, je n'en faisais pas partie. Bien au contraire, je crois que je l'ai empêchée d'en commettre certains. J'oserais même dire que j'étais son ange gardien et que j'ai veillé à sa décence tant que j'ai été à ses côtés. Un ange insensible à ses charmes qui n'a jamais cherché à la séduire. Mais sans doute est-ce pour cela qu'elle m'ignore souverainement. Je la connais bien et je sais que tant que Joseph Kun sera dans cette pièce, elle feindra d'être occupée à nourrir les pigeons sur son balcon…

– Kaline, tu m'entends ?

Pas un geste, pas le moindre mouvement indiquant qu'elle va se tourner vers le vieux Kun. En entendant ce surnom que moi seul employais, elle s'est concentrée davantage sur sa tâche. Elle est sur son balcon, à croire qu'au lieu de régner sur une rue misérable, elle domine son monde de la terrasse de l'Hôtel de Paris, à Monte-Carlo. Inquiet, le canari s'agite dans sa cage en remarquant ma présence, mais Otero ne cille pas. Je vois son reflet dans la vitre : sur ses genoux, dans les plis d'un peignoir de velours qui a dû être bleu, une soucoupe contenant de la mie de pain. « Venez, *mes petits**. La Belle Otero ouvre ses portes. Bienvenue, *mes jolis**. »

Moi, Joseph Kun, je suis devenu l'agent artistique de Caroline Otero en 1894. J'avais entendu parler d'elle par un parent, un ancien chef d'orchestre qui l'avait accompagnée à New York et qui la savait difficile. Mais j'étais un expert en caractères impossibles. Toutes les artistes sont comme ça. Il suffit de ne pas prêter attention à leurs caprices et de ne jamais s'éprendre d'elles pour avoir la paix. Moyennant cette précaution élémentaire, je dois dire que mes relations avec Kaline ont été assez bonnes. Je lui décrochais des contrats de plus en plus juteux sans me laisser distraire par les stupidités mondaines, et elle dansait et chantait pour remplir les salles. Nous en sommes restés là. Quand je l'ai rencontrée, elle revenait de sa première tournée en Russie et avait beaucoup progressé dans l'exercice de son art. Certes, je mentirais en disant qu'elle brillait par son talent, mais je dois faire partie du petit nombre de professionnels qui estiment que son magnétisme n'était pas simplement dû à sa grande beauté ou à ses « déhanchements orientaux ». Otero avait le don étrange de faire en sorte que ses danses, parfois effrénées si ce n'est sauvages, impressionnent grandement son public. Je préfère cette qualité aux prestations délicates qui ne captivent qu'une poignée d'initiés. Nous vivions une époque démesurée et ce qui pourrait paraître risible à un spectateur d'un autre temps nous plongeait dans une admiration béate. Nous vénérions les beautés froides un tantinet exhibitionnistes. Elles étaient nos déesses, qui exprimaient à la fois le vice et la beauté.

J'ai fait la connaissance de Kaline quand elle avait vingt ans. L'*affaire** Dreyfus venait d'éclater en France et devait diviser le pays pendant plus de douze ans. Mais malgré cette triste réalité, le Paris frivole continuait de s'amuser comme avant. Les nuages orageux qui couvraient le ciel ne parvenaient pas à occulter la flamme du *fays ce que veulx**, si bien qu'entre deux *J'accuse**, les joyeux drilles du *gai Paris** fumaient de l'opium et buvaient de l'absinthe. Je ne sais plus comment je m'y suis pris, mais après quelques mois de travail, j'ai réussi à la tenter avec l'idée d'une tournée mondiale. Elle vivait alors une idylle avec la principauté de Monaco, mais celle-ci commençait à devenir trop petite pour satisfaire les ambitions d'une femme comme Kaline. « Réfléchis bien, mon petit. Que sont 10 kilomètres carrés à côté de l'immensité de l'Australie ou de l'Égypte ? lui ai-je dit. Ce gros caillou sera toujours là quand tu rentreras de ta conquête du monde, tu peux en être sûre. » Elle a fini par accepter et j'ai tout organisé. Je savais qu'Otero était facile à vendre. Si ses scandales l'avaient rendue célèbre en Russie et en France, Kun étendrait sa renommée au reste du monde. Et j'y suis parvenu. Malgré ses caprices, malgré la *furia* espagnole qu'elle invoquait souvent, tout le monde conviendra que Joseph Kun a dompté la Belle Otero. En toute modestie, je me targue d'avoir fait en sorte qu'en Australie elle se comporte en véritable artiste. Il m'a fallu pour cela crier ou me montrer d'une parfaite indifférence. Nul scandale sous ma tutelle, nulle « représentation privée », nul amant caché laissant des bijoux sous son oreiller. Beaucoup de journaux de l'époque ont évoqué son succès, pour ne pas dire le mien.

*

Ne te retourne pas, Garibaldi. Fais plutôt comme si tu ne l'avais pas vu. Occupons-nous du balcon. Je jurerais qu'il se cache dans un coin de ma chambre, peut-être près de la cheminée. Je serais curieuse de savoir si son fantôme est plus grand que l'était l'homme de son vivant. Je n'ai jamais compris comment autant de mauvaise humeur, de discipline prussienne et de fier génie hongrois pouvait tenir dans 1,49 mètre. Je préfère ne pas regarder ce qui n'existe pas, même s'il s'agit du seul esprit qui ait presque réussi à dominer la Belle Otero. Un type insupportable, je t'assure. Jamais je n'ai eu à affronter un tel mur d'indifférence. Je dois pourtant avouer qu'il m'a apporté de beaux succès. Je parie qu'il est là, adossé contre le manteau de la cheminée avec ses 1,49 mètre de présence désagréable, occupé à feuilleter le livre de mes souvenirs pour s'assurer que j'y conserve pieusement les coupures de journaux de notre tournée mondiale.

*

Bien vu, Kaline. Les voici justement. Les coupures sont si vieilles qu'on peut à peine les lire, mais le craquement du papier est aussi doux à mes oreilles qu'une mélodie divine. Quels beaux moments j'ai vécus quand Otero est devenue ma créature, ma marionnette, une jolie poupée dont j'actionnais les fils en coulisse ! Un Lilliputien dans mon genre ne pouvait pas espérer mieux d'une telle beauté ! Puisqu'on m'en avait donné l'occasion, je tenais à être le plus adroit, le plus capable des marionnettistes. Pour les représentations en Australie, j'ai veillé par exemple à introduire tous les poncifs andalous qui avaient fait son succès en Europe et à New York. J'ai truffé le spectacle de numéros de danse espagnole rebattus mais piquants, je l'ai ornementé d'airs sévillans espiègles. J'ai multiplié les défilés de toreros et les déhanchements suggestifs pour lesquels la Belle était fort douée. En conclusion, je suis parvenu à tirer le meilleur parti de ce mélange de morgue et de sensualité qui la caractérisait et affolait les hommes. Mais ce n'est pas tout. Pour compléter le *cliché**, comme on dit à Paris, j'ai su ajouter d'autres ingrédients constitutifs du rêve. En la faisant appeler *madame la comtesse**, je n'ai pas hésité à rendre plus ronflant ce titre que Jurgens lui avait inventé et qui s'était révélé si efficace à New York. Nous faisions sensation. Quelques mois et de nombreux succès plus tard, j'ai réalisé le miracle de la rendre docile.

Elle m'obéissait en tout, bien qu'il me faille avouer que ça n'a pas toujours été facile.

Elle a commencé par chercher à me séduire comme tous les autres hommes, mais ses ruses sont restées sans effet. Comprenant qu'elle n'arriverait pas à ses fins, elle se moquait de moi, m'insultait, me passait la main dans le dos, à croire qu'en plus d'être petit, j'étais bossu. Elle disait que « toucher la bosse d'un nabot » porte bonheur. Parfois, elle se contentait de me manifester de la mauvaise humeur. Mais je lui opposais toujours une souveraine indifférence. Je connaissais bien l'adage selon lequel la froideur est la meilleure arme contre les jolies femmes. Et puis, j'avais un avantage sur Kaline puisque je gérais son argent. Rien ne sortait des caisses sans mon consentement. Je ne peux pas dire qu'elle m'ait causé beaucoup de soucis car, à l'époque, le démon du jeu ne la possédait pas encore, et comme toutes les filles issues d'un milieu misérable, Kaline était économe. J'ai eu de la chance, je le sais, mais j'ai également fait preuve d'habileté. J'ai brandi une main inflexible contre le gaspillage, mais généreuse pour les dépenses utiles à notre entreprise. J'ai investi une partie de nos gains dans l'amélioration du spectacle. Ainsi, grâce à une merveilleuse garde-robe, d'excellents chefs d'orchestre, d'irréprochables danseurs et guitaristes, nous faisions mouche à chaque fois. Ma devise hongroise occupait constamment mes pensées : « Ne laisse rien au hasard. » La Belle Otero était portée aux nues. En Australie, elle et moi avons connu l'apothéose.

« La comtesse andalouse, écrivait alors le *News* de Sydney (je le vois dans son livre de coupures de presse), a exécuté deux heures durant les danses les plus exotiques que nous ayons jamais vues sur notre continent. » J'ai ici un deuxième commentaire publié dans un journal dont le nom est devenu illisible : « Une délégation de dames et de messieurs distingués a rendu visite à la comtesse après le spectacle pour lui offrir l'hospitalité de la ville. »

Charmant. Vraiment charmant. Il est vrai que la mort nous prive de tout sentiment humain : la peur, le bonheur, l'appétit, la jouissance, l'inquiétude nous deviennent étrangers. Elle nous dépouille aussi de la vanité et du désir de gloire car, au bout du compte, nous ne sommes que des ombres. Mais il est un plaisir, un seul, qui perdure : la sensation qu'une fois dans sa vie, on a été Dieu. Et croyez-moi, je connais bien cette impression. Le marionnettiste, obscur artiste qui tire les ficelles invisibles, n'est-il pas divin à sa manière ? Il l'est, et le pauvre esprit que je suis devenu n'a pas oublié qu'à un moment de sa vie – certes pas très long, mais il en est souvent ainsi des joies les plus intenses –, ses doigts avaient le pouvoir d'actionner les fils de la plus belle des femmes de son temps. Ma Caroline… ou peut-être devrais-je dire ma Colombine.

*

On raconte que Joseph Kun avait en effet réussi la prouesse de faire en sorte que, pendant sa tournée en Australie, la Belle se consacre exclusivement au théâtre. Il est possible que l'autorité de Kun sur la Belle ait moins tenu à son indifférence, ou à sa poigne, qu'au fait que Caroline se soit trouvée en terre inconnue, aux confins du monde. Quoi qu'il en soit, contrairement à Jurgens, Kun était parvenu à maîtriser Caroline Otero, du moins tant qu'elle n'eut pas regagné l'Europe. En Égypte, dernière escale du voyage, le « professionnalisme » d'Otero se délita quelque peu et Joseph Kun ne put empêcher une idylle entre la Belle et le khédive. Ce fut son seul échec, qu'il faut davantage attribuer aux démangeaisons de la Belle qu'au manque de vigilance du Hongrois.

Le fait est qu'en arrivant au Caire, Kun découvrit que la *troupe** n'avait pas été engagée par un directeur de théâtre ou un imprésario, mais par le khédive Abbas en personne, un jeune homme séduisant qui avait reçu une éducation française, venait de succéder à son père et habitait aux abords de la ville un somptueux palais surveillé par une armée de gardiens. « Ils vinrent nous chercher très tôt, se souvient la Belle, et nous conduisirent dans un palais où nous fûmes reçus par Abbas lui-même. Nous ne donnâmes qu'une seule représentation. Quand ce fut fini, le khédive demanda aux invités et à la *troupe** de se retirer. L'ordre s'appliquait aussi au vieux Kun, naturellement. Oh, ce fut inoubliable ! Je passai trois jours en sa compagnie. Quand je dus le quitter, il m'offrit la plus merveilleuse bague de ma vie, un énorme diamant, une pierre parfaite d'au moins dix carats entourée de douze perles. Elle coûtait un million de francs. »

Ce fut la seule « représentation privée » que donna la Belle Otero pendant sa tournée mondiale. Kun ne pouvait pas la refuser car, pour un imprésario, il s'agissait d'honorer un contrat supplémentaire, même si ce dernier était d'un genre particulier. Le reste du temps, Caroline se montra docile avec son marionnettiste, mais de retour à Paris, elle préféra se passer de ses services. « Il faisait fuir mes clients, avoua-t-elle un jour, mais ce n'était pas si grave, ajouta-t-elle en minimisant les faits. À l'époque, j'étais peu dépensière et n'avais pas encore besoin de sommes exorbitantes pour jouer à la roulette. »

La roue tourne

Après la mort de la Belle Otero, de nombreux journaux annoncèrent que le jour des obsèques, quelqu'un avait envoyé au cimetière de Nice une couronne mortuaire portant l'inscription : *La Roue Tourne**. Aucune des personnes ayant assisté à l'enterrement ne se rappelle avoir vu cette couronne, et je trouve dommage que l'anecdote soit fausse, car elle résume à la perfection la vie de Caroline Otero et la manière dont son désir passionné de se mesurer au hasard la précipita tout d'abord dans la misère pour la plonger ensuite dans la solitude.

Pourquoi le démon du jeu l'a-t-il possédée ? Comment expliquer qu'en pleine gloire d'irrépressibles pulsions aient changé en un rien de temps une femme orgueilleuse, très soucieuse de son apparence physique, en un être « aux traits tendus, aux cheveux ébouriffés, aux mains crispées et aux yeux rougis à force de scruter le tapis vert comme une hallucinée », selon un témoin de l'époque. J'aimerais pouvoir dire que j'ai découvert l'élément déclencheur ou déchiffré ce qui a fait qu'une jeune fille d'origine modeste, qui collectionnait les bijoux et se montrait économe, ait par la suite dépensé jusqu'à 700 000 francs en une soirée. Je regrette d'être incapable de lever le voile sur ce mystère.

Dans ses Mémoires, Otero attribue le début de sa passion à quelques jetons laissés par erreur sur le rouge, qui lui auraient permis de gagner 150 000 francs après que cette couleur fut sortie vingt-trois fois de suite. Elle situe la scène dans son adolescence, quand elle était soi-disant mariée avec le baron Guilermo, qui n'a jamais existé. Comme l'atteste son certificat de décès, Caroline est morte célibataire. Si le démon du jeu s'est réveillé après ce coup de chance, elle a sans doute vécu la scène avec quelqu'un d'autre dont elle a préféré taire l'identité. La Belle Époque regorge d'histoires de casino et de parties de cartes où les joueurs font des paris audacieux. Le hasard et le jeu étaient indissociables des loisirs des classes aisées. À Paris, les salles de jeu clandestines abondaient. Elles étaient beaucoup plus fréquentées que les salons qui avaient reçu le feu vert des autorités. On pouvait y gagner ou y perdre de véritables fortunes. L'envie de tenter la chance cadrait parfaitement avec l'esthétique d'une époque où l'on prisait les duels, les suicides ou la coutume romantique d'adorer les « horizontales » et de les couvrir de cadeaux comme des déesses païennes.

Derrière ces comportements se cachait « l'honneur », un mot qu'on employait alors à toutes les sauces. Pour défendre leur honneur, les hommes se tiraient des balles dans la tête et les femmes s'empoisonnaient au moindre chagrin d'amour ou revers de fortune. En son nom, il fallait se montrer impassible face aux caprices du hasard. On gagnait sans montrer sa joie, on perdait sans ciller et l'on s'éloignait en silence de la table de jeu où l'on avait laissé tous ses biens. Il était correct, « honorable » de se conduire de la sorte même si, malheureux au jeu, on devait finir par se suicider ou vivre misérablement jusqu'à ses quatre-vingt-dix-sept ans.

Le jeu devint à la Belle Époque un passe-temps auquel s'adonnaient aussi bien les hommes que les femmes. La *belle saison** entraînait les privilégiés vers les stations balnéaires de Carlsbad (quiconque a lu *Le Joueur*, de

Dostoïevski, peut aisément imaginer l'ambiance et « ces visages avides et inquiets qui se massent par dizaines, sinon par centaines, autour des tables de jeu »).

Dès l'automne, le lieu de rencontre des amoureux du jeu était la Côte d'Azur. Là, ils pouvaient choisir entre se ruiner au casino de Cannes, au Rhul de Nice ou, plus élégant encore, au casino de Monte-Carlo, qui appartenait à celui que Caroline se plaisait à appeler « *mon Albert** ».

Peut-être est-ce justement *son* Albert qui l'initia aux délices du jeu. En tout cas, les dates concordent. On sait qu'avant 1984, lors de son premier séjour en Amérique et des tournées qui devaient la conduire dans toute l'Europe et, plus tard, en Australie et en Égypte, la Belle était économe. Il est peu probable que sa « chute » ait été amorcée par l'épisode des jetons laissés par inadvertance sur le rouge. Je ne pense pas davantage que son vice soit imputable à quelqu'un en particulier. Il a simplement pris peu à peu de l'ampleur, presque imperceptiblement au début. D'aucuns disent qu'elle aurait commencé à jouer à Saint-Pétersbourg, puis que le goût du jeu se serait développé après qu'elle eut rencontré Albert Grimaldi, mais j'en doute. Aucun Monégasque, y compris son Altesse sérénissime, n'a l'autorisation de jouer au casino. Le processus a certainement été beaucoup plus pernicieux, et ce qui n'était au départ qu'un divertissement a fini par céder le pas à une véritable passion, qui obligea Caroline Otero à multiplier le nombre d'amants pour faire face à ses dépenses faramineuses.

Après sa mort, deux phrases qu'elle citait fréquemment furent reprises dans de nombreux journaux. Avec une bonne dose de cynisme, comme toujours quand elle devait aborder un sujet déplaisant, la Belle Otero disait : « La vraie passion, c'est de tout oublier, de s'oublier soi-même. Cette passion, seul le jeu me l'a donnée. Il existe deux plaisirs incomparables dans cette vie : gagner et perdre. » Quant à la seconde phrase, elle contient toute une philosophie de l'existence : « J'ai été esclave de mes passions, mais jamais d'un homme. »

Le joueur

Pour ceux qui aiment les explications psychologiques, il existe différentes théories sur la manière dont on peut tomber dans le vice du jeu. L'une d'elles soutient que les ludopathes sont des masochistes qui se complaisent dans la défaite. D'autres affirment que les femmes qui, comme Caroline Otero, ont subi des humiliations dans leur enfance, succombent facilement à ce démon qui leur permet de conjurer l'horreur ou la haine omniprésente en faisant battre leur cœur intensément. D'aucuns disent que beaucoup de prostituées sont frigides et ont besoin de substituer les pulsions du jeu au plaisir amoureux qu'elles sont incapables de ressentir.

Personnellement, j'estime que toutes ces hypothèses ont dû influencer Caroline Otero et faire d'une femme mesurée et froide (mais pas frigide) une victime des jeux de hasard, mais je crois qu'on pourrait y ajouter d'autres éléments déclencheurs, car, chez l'être humain, les causes du changement ne sont jamais isolées. Est-il par exemple possible que Caroline, qui obtenait assez facilement tout ce qu'elle désirait, ait eu besoin de se mesurer à un ennemi plus redoutable que les hommes qu'elle séduisait avec autant d'aisance ? Par ailleurs, n'est-il pas démontré que les gens qui s'approchent de l'abîme (qu'il s'agisse de l'alcool, des négociations audacieuses, de l'amour tourmenté ou du jeu) éprouvent un vertige qui les tire toujours plus vers le bas jusqu'à ce qu'ils découvrent qu'ils ont touché le fond ? Aime-t-on le risque pour le risque, le vice comme un cercle parfait dont on ne peut s'échapper, même en étant intelligent ? Ce phénomène ressemble à une toile d'araignée, un piège fragile qui s'avère indestructible. Il est curieux de remarquer que, très souvent, ce ne sont pas les faibles mais les forts qui finissent par tomber dedans au point de ne plus pouvoir s'en dépêtrer. Ils pensent qu'ils vont pouvoir contrôler leur vice. C'est justement ainsi que Fédor Dostoïevski, lui aussi victime du jeu, fait agir les personnages du *Joueur* : insouciants au départ, ils s'obstinent et finissent par succomber à cette irrépressible compulsion qui les conduit vite à l'indifférence. Pour finir, plus rien ne compte. La victime se sait perdue et préfère se laisser entraîner dans le tourbillon sans chercher à savoir ce qui l'y pousse. Le joueur invétéré ne se pose pas de questions, trop occupé qu'il est à inventer de nouvelles ruses.

Si l'on ne peut que spéculer sur les raisons qui ont transformé Caroline Otero en esclave de ce qu'elle-même appelait sa « seule passion », on sait approximativement combien elle a perdu aux tables de jeu. De 1895 à 1948, lorsque, totalement ruinée, elle fut obligée de vendre ses derniers biens et de déménager dans le modeste *meublé** de la rue d'Angleterre où elle vécut jusqu'à sa mort, on calcule qu'elle laissa dans les casinos (surtout celui de Monte-Carlo) 40 millions de dollars de l'époque. Les sommes qu'elle jouait chaque soir étaient colossales. Son premier voyage à Monte-Carlo lui coûta 3 millions de dollars, mais elle ne se contentait pas uniquement de jouer dans les maisons de jeu. Elle pariait n'importe où, dans toutes les villes où elle se produisait. Chez elle, à Paris, elle possédait un casino miniature où elle invitait ses amis. Jacques Charles, journaliste au célèbre *Gil Blas*, qui devint par la suite directeur de l'Olympia, à Paris, décrit des « sessions privées » bien différentes des « représentations particulières » que la Belle donnait :

> Je me rappelle qu'à l'époque la Belle Otero habitait un hôtel *particulier** rue Fortuny où elle organisait des fêtes somptueuses. Après dîner, nous passions tous dans une serre où elle avait installé une roulette. « Surtout, ne jouez pas, m'a dit Caroline en me voyant si jeune. Asseyez-vous derrière moi, vous serez mon associé. » En une heure, j'avais amassé plus d'argent que je n'en gagnais en un an.

*

Tant que ses amants s'acquittaient de ses dettes, Caroline eut d'énormes rentrées d'argent. Mais peu lui importait d'avoir à dépenser le sien. Avec le temps, la fortune qu'elle possédait sous forme de bijoux disparut dans le puisard du jeu : un collier ayant été porté par Marie-Antoinette, celui de l'impératrice Eugénie de Montijo, une *rivière** de diamants ayant appartenu à Léonide Leblanc, un collier de perles noires de deux kilos offert par un prince oriental, un diadème de quatre-vingt-dix diamants disposés en trois rangées, sans oublier le service à thé en or massif dont le tsar Nicolas lui avait fait cadeau et d'autres objets précieux (quatre colliers de deux rangées de diamants chacun, huit bracelets de rubis, de nombreux saphirs et brillants, dix *cabochons** de rubis et leurs boucles d'oreilles assorties, plusieurs solitaires et d'autres joyaux de moindre valeur) qu'elle n'hésita pas à vendre à bas prix. Il faudrait encore ajouter à cela diverses propriétés : une maison à Ostende, cadeau de Léopold de Belgique ; une autre au bord de la mer Noire cédée par le tsar Nicolas II ; une troisième à Triel, sur les berges de la Seine ; le yacht de William Vanderbilt ; ses *petits hôtels** parisiens ; deux propriétés sur la Côte d'Azur, sans oublier l'île offerte par l'empereur du Japon. Sur le chemin de la ruine, elle se priva des deux cent quarante diamants du fameux boléro dont Cartier lui avait fait un collier et un pectoral. Elle le vendit pierre par pierre, ne conservant comme souvenir qu'un tout petit brillant.

Parfois, surtout quand elle avait encore de quoi dépenser, elle ne trouvait même pas le temps de brader ses bijoux. Quand la déveine s'abattait sur elle, elle enlevait ceux qu'elle portait pour les lancer sur le tapis vert, sachant pourtant cette pratique interdite. Beaucoup d'anecdotes circulent sur cette conduite aussi spectaculaire que pathétique. L'une d'elles, très vulgaire, raconte que la Belle Otero, qui n'était déjà plus toute jeune, serait montée sur une chaise pour mettre à prix son postérieur encore ferme. Les autres décrivent le même type de comportement à la fois désespéré et orgueilleux. Un *croupier** du casino de Monte-Carlo se plaisait à dire qu'un jour, alors qu'elle avait beaucoup perdu, Caroline gagna 10 000 dollars en allant coucher avec onze messieurs à la suite à l'Hôtel de Paris, situé non loin de là. Cet homme indiscret ajoutait avec admiration qu'entre chaque « client », il ne s'était pas écoulé plus d'une demi-heure.

Les légendes autour de sa personne abondent, à tel point que je ne saurais prêter foi à ces deux histoires. Considérant le caractère fier et provocateur de la Belle, la seconde pourrait être vraie, mais j'émets des doutes sur la première.

On prête bien des actions scandaleuses à Caroline Otero, comme d'apparaître nue sur un plateau d'argent ou de monter sur les tables de restaurants huppés pour exécuter des danses lascives. Peut-être agissait-elle ainsi parce qu'elle se savait un tantinet vulgaire. Malgré les témoignages enflammés de ses contemporains, y compris ceux de ses ennemis, qui la décrivent comme une femme à la beauté ensorcelante, il suffit de regarder les photos qui nous restent d'elle pour conclure à un manque de raffinement (du moins selon les canons actuels). Mais il me semble peu probable qu'elle ait montré son derrière. L'audace est une chose, la grossièreté une autre. Dans ce domaine, Caroline était une femme orgueilleuse à l'extrême et ne se serait jamais oubliée à ce point. La même morgue la conduirait plus tard à rester digne dans la misère plutôt que de demander de l'aide.

*

Mais revenons à sa passion du jeu. Certains renseignements permettent de comprendre comment elle a fini dans un *meublé** minable et sans un sou après avoir été l'une des plus riches femmes de son temps. Sa prodigalité était presque suicidaire. Caroline Otero s'est retirée de la scène à quarante-six ans, peu avant la guerre de 14, pour *finir en beauté** ou, ce qui revient au même, disparaître en laissant d'elle un souvenir intact afin que son public garde en mémoire son image du temps de sa splendeur. Elle partit à Nice, dans une élégante propriété appelée Villa Caroline, où elle avait de nombreux domestiques, un secrétaire et une dame de compagnie. Elle raconte qu'elle y resta jusqu'en 1948, puis, ayant vendu ses biens, elle déménagea à l'hôtel Novelty, rue d'Angleterre. Elle déclarait qu'elle n'avait pas quitté la villa pour des raisons financières, mais parce qu'elle la trouvait « trop grande ». Rien n'est moins sûr. La chute fut plus graduelle et Otero n'est pas passée du tout au rien en un jour. C'est ce qu'affirment des témoins qui la connaissaient, comme Paul Franck, écrivain et journaliste qui vit à Nice et que j'ai eu le plaisir de rencontrer.

Paul Franck est le fils de l'auteur de pièces de théâtre et acteur du même nom, un homme célèbre et séduisant qui devint par la suite le directeur artistique du Moulin-

Rouge et des Folies-Bergère. Franck fut à la scène comme à la ville l'amant de Caroline Otero, ce qui prouve que la Belle ne s'intéressait pas seulement au pedigree et à la bourse de ses prétendants. « La première nuit qu'ils ont passée ensemble, raconte son fils avec un appréciable sens de l'humour, mon père était si impressionné d'avoir dans ses bras une des femmes les plus désirées de son temps qu'il n'a joué qu'un rôle mineur dans son lit. Mais ils sont restés amis une bonne partie de leur vie. » Dans les années 1940, à Nice, Paul Franck et la Belle étaient du reste voisins. Quand Caroline vendit sa villa, elle était encore riche et emménagea sur le même palier que Franck père, dans le quartier « russe » de la ville. Après la révolution bolchevique, beaucoup de Russes blancs avaient émigré sur la Côte d'Azur avec plus ou moins de chance. Certains avaient pu conserver leur fortune, mais il y avait aussi des princes ruinés qui durent se faire embaucher dans les hôtels où ils avaient été clients. Le Negresco et le Rhul comptaient parmi leur personnel de vrais et de faux princes et princesses, ducs et grands-ducs qui astiquaient les poignées de porte et nettoyaient les cabinets.

Les plus fortunés s'étaient installés près de la cathédrale orthodoxe du boulevard Tzaréwitch, un quartier de beaux immeubles avec une légère touche slave où les *émigrés** et leurs amis se réunissaient le soir autour d'un samovar pour jouer aux cartes en évoquant des jours plus heureux. C'est dans l'un de ces immeubles qu'habitaient la famille de Paul Franck et la Belle Otero. Le fils, qui n'était alors qu'un enfant, se rappelle de curieuses anecdotes qui illustrent bien la nature menteuse et fière de Caroline. Il m'a notamment parlé des feintes dont elle était capable pour se procurer des fonds destinés au jeu. « Quand elle était ruinée ? », lui ai-je demandé. « Pas seulement, m'a répondu Paul Franck junior. Mon père m'a dit qu'au restaurant, elle avait pris l'habitude de glisser les couverts en argent dans son sac en faisant semblant d'être dans la lune. » Étaient victimes de cette kleptomanie tous les objets de valeur de taille assez réduite pour disparaître sans qu'on le remarque : bibelots *Arts déco**, vases, petits plateaux… Toujours orgueilleuse, Otero jouait les offensées si on la découvrait, et lançait à celui qui la prenait la main dans le sac : « Pour qui me prenez-vous ? » tandis que salières et petites cuillers regagnaient leur place.

Petits vols, ruses insignifiantes… elle pratiqua même la prostitution pour pouvoir satisfaire son vice jusqu'à un âge avancé et sentir son cœur battre pendant que la petite boule d'ivoire tournoyait, indécise. Plus tard, quand elle eut épuisé tous ces recours, elle toucha une petite rente de 620 francs qu'une main anonyme (et très prudente) lui versait mensuellement. Une aide calculée pour lui permettre de survivre sans se laisser tenter par le jeu.

Le monde des *cocottes**

Mais tout cela (la vieillesse, la ruine et même le démon du jeu) était encore loin en 1894, lorsque son agent Joseph Kun l'aida à triompher en Australie et au Proche-Orient. Caroline Otero n'avait pas encore vingt-six ans quand elle regagna Paris. Elle mit deux semaines pour reprendre son idylle avec Albert de Monaco et moins de temps encore pour se dégager des filets de son maître marionnettiste.

Elle était à un tournant favorable de sa carrière, mais elle avait encore beaucoup d'échelons à gravir pour devenir une femme du monde. Il lui faudrait encore des années de succès, d'amours extravagantes et de cadeaux coûteux. Elle n'était pas la plus désirée de Paris et la concurrence était rude.

Le Paris de l'époque regorgeait de jolies filles prêtes à tout pour accéder au seul statut ouvrant droit à la liberté et à la reconnaissance publique pour une femme, à savoir la scène et l'alcôve. Comme nous l'avons vu, selon les mœurs de l'époque, les filles aventureuses pouvaient devenir des femmes influentes. Des quotidiens aussi sérieux que *Le Figaro* s'intéressaient à leurs conquêtes, à leurs tentatives de suicide (une façon alors très courante d'attirer l'attention sur soi), et à tout ce qui tournait autour de ces hétaïres. Leur ascendant social était si grand que la mode suivait leurs caprices et obtempérait quand elles décidaient de ne pas porter de corset ou de se couper les cheveux. De Dion, le premier constructeur automobile en France, s'est même soucié de calculer la hauteur du toit de ses véhicules pour s'assurer que le chapeau de la Belle Otero tiendrait dans l'habitacle ! Le rêve prit fin avec la guerre de 14, mais, jusqu'à cette date, Paris et le monde entier s'inclinaient devant les courtisanes, femmes généralement d'origine modeste qui donnaient de l'éclat aux messieurs et fournissaient d'interminables sujets de conversation aux dames honnêtes qui, naturellement, les détestaient.

Selon ces dernières, prisonnières des conventions et jalouses de la liberté des « filles perdues », trois qualités étaient nécessaires à une *demi-mondaine** : être totalement dépourvue de scrupules, belle et chanceuse. Elles se trompaient. D'autres atouts étaient indispensables et bien plus ardus à réunir, à commencer par une grande intelligence. Les sottes ne parvenaient pas à se hisser dans la société. Pour être courtisane, il fallait une subtile dualité : être à la fois douce et inflexible, compréhensive et distante, et, surtout, se montrer très audacieuse dans les formes mais prudente dans le choix de ses protecteurs et amants. Le plus grand obstacle se dressait en travers de leur route dès la première conquête. Il fallait alors faire connaître son tempérament, car ce qui différenciait une courtisane de luxe d'une *cocotte** de moindre renom n'était pas les succès remportés sur scène ou au théâtre. En général, toutes étaient des artistes sans grand talent.

Bien que cela semble difficile à croire, elles n'étaient pas davantage douées dans l'art d'aimer. La différence entre une petite prostituée et une créature mythique tenait à l'intuition de cette dernière lorsqu'elle choisissait ses amants et à son habileté à savoir les garder. C'est cela qui faisait entrer les femmes de petite vertu dans la légende.

« Les hommes sont prêts à tout pour qu'on les voie à mon bras, disait Otero. J'augmente leur valeur sociale et plus encore leur valeur économique. Bien sûr, cela a un prix. »

Peu de courtisanes devenaient des symboles. On comptait celles qui accédaient à la notoriété sur les doigts de la main. L'une d'elles, Émilienne d'Alençon, formait avec la Belle Otero et Liane de Pougy le trio le plus coté de l'époque. On les surnommait *Les Trois Grâces*[1]. Dans un monde où morale et éthique étaient régies par des règles très pragmatiques, les mots d'Émilienne sur le succès de sa « profession » ont la sagesse d'une fille des rues qui est parvenue au sommet et sait comment y rester. « C'est très simple, affirmait-elle. Si tu couches avec un bourgeois, tu n'es qu'une pute, mais si tu le fais avec un roi, tu deviens une favorite. La nuance est sensible et ça sonne beaucoup mieux, n'est-ce pas ? »

1. Dans l'une des salles principales du casino de Monte-Carlo, on peut apprécier un tableau qui s'intitule précisément *Les Trois Grâces,* qu'on ne m'a malheureusement pas autorisée à photographier. Ceux qui s'approcheront pourront découvrir que les trois nymphes dénudées sont Liane de Pougy, Émilienne d'Alençon et… la Belle Otero. *(NdA)*

La visite de Mlle d'Alençon

Nice, 9 avril, 19 heures.

– Vous la voyez, là-haut, madame Pernod ? C'est la vieille Otero qui donne à manger aux pigeons. Tous les soirs, à cette heure-là, elle s'assied sur son balcon dans son peignoir d'ancienne courtisane et assouvit ses instincts exhibitionnistes en attirant dans l'immeuble des pigeons crasseux qui se posent autour d'elle pour quelques miettes de pain. Mais il n'y a pas moyen d'attirer son attention. Vous connaissez son caractère, elle est imbuvable. Un jour, nous avons appelé la police pour faire interdire ce foyer d'infection, et vous savez ce qui s'est passé ? Otero a adressé au gendarme un de ses sourires qui étaient autrefois capables de faire fondre un diamant. Cette vieille bique l'a embobiné et cet homme stupide a retiré sa casquette pour la saluer comme un ministre de la République, puis il est reparti là d'où il venait sans avoir résolu le problème. Vous ne trouvez pas cela incroyable ?

*

Une centenaire quasiment aveugle et aussi sourde que moi devrait vivre dans les limbes de silence et de semi-pénombre qui sont le lot de consolation de ceux qui s'attardent ici-bas et savent se protéger de la bêtise ambiante. Pourtant, à force d'expérience, je parviens à reconstruire avec une méticulosité pointilleuse ce que j'ai peine à voir ou à entendre. En bas, dans la rue, mes voisines de la rue d'Angleterre sont assises devant leur porte comme si elles attendaient de voir passer mon cadavre. J'ai vu tant de visages semblables aux leurs tout au long de ces cinquante années de pauvreté que je connais par cœur leurs mots et leurs plaintes. Ce sont en général des femmes ridées, beuglantes, qui joignent le geste à la parole et regardent mon balcon en formulant toujours les mêmes griefs contre moi. Grâce aux expressions et aux mots épars que je perçois, à leur manière d'affaisser leurs bras gras sur leurs grosses cuisses de matrones, je comprends tout ce qu'elles se disent :

– Vous ne trouvez pas cela in-croy-able, madame Gautier ? s'exclame la plus grosse, indignée. Regardez-la, assise sur son balcon comme une princesse sur son trône. On croirait qu'elle nous entend !

Aujourd'hui, elles sont trois. Trois commères que vient de rejoindre mon amie Assunta Giovagnini. Peut-être renouvellent-elles leurs doléances en espérant en vain qu'elle me fera renoncer à nourrir les pigeons qui « salissent le quartier ». Assunta, ces femmes sont plus néfastes que les rats.

Assunta les rassure. Elle doit leur dire de m'accorder un instant avec les pigeons qui sont ma seule distraction, qu'une vieille femme comme moi ne peut passer toute la sainte journée enfermée avec un canari déplumé et quelques photos jaunies pour seule compagnie. Elle leur affirme que c'est un miracle que, dans une telle solitude, je ne sois pas devenue folle à lier et ne parle pas avec les morts ainsi que le font tous les vieillards…

– Laissez-la s'amuser un peu. Cette heure est terrible. La tombée de la nuit est mauvaise conseillère et toujours porteuse d'un souvenir non désiré ou d'une voix surgie des ténèbres.

*

« Caroline, écoute-moi, *ma belle**. Si tu couches avec un bourgeois, tu n'es qu'une pute, mais si tu le fais avec un roi, tu deviens une favorite. La nuance est sensible et ça sonne beaucoup mieux, n'est-ce pas ? »

Assunta a raison. À cette heure-là, on imagine n'importe quoi et on entend parfois des voix qui n'existent pas. J'aimerais que ces femmes se taisent et qu'elles me laissent m'amuser tranquillement avec les pigeons. Je ne veux pas rentrer chez moi. C'est de là que s'élève cette voix. Garibaldi ne chante plus, si bien que les mots que je viens d'entendre ne sont pas des mirages et ne montent pas de la rue. J'avais presque oublié cette voix. Et si en regagnant ma chambre je découvrais un autre visiteur importun ?

*

« La Belle Otero a peur. »

Ai-je rêvé ces mots ou sont-ils sortis de la bouche de mes voisines ?

« La Belle Otero a peur. »

Peur de quoi, stupides pachydermes ? me dis-je en me redressant sur ma chaise. Les voisines ne le voient pas, mais les pigeons s'envolent. Je ne sais pas si je dois me lever ou rester ici. Allons, cela fait un demi-siècle que tu vis entourée de souvenirs et de photos qui ont perdu toute valeur sentimentale à tes yeux. Tu ne penses plus à personne. Vas-tu laisser une sieste cauchemardesque t'inciter à te comporter en fillette ? Rentre et cesse de t'offusquer des commentaires blessants de tes voisines et d'entendre des voix. Hormis Garibaldi, personne ne t'attend, et surtout pas une procession de fantômes. Si tu crois que ce qui s'est passé à l'heure de la sieste était un avant-goût de la mort, une sorte d'envoi de souvenirs relatifs à tes péchés, tu te trompes. Tu es si peu de chose à présent qu'aucun cortège ne t'accompagnera dans l'au-delà.

– Et puis, madame Assunta, comprenez que l'affaire est bien plus grave qu'il n'y paraît. Les pigeons sont comme les rats, si ce n'est pires. J'ai lu dans *Nice Matin* que leur fiente abîme les pierres et qu'elle est nocive, hallucinogène…

Je souris. Dehors, la vie bat son plein avec toute sa sottise, et à l'intérieur… il n'y a personne. N'aie pas peur, Lina, rentre. Qui crains-tu ? Ta triste chambrette est vide, comme toujours. C'en est fini des visites de jadis. C'est possible, mais je viens de vivre une étrange journée et je préfère prendre froid sur le balcon plutôt que de regarder à l'intérieur. J'entends des sifflements, des sons qui semblent résonner de partout. Dis-moi que tu es seul, Garibaldi, que c'est toi qui fais du bruit en battant des ailes et non la voix d'une morte qui a trépassé dans un parc de Monte-Carlo en donnant à manger aux pigeons, comme je le fais à présent.

« Si tu couches avec un bourgeois, tu n'es qu'une pute, n'est-ce pas ?

– C'est toi, Mimi ?

– Oui, ma chérie, *c'est bien moi**. J'ai besoin que tu me rendes service. *Viens, ma belle**. »

Maintenant je comprends. Si je suis encore victime d'un fantôme, c'est celui d'Émilienne d'Alençon, surnommée Mimi. Elle attend toujours quelque chose de moi : « Prête-moi ton boa, prête-moi tes gants… » Elle était aussi légère et frivole qu'un pigeon. Très bien, je rentre. Mimi ne me fait pas peur et c'est une fille agréable. Autrefois elle était gaie et spontanée. Je me lève, mais j'hésite à entrer. Je fais un pas vers la fenêtre, je feinte, je me cache derrière les rideaux pour observer sans être vue, car je viens de prendre conscience que ce n'est pas la voix allègre d'Émilienne qui a prononcé ces derniers mots mais celle d'une vieillarde que je ne connais pas.

Je songe alors que mes craintes sont justifiées, que mon cortège de fantômes n'était pas un rêve et qu'il continue de me poursuivre. Pour m'effaroucher davantage, les apparitions ne revêtent pas leur apparence de jadis mais celle qu'elles avaient avant de mourir. Cette vieille femme recroquevillée sous un châle en cachemire usé n'est-elle pas Émilienne d'Alençon, la compagne de mes heures de gloire ? Elle a perdu sa beauté, elle est vaincue, malade... morte. Mon Dieu ! Les fantômes de ma jeunesse sont déjà difficiles à supporter, mais ceux de la déchéance sont de loin trop cruels. Il y a si longtemps que je me suis habituée à vivre dans la souffrance de l'anonymat que j'avais presque réussi à faire en sorte que les images du passé cessent de me hanter. Pourtant, je ne me serais jamais attendue à un tel châtiment. Ai-je donc commis tant de péchés pour qu'on m'oblige à passer ainsi les morts en revue ?

J'aimerais rester sur le balcon, mais, même ici, je serai la cible des commentaires stupides de mes voisines, sans compter que je risque d'attraper un rhume. Qui pourrait croire que la Belle Otero est coincée devant sa fenêtre, victime de ses hallucinations ? Car cette voix est forcément un produit de l'imagination. Je refuse de croire à un défilé de défunts.

– Madame Pernod, je vous assure que ces oiseaux immondes dégagent des odeurs pestilentielles. C'est prouvé scien-ti-fi-que-ment. N'est-ce pas, madame Gautier ?

Vieilles perruches. Quoi que dise cette voisine ignare, il est inutile de se leurrer. Je sais que Mimi ne sort pas de mon imagination mais de ma mémoire. Elle n'est pas un souvenir (je sais comment lutter contre ce type d'image) mais quelque chose de plus inquiétant. J'ignore qui est cette vieille femme ruinée qui patiente dans ma chambre mais j'ai bien connu Émilienne d'Alençon, une belle courtisane adorablement frivole dont le monocle brillait lorsqu'elle plumait ses admirateurs. Que cherche cette femme-là ?

Garibaldi, dis-moi qu'il n'y a personne avec toi.

Je finis par me décider et je la vois. C'est elle mais j'aurais peine à la reconnaître si je la croisais dans la rue et non dans ma chambre, debout à côté de mon lit. « Tu as une mine déplorable, Mimi. Pourquoi ne soignes-tu pas ta mise ? Je suppose que les fantômes peuvent choisir leur apparence pour regagner le monde des vivants. Alors pourquoi as-tu l'air d'une pouilleuse ? » Sans attendre de sa part une réponse que je n'ai du reste pas envie d'entendre, je poursuis d'un ton faussement mondain : « Je sais qu'il y a quelques années, on t'a retrouvée morte sur un banc public. Je crois que c'était à Monte-Carlo. Je l'ai entendu à la radio et j'étais désolée... Mais je n'ai pas pu aller à ton enterrement. Il faut me pardonner, chérie, j'avais des invités... Aujourd'hui non plus, je ne vais pas pouvoir te recevoir parce que j'attends de la visite. De la visite en chair et en os, c'est vrai. Tu sais, il me reste encore quelques amis. Tu ne voudrais pas qu'on te voie ainsi, n'est-ce pas ? Alors il faut que tu partes. Va. Promets-moi de t'en aller. »

Impossible de feindre plus longtemps. Toutes ces apparitions en un seul jour... D'abord mes souvenirs d'enfance, puis Albert, ma première tête couronnée, et le vieux Kun et, enfin, cette ombre lamentable de Mimi D'Alençon... Tu sais, Lina, cela signifie que ta mort est proche. Ne dit-on pas que, quand on vit sa dernière heure, toute notre existence défile rapidement dans notre tête, comme un film ? Tu vas mourir. Tu attends cet instant depuis si longtemps, n'est-ce pas ? C'est vrai, mais je crains que même dans la mort tu n'aies pas de chance. Personne ne quitte cette vie sans agitation. Ton trépas ne sera ni sommaire ni rapide, car ce traitement est réservé aux gens simples. Quatre-vingt-dix-sept ans de frasques méritent une longue et douloureuse procession, une suite de regrets, d'erreurs et de certitudes dont le souvenir est plus impitoyable que l'évocation des vices. Tous mes amants vont-ils venir ? Toutes les bouches que j'ai embrassées ? Mes ennemis aussi ? Mes amis, même lointains, feront-ils l'effort de me rendre une ultime visite ? La liste est vraiment longue. Et pourtant…

Pourtant voici l'ombre de la belle Mimi, la joyeuse Mimi. Je trouve étrange et inattendu qu'elle soit si vieille. Je n'ai jamais rencontré l'opiomane ruinée qu'elle était devenue dans ses dernières années. Ce n'est pas juste. Cette enveloppe corporelle fanée ne faisait pas partie de ma vie et ressemble à s'y méprendre à un funeste présage. Va-t'en, Émilienne, je ne sais pas qui tu es.

Mais la silhouette se tasse davantage et a le toupet de s'asseoir sur mon lit. L'opium et l'absinthe ont fait perdre sa brillance au regard dont elle atténuait l'intensité en portant un monocle. Il doit être difficile, quand on a été la *petite** Mimi, maîtresse de Léopold de Belgique et d'Édouard VII, de mourir sur un blanc public. *Ma pauvre** Mimi… Lesbienne, droguée, abandonnée de tous… « Je vis sur la Côte d'Azur pour profiter de la seule chose encore gratuite : le soleil et ses rayons qui réjouissent ma vue », déclarais-tu à un journaliste il y a quelques années. Tu vois ? Même de loin, je me suis toujours intéressée à ce que tu devenais. Je sais aussi que c'est Jean Cocteau qui t'a initiée à l'opium. « S'amuser, il faut s'amuser », te disait ce filou pour que tu l'accompagnes dans les périples qui lui servaient à anesthésier tant de choses… Maintenant tu as les cheveux clairsemés et tes dents sont tombées ou déchaussées… Tu sembles attendre désespérément quelque chose. Mais les fantômes ne supplient pas. Au contraire, ils se gardent de révéler leurs désirs, même après avoir passé leur vie à réclamer comme tu l'as fait. Une fois morts, ils deviennent des statues et imposent leur présence tant qu'ils n'ont pas obtenu ce qu'ils veulent. Je les connais comme ma poche. Allez, écourtons cette vaine cérémonie et dis-moi ce que tu souhaites, Émilienne. Que peut donc te donner une vieille femme presque aussi misérable que toi sur le seuil de la mort ?

– Un souvenir. Vous comprenez, madame Pernod ? (Ce sont mes voisines qui interviennent. La grosse femme à gauche se frappe à nouveau la cuisse et pointe sur mon balcon un doigt qui pourrait être celui de Robespierre.) Cette femme veut qu'on se souvienne d'elle. Elle agit ainsi pour s'assurer qu'elle a laissé une trace de son passage ici-bas. Croyez-moi, les vieilles courtisanes se résignent mal à l'oubli. Je le sais, je l'ai lu dans *Nana*, ce roman magnifique qui m'a mis la larme à l'œil. En fait, c'est très simple : comme il ne lui reste guère de temps devant elle, la vieille Otero est capable de nous couvrir de fientes de pigeon pour nous laisser un témoignage ineffaçable de son passage sur terre, comme dirait mon mari. Vous trouvez ça saugrenu ? C'est parce que vous n'avez jamais ouvert un livre, madame Gautier. Vous ne connaissez rien à la psychologie humaine. Mais rappelez-vous ce que je viens de vous dire. Le jour où cette vieille orgueilleuse mourra, les pigeons continueront de rôder autour de notre immeuble. Ils seront son legs et sa vengeance. Je vous l'assure. Ces oiseaux ont leurs habitudes et ils répandront leurs saletés, faisant de la Belle Otero quelqu'un d'éternel tant que nous serons en vie pour parler de ses extravagances. Vous comprenez les objectifs diaboliques de cette pimbêche, maintenant ?

La vie ou ses bruits tumultueux viennent tourmenter mes pauvres oreilles. Les commères sont encore en bas avec mon amie Assunta. Elles aussi évoquent des souvenirs. Grosses imbéciles ! C'est vrai que, comme les autres mortels, je ne disparaîtrai pas tant qu'il se trouvera encore des gens qui m'auront connue. Mais je n'ai pas besoin des pigeons pour cela. Quelles sottises ! La Belle Otero est toujours vivante dans les archives et les livres qui parlent d'elle. Ils parlent aussi de toi, Émilienne. Toi et moi ne serons jamais mortes, Mimi. Tel est le privilège des femmes scandaleuses.

La vieille Mimi s'agite. Sa bouche édentée cherche à

formuler une demande, mais les fantômes n'ont pas droit à la supplique.

« Tu vivras dans les livres, insisté-je. Tu es déjà immortelle, chérie. »

Mimi se tourne vers la fenêtre, mais son regard implorant ne s'adresse pas aux pigeons. Elle semble s'intéresser à ce qui se passe en bas, dans la rue. C'est absurde. En quoi Émilienne d'Alençon pourrait-elle avoir besoin de mes grosses voisines ? Je réfléchis quelques instants avant que la lumière se fasse dans mon esprit. J'ai une hypothèse qui devrait être la bonne s'il me reste un tant soit peu de jugeote.

– Assunta, Assunta Giovagnini ! crié-je du balcon. Montez immédiatement !

Je regarde Mimi et crois avoir vu juste. Dans ses yeux délavés par l'opium (du moins celui devant lequel elle ne place pas le monocle qui fut sa marque distinctive pendant nos années de rivalité), je vois comme une lueur de fraîche immortalité.

La minuscule immortalité d'un souvenir

Nice, 9 avril 1965, même heure.

Comment expliquer à Assunta, la bonne amie qui m'aide quotidiennement à faire mon lit et m'assomme de ses questions, celle à qui je ne raconte jamais rien, qu'aujourd'hui elle va avoir la chance d'entendre une histoire de courtisane racontée par une courtisane ?

– Assunta Giovagnini ! crié-je. Montez ! Tout de suite !

On dit que j'ai un caractère impossible, pourtant c'est la première fois que j'appelle Assunta à grands cris. Elle lève la tête, regarde les voisines devant lesquelles elle m'a défendue il y a un instant. Les commères haussent les épaules en même temps, comme les personnages d'une pantomime. « Tiens, semblent dire les épaules de Mme Gautier, l'énorme femme qui se frappe la cuisse dès qu'elle ouvre la bouche, voilà ta vieille folle qui t'appelle. Puisque tu montes, profites-en pour lui parler des pigeons. » Quant à la deuxième voisine, je l'imagine très bien en train de déclarer : « Quelle patience vous avez, madame Giovagnini. Cet être insupportable est votre croix. » Je peux aisément deviner ce que disent les épaules de Mme Pernod : « Assunta, tu es rusée. Tu dois en vouloir à son magot pour te laisser traiter de la sorte. »

Pour une fois, je dois avouer que les pachydermes ont raison. Je regrette de ne rien avoir à léguer à la bonne

Assunta. Je donnerais volontiers tout ce que je ne possède plus pour avoir sous la main quelqu'un qui fasse fuir la vieille Émilienne. J'ai froid, je ne peux m'éterniser sur le balcon pour reculer l'échéance.

– Assunta ! Dépêchez-vous ! Allez !

*Dieu merci**, j'entends quelques minutes plus tard s'actionner les quatre verrous dont Assunta est l'unique gardienne. Quand je serai morte, il faudra faire appel à elle pour enlever mon corps. Les journalistes la presseront de questions : « Est-il vrai que vous étiez la meilleure amie de la Belle Otero ? » lui demandera-t-on, car lorsqu'une célébrité oubliée meurt, elle a droit à son regain de gloire sous forme de nécrologie. « Dites-nous un peu à quoi elle occupait son temps ces dernières années… Était-elle folle ? Parlait-elle aux esprits ? Aux photos épinglées sur son mur ? Il paraît qu'elle avait un trésor caché… L'avez-vous vu ? » Ils se montreront indiscrets et oseront même la questionner sur mon intimité… Mais ce qui est sûr pour le moment, c'est qu'à défaut de notoriété, Assunta va être le réceptacle d'une histoire authentique, une histoire dont Émilienne d'Alençon est la protagoniste.

– Asseyez-vous ici, ma chère, lui dis-je en lui indiquant précisément l'endroit où se tient la vieille Mimi.

Le spectre se pousse pour laisser place à la vie et me regarde en ayant l'air de dire : « Mais que fais-tu ? »

*

Elle le sait pertinemment. Pour calmer les fantômes, il n'y a qu'une seule solution : leur consacrer un souvenir. Ma grosse voisine vient de le dire, à moins que mon ouïe défectueuse ne m'ait joué un tour : les défunts ne meurent pas tant qu'il se trouve quelqu'un pour les évoquer. Ils ne disparaissent donc de la surface de la terre qu'à la mort de la dernière personne qui les a connus. Il peut s'agir d'une appréciation de leur rire, d'un commentaire sur l'adorable façon dont ils agitaient leur éventail, ou, mieux encore, d'un récit de leurs triomphes mondains. Je suis celle qui racontera Mimi, son dernier miroir. Nous savons toutes deux que ses jours sont comptés. « Tu es contente, chérie ? Voilà pourquoi tu es venue me voir dans une tenue aussi déplorable, n'est-ce pas ? Tu as toujours été une grande égoïste. Toutes les astuces étaient bonnes pour parvenir à tes fins. Voici le service que tu voulais que je te rende. Tu souhaitais t'assurer que, lorsque je serais morte, tu perdurerais dans la mémoire de quelqu'un d'autre. Parfait, chérie. Les âmes du purgatoire ont besoin qu'on prie pour elles, mais les aventurières dans notre genre préfèrent la minuscule immortalité d'une personne capable de relater leurs vies scandaleuses. Pourquoi pas ? »

*

– Et maintenant, Assunta, écoutez-moi bien. Je vais vous raconter une histoire qui s'est passée il y a fort longtemps, lui dis-je avant même qu'elle s'enquière au collectif de mon humeur et de ma santé.

*

Mais aujourd'hui, Assunta ne fait pas mine de vouloir me poser ce genre de questions. Elle s'est assise en silence au bord du lit, les mains sur les genoux, comme une fillette qui devine qu'on va enfin lui donner la friandise promise depuis si longtemps. Les enfants sont habitués aux velléités des adultes. En général, ils ne se risquent pas à prononcer un mot quand ils savent qu'on va les récompenser. Assunta se balance lentement de chaque côté sans relâcher son attention. Elle semble à son aise sur le lit, à côté de l'ombre triste qui a un jour été la belle Mimi d'Alençon. Au cas où, pour en avoir le cœur net, je lui demande :

– Vous sentez une présence étrangère ?
– Pas du tout, répond Assunta, très étonnée.

*

Mimi rit en me montrant une fois de plus sa bouche édentée où s'alignaient autrefois deux parfaites rangées de petites perles blanches. « Quelle grande manipulatrice tu étais ! Tu as encore gagné et tu vas avoir droit à ton infime immortalité. Je vais raconter à Assunta une célèbre anecdote te concernant, celle qui illustre le mieux la formidable ascension qui t'a propulsée d'une loge de concierge miteuse de la rue des Martyrs jusqu'aux salons les plus convoités de France. Quand j'aurai fini mon histoire, tu seras assurée de rester un court moment dans le monde des vivants que tu regrettes tant. Sois convaincue que, tant que la jeune Assunta ne sera pas six pieds sous terre, tu resteras présente dans la mémoire de la propriétaire d'un petit restaurant de quartier. Ce n'est pas grand-chose, mais Assunta sera ton dernier témoin. Tu te contentes de peu maintenant, toi qui étais si insatiable autrefois. »

*

– Vous ai-je déjà parlé de la belle Émilienne d'Alençon, avec qui j'ai partagé les faveurs de plusieurs rois, ma chère ? demandé-je sans préambule à Assunta, qui s'agite nerveusement, à croire que les ressorts du lit piquent son derrière en lui promettant des histoires juteuses.

L'heure des confidences indiscrètes a enfin sonné. Assunta s'imagine qu'elle va apprendre des détails piquants sur ma vie. C'est ce qu'elle croit, mais pour l'instant, elle se contente d'écorcher le nom d'Émilienne :
– Émilienne Dalson ?
– D'Alençon, répété-je en regardant Mimi. (Elle semble

me dire : "Tu vois ? J'avais raison de venir ! Quelques dizaines d'années seulement après ma mort, personne ne connaît plus mon nom.") Ne soyez pas sotte, ma chère. Je suis sûre que vous avez entendu parler de cette femme extraordinaire.

J'aimerais ne pas trop m'attarder sur la vie de ma rivale pour écourter l'exorcisme. Malheureusement, son nom ne dit rien à Assunta et je vais devoir tout reprendre depuis le début. « *Sic transit gloria mundi* », souffle Émilienne, qui était la plus inculte des *Trois Grâces** mais a dû profiter de son séjour en enfer pour apprendre le latin.

– Bon, eh bien ?

*

Ce n'est pas Émilienne, mais Assunta qui me presse de commencer mon récit. Elle croise les bras comme qui s'apprête à écouter un récit truculent.

*

– Vous voulez voir un portrait du personnage ? lui demandé-je pour m'épargner une description physique.

Je lui montre une photo sur laquelle Mimi porte son monocle et un charmant turban de soie indienne. Assunta regarde le cliché et me dit qu'elle la trouve grosse et laide.

– Les canons esthétiques étaient différents à mon époque, mais Mimi était considérée comme la beauté personnifiée. Elle ne serait jamais arrivée si haut s'il n'en avait pas été ainsi, précisé-je avant d'ajouter, plus pour Mimi qu'à l'intention d'Assunta : Nous nous entendions assez bien pour des rivales, n'est-ce pas, *ma belle** ? Peut-être parce que tu en pinçais pour moi et que je ne t'ai jamais donné de faux espoirs. Je sais bien que les disciples de Sapho étaient à la mode en ce temps-là, mais je ne pouvais pas marcher dans ton jeu. Je n'ai jamais aimé les femmes.

– Les *lesbiennes** étaient à la mode, madame ? me demande Assunta, subitement intéressée par l'histoire d'Émilienne. Les *cocottes** étaient lesbiennes, amoureuses les unes des autres ? Racontez-moi, donnez-moi des noms, s'il vous plaît.

*

N'ayant pas l'intention de gâcher cette séance d'exorcisme pour satisfaire la curiosité petite-bourgeoise de ma bonne Assunta, je reconstruis la vie de Mimi en l'abordant sous un autre angle.

– Pour que vous compreniez l'esprit de l'époque, dis-je d'un ton doctrinal et faussement aseptisé visant à lui faire oublier que je suis une illustre représentante de ce joyeux groupe, pour que vous mesuriez l'ascendant qu'avaient ces femmes incroyables sur les hommes, quelle que soit leur naissance, je vais vous raconter une *petite histoire** dont Émilienne est l'héroïne et qui a beaucoup fait jaser autrefois.

« Ce devait être vers 1890, ou peut-être avions-nous déjà passé le tournant du siècle, je ne sais plus. Ne me demandez pas de précisions sur des dates qui ne sont pas significatives. Tout ce que je peux vous dire, c'est qu'à l'époque des faits, Mimi était déjà au sommet de sa carrière. Elle avait laissé derrière elle son métier de dompteuse de "lapins savants" dans un cirque de bas étage. Elle avait également quitté son premier amant, le duc d'Uzès, qui l'avait lancée dans le monde et couverte de bijoux. Il me semble aussi que le jeune fils du duc qui avait succédé à son père dans le lit d'Émilienne avait déjà trouvé la mort en Afrique après avoir dépensé pour elle 3 millions de francs or. Le pauvre petit avait trépassé au Congo, au grand désespoir de sa mère, une femme doublement trahie. Une histoire classique de la *Belle Époque**. Mimi n'était plus depuis longtemps la première femme jockey de Paris. À ce portrait brossé à la hâte, il faudrait ajouter que Germaine, sa fille née d'amours adolescentes avec un lanceur de couteaux gitan, était devenue une vraie demoiselle et vivait à Londres. Sa mère lui avait interdit de se rendre à Paris, non parce qu'elle avait honte, mais de crainte que l'existence de Germaine ne jette une lumière par trop explicite sur l'âge de sa charmante mère. Mimi pouvait inscrire de nombreux princes de sang royal à son tableau de chasse, comme le sympathique grand-duc Vladimir, qui venait de couvrir les murs de sa chambre de feuilles d'or. Elle comptait aussi deux rois parmi ses amants : le futur Édouard VII et un autre, dont je tairai le nom pour le moment car il intervient dans cette histoire.

« La vie de ces femmes après lesquelles tous soupiraient était exubérante, vous comprenez ? Le simple fait d'être vu chez Maxim's ou au bois de Boulogne en compagnie de l'une d'elles était un signe de richesse ou de pouvoir. Nous donnions de l'éclat aux hommes, expliqué-je à Assunta, oubliant un instant le ton doctrinal que je m'étais promis d'adopter. Quoi qu'aient pu dire les honnêtes femmes, il fallait du talent pour devenir une courtisane, mais pas précisément celui que l'on croyait. Ces créatures devaient être belles, assurément, mais surtout audacieuses et sûres d'elles afin de rester maîtresses de leur témérité. C'était là la seule façon de tout se faire pardonner.

« Prenez par exemple Émilienne d'Alençon. Elle se partageait alors entre deux princes : Bertie, l'héritier de la couronne de Grande-Bretagne, et Léopold, le roi des Belges...

– Les rois n'étaient pas jaloux ? me coupe Assunta, qui trouve cet univers lointain si irréel qu'elle ne sait plus si je parle de vrais monarques ou des figures royales des jeux de cartes.

– Absolument pas, ma chère. Je vous assure qu'ils partageaient leurs dulcinées avec la générosité qui sied à leur rang. *Noblesse oblige**, n'est-ce pas ?

Assunta, qui a du sang italien dans les veines, ne comprend rien à rien. Elle juge invraisemblable qu'un homme, qui plus est un roi, accepte que d'autres couchent dans le lit de leurs maîtresses. Je ne vais certainement pas expliquer le grand monde ou la noblesse à une fille qui y voit une invention de Shéhérazade.

– La petite histoire que j'aimerais vous raconter illustre si parfaitement les mœurs de l'époque, l'influence des courtisanes et – autant le dire – la morale ambiguë de ces temps reculés qu'elle résume à elle seule l'esprit des plus belles années qu'ait connues le monde.

*

Les lèvres de Mimi brillent comme dans sa jeunesse. Ravie, elle sourit. Dans un stupide accès de sensiblerie, je regrette qu'Assunta ne puisse voir tout le bien qu'elle fait à une pauvre vieille morte.

*

– Un jour, de passage à Paris, Léopold de Belgique a décidé de rendre visite à son amie Mimi d'Alençon. Le roi des Belges devait avoir à l'époque une bonne soixantaine d'années et il était l'un des hommes les plus riches du monde. Imaginez-vous que pour avoir financé de ses propres deniers une expédition d'envergure, celle du célèbre explorateur Henry Morton Stanley, il était devenu l'unique propriétaire d'un territoire africain bourré de diamants qui s'appelait alors le Congo belge. Je ne sais plus quel nom on donne aujourd'hui à ce pays. Les temps changent trop vite pour moi. Léopold était en outre marié à une archiduchesse autrichienne que tous (sauf moi) trouvaient belle et qu'on surnommait la Rose de Brabant. Mais les roses qu'on possède finissent par se flétrir et Léo aimait davantage celles de Paris. Il les lui fallait toutes. Certes, sa maîtresse la plus célèbre était la petite Cléo de Mérode, à tel point que les journaux satiriques belges l'appelaient Cléopold de Belgique, mais cette femme d'origine aristocratique a toujours pudiquement démenti son idylle avec le roi. *Tant pis** pour elle. Nous, *Les Trois Grâces**, avons eu des rapports bien plus achevés avec lui. Plus... comment dire ? Plus humains, car nous donnions de l'humanité aux aristocrates que nous acceptions dans notre lit. À condition qu'ils payent, évidemment.

Assunta ne me regarde pas comme le conteur impartial que j'aimerais être, mais je ne m'attarde pas à vérifier ce qu'elle voit en moi. Je poursuis en me délectant de cet exorcisme.

– Voici la chute de l'histoire, ma chère. Comme je viens de vous le dire, Léopold voulait voir Émilienne. Il était tôt, peut-être 10 heures du matin, quand il est allé sonner à sa porte. Une bonne tout en retenue qui avait reçu des ordres formels lui a ouvert. "Je suis désolée, Majesté, mais mademoiselle dort et personne ne doit la réveiller avant 11 heures", lui a-t-elle dit. "Parfait, a répondu le roi d'un air bonhomme. Laissez-la dormir. Je vais aller à la messe et je repasserai plus tard pour l'inviter à déjeuner."

Arrivée à ce point du récit, je m'interromps pour observer la réaction d'Assunta. J'aimerais lui voir l'expression étonnée que mérite l'anecdote, mais elle ne cille pas. Mimi, en revanche, sourit fièrement et se lève avec une agilité qui me rappelle nos jeunes années. Elle s'approche du petit miroir vissé au-dessus du lavabo et cherche entre les rides de son visage défunt des vestiges de la beauté qui osa interdire à un roi de pénétrer chez elle. Elle retourne s'asseoir près du dernier témoin de sa gloire, comme si un cordon ombilical les unissait. De son côté, Assunta ne bouge pas. Elle est si calme que, dans la lumière diffuse du soir, mes yeux fatigués ont du mal à distinguer la silhouette de la femme vivante de celle de la morte.

*

« C'est fait, Mimi, dis-je sans trop savoir si je m'adresse à la bonne personne. Tu peux disparaître et me laisser tranquille. Partout où elle ira, cette femme racontera l'audace et le pouvoir de la célèbre courtisane que tu étais. Regarde-la. Elle est étonnée. Tu vas désormais vivre dans le souvenir d'Assunta Giovagnini et de ses amies. Tu perdureras grâce à ses enfants et, avec un peu de chance, aux enfants de ses enfants. Tu n'as pas à te plaindre. Tu as encore un peu d'immortalité devant toi… »

*

Si Assunta est surprise par mes propos étranges, elle ne le montre pas et se garde de me questionner. Elle ne m'adresse même pas un « On se sent bien, madame ? » ou « On devrait prendre une petite aspirine pour calmer cette tête un peu trop fantasque ». Son silence m'inquiète.

*

– À quoi pensez-vous, ma chère ? lui demandé-je. Vous ne trouvez pas cette histoire incroyable ? En avez-vous déjà entendu d'aussi extraordinaires, d'aussi scandaleuses ?

*

En prononçant ces mots, je me réjouis de constater que l'ombre d'Émilienne d'Alençon commence à s'évanouir. « Pars, pars, *ma belle** », lui dis-je pour l'encourager. C'est une chance parce que sa présence me tourmentait et que je suis sûre que si elle avait entendu la question qui brûlait les lèvres d'Assunta, je n'aurais pas pu me libérer d'elle aussi facilement. Après être restée un moment songeuse, Giovagnini me lance :

– Je comprends, madame. Vous étiez si vénérées, ou si consentantes, je l'ignore, que vous vous permettiez de dire non aux rois. L'histoire est curieuse, mais ce qui m'intéresse vraiment, c'est de savoir si en ce temps-là, vous étiez toutes lesbiennes…

Assunta darde sur moi ses yeux noirs et durs comme deux perles en attendant ma réponse avec impatience.

Fuyant Liane de Pougy

Nice, 9 avril 1965, 20 heures.

Que fait-on quand, après avoir usé de mille ruses, on parvient difficilement à se débarrasser d'un esprit incommodant, qu'il a fallu s'humilier en faisant appel à une jeune voisine ignorante de crainte de rester seule ou d'affronter une apparition qui est l'antichambre de la mort, même si on attend cette dernière depuis des années ? Après avoir exorcisé avec succès un souvenir, comment se retourner lorsque ses propres tactiques pour conjurer le sort convoquent un autre spectre encore plus indésirable ? Cette fois, aucune voix étrangère ne s'est adressée à moi comme dans le cas de Mimi. Je n'ai eu aucun présage, mais je redoute que ce défilé de fantômes ne se conclue par la venue de la troisième des *Grâces**… « Non, pas elle, c'est impossible », me dis-je pour me rassurer quelques secondes. Il semble incroyable que mon éternelle rivale, l'orgueilleuse Liane de Pougy, *alias* la princesse Ghika ou sœur Anne-Marie de la Pénitence, sœur tertiaire chez les dominicaines, écrivain mystique et poétesse saphique (mon Dieu, quelle vie désordonnée que la sienne !) s'abaisse à venir chez la Belle Otero pour s'assurer une dose d'immortalité comme la pauvre Mimi. Et pourtant…

*

– Dites, madame, ne croyez pas que je vous demande cela par curiosité malsaine, mais c'est tout de même très surprenant. Vous aviez vraiment des relations amoureuses entre vous ? Est-il vrai qu'à la *Belle Époque**, les lesbiennes étaient à la mode ?

Assunta est en face de moi, mais ce n'est pas sa voix que j'entends. La femme qui parle a un accent breton que je reconnaîtrais entre mille, et son rire cristallin m'a toujours paru hypocrite.

*

Je vais mourir ce soir, j'en suis sûre maintenant. N'est-ce pas la voix de Liane de Pougy qui sort de la bouche d'Assunta ? Je suppose que la Providence, qui a toujours eu un sens de l'humour particulier, trouve très drôle de m'envoyer l'esprit de ma plus grande ennemie alors que ma dernière heure est venue. Mon Dieu ! Quelle horreur ! J'entends la voix de cette présomptueuse ou, pire, celle d'Anne-Marie de la Pénitence, morte sous la protection de l'Église. Attends un peu, espèce de fourbe, je ne suis pas encore morte. Tu me connais bien. Tu sais donc que je lutterai jusqu'au bout. Je ne quitterai pas cette terre sans avoir raconté à Assunta qui tu étais. Tu y gagneras quelques années d'immortalité grâce aux propos des vivants. Ce sera ma petite vengeance et j'espère qu'elle servira à te démasquer, Liane, car tu étais la pire des simulatrices.

*

– Parfait, ma chère. Vous avez envie d'entendre l'histoire d'une lesbienne ? Il y en avait pléthore à mon époque et personne ne s'en formalisait. Au contraire, c'était *très* *chic**, mais la vie de la femme dont je vais vous parler dépasse de loin tous les mensonges et les légendes qui ont circulé sur son compte. Moi, en revanche, je vous dirai la vérité.

Les « amphibies »

La morale de l'époque est l'une des choses qui m'a le plus étonnée quand j'ai commencé mes recherches sur la Belle Otero. Mélange de pruderie fin de siècle et d'audace païenne, la Belle Époque est prompte à se scandaliser de certaines choses et à en accepter impassiblement d'autres, parfois taboues aujourd'hui, comme le lesbianisme. Pour comprendre ce phénomène, il faudrait préciser que la devise à la mode (*fays ce que veulx**) trouvait des limites très arrêtées dans les frontières qui séparaient les classes sociales. Selon cette étrange morale, on pouvait faire ce qu'on voulait à condition de ne pas sortir de sa condition : avoir des amants ou des maîtresses de toute extraction, des relations homosexuelles (y compris avec l'un ou l'une de ses domestiques), changer de sexe ou pousser l'extravagance jusqu'à la nausée. Tout était permis, voire applaudi dans la mesure où le fait de se déclasser était moins lié au cinquième commandement de l'Église qu'au quatrième. On changeait de statut si l'on se mariait avec « quelqu'un d'inférieur à sa condition » ou si l'on commettait l'erreur de rompre avec sa famille. Bien qu'autorisé par la loi depuis la Révolution française, le divorce était mal accepté, et les liens du mariage étaient sacrés. Faire un mauvais mariage était un péché social, et divorcer, un péché mortel, surtout pour les femmes qui, quand elles n'étaient pas issues d'un milieu très riche, perdaient automatiquement le respect de leur entourage. L'écrivain Colette en fit les frais. Intellectuelle de renom et fille de Lesbos déclarée, elle perdit son ascendant en divorçant d'Henry Gauthier-Villars, *alias* Willy. À compter de ce moment, Colette dut se consacrer à la scène pour survivre. La vie de cette femme indépendante et libre changea alors du tout au tout. La société, qui avait longtemps célébré sa liaison avec la marquise de Belbeuf, connue comme « l'oncle Max » ou Missy – elle s'habillait en homme et se promenait avec un perroquet perché sur son épaule en lui disant « *Viens avec papa** » –, jugea impardonnable qu'elle ait quitté son mari et monte sur les planches pour assurer sa survie. « Survivre » était un mot jugé bien laid à la Belle Époque.

Une femme libérée pouvait, et devait, avoir des amants ou jouer la comédie pour flirter avec l'art, à condition de ne pas sortir de son statut bien pratique d'épouse excentrique ou, si elle était fortunée, de sa confortable plate-forme de millionnaire extravagante. Travailler pour vivre était en revanche très mal vu et équivalait à sortir de son rang, ce qui constituait le pire des péchés. On se vantait de bénir une *fraternité** entre riches et pauvres qui n'existait que dans les formes. Princes et vagabonds pouvaient se côtoyer dans les mêmes établissements et se soûler ensemble à l'absinthe, mais une fois les vapeurs de l'alcool dissipées, gueule de bois et migraine éclipsaient la *fraternité**.

La France était, comme les autres, un pays formé de différentes classes sociales. Seul le petit monde intermédiaire, appelé à juste titre *demi-monde**, la différenciait des autres pays. Dans ce cercle où tout était permis, les messieurs comme il faut et les dames curieuses, les intellectuels et les risque-tout faisaient bon ménage avec les acteurs, les *cocottes** et tous ceux qu'on qualifiait en Espagne de « gens de mauvaise vie ». Mais, hors de ces limbes, ce genre d'amitié était proscrit. L'amour fou, l'échange de partenaires (nous avons vu à ce titre comment le prince de Galles et Léopold de Belgique se partageaient amicalement *Les Trois Grâces**), les mésalliances et les relations saphiques étaient uniquement tolérés dans le *demi-monde**. L'homosexualité féminine était l'un des symboles du libertinage admis par les hommes, qui éprouvaient un étrange plaisir à voir deux femmes s'ébattre ensemble. « J'ai toujours pensé qu'une femme était incomplète tant qu'elle n'avait pas goûté aux fruits de Gomorrhe », déclarait à qui voulait l'entendre le duc de Mornay, fier d'être le père de l'oncle Max.

La Belle Otero a plus d'une fois affirmé qu'elle avait essayé les amours saphiques mais qu'elles ne lui plaisaient pas, contrairement à la plupart des *demi-mondaines**. Les courtisanes comme Mata Hari, Valtesse de La Bigne et les rivales d'Otero dans le célèbre groupe des *Trois Grâces** faisaient payer leurs charmes aux hommes mais offraient gratuitement leur corps aux « amphibies ». Liane de Pougy était la plus sensuelle de toutes dans l'exercice des plaisirs saphiques et la plus experte dans ses mises en scène. On raconte qu'elle recevait ses jolies « élèves » dans un grand bain d'écume autour duquel s'affairaient deux femmes de chambre qui veillaient à ce que l'acte amoureux se déroule dans les circonstances les plus agréables. Ces parties devinrent très vite légendaires et de nombreux messieurs supplièrent Liane de leur permettre d'assister à un si charmant spectacle. Ce plaisir ne leur fut jamais accordé, pas même à un prix élevé. Liane savait préserver son mystère, même si cela la privait d'un argent facile à gagner.

Liane de Pougy : brève biographie

Je crois nécessaire de s'arrêter un peu sur le portrait de Liane de Pougy. La Belle Otero n'apprécierait certainement pas que je lui consacre quelques lignes et prolonge ainsi l'immortalité de sa rivale, mais cela me semble utile non seulement parce que Pougy était l'antithèse de Caroline, mais aussi parce que toutes deux furent à l'origine de scandales retentissants. Pour commencer, qu'elles se soient détestées n'a rien d'étrange. Il est difficile d'imaginer deux femmes plus différentes, à commencer par leur physique. Si Caroline était exubérante et sensuelle, Liane se distinguait par son élégance et sa gracilité. Sa beauté correspondait davantage aux canons actuels, si bien qu'en comparant les photos des deux danseuses, Liane semblera la plus belle, ce qui n'était pas le cas de son temps. Elle-même se trouvait laide. « Je n'ai jamais eu la beauté de Caroline Otero ni le côté enjoué d'Émilienne d'Alençon », déclare-t-elle dans ses *Cahiers bleus*, où elle reprend en les tempérant les frasques consignées dans son journal de 1919 à 1941.

La vie de Liane est si curieuse que le ton vertueux qu'elle emploie n'est somme toute pas si choquant. Élève au Sacré-Cœur, elle fut ensuite épouse et mère avant de devenir prostituée de luxe, puis princesse roumaine et, enfin, nonne. Tout au long de sa vie, elle afficha une bisexualité qui ne paraissait interférer sur aucune de ses personnalités.

Née d'un père militaire, elle épousa à seize ans un lieutenant prénommé Armand. Heureuse en ménage pendant quelques années, elle eut un fils, mais son mari, qui voyageait beaucoup, trouva, un jour qu'il était rentré plus tôt que prévu, la jeune Anne-Marie au lit avec un de ses collègues. Appliquant le code de l'honneur de l'époque, il tira sur l'adultérine, qui garda toute sa vie la marque de l'impact de la balle sur son beau postérieur. Sans doute cette cicatrice semblait-elle irrésistible au prince de Galles, mais Liane en avait honte et cherchait à la cacher sous une épaisse couche de maquillage. Bertie fut son premier amant royal et celui auquel elle devait d'avoir été introduite dans le grand monde. Avec l'audace qui caractérisait alors les courtisanes, arrivée de fraîche date à Paris et ne connaissant pas encore le prince, elle lui envoya une lettre pour l'inviter à ses débuts au théâtre. « Votre Altesse, je joue demain aux Folies-Bergère et ce serait pour moi une consécration si vous vouliez honorer mes premiers pas de votre présence », lui disait-elle. Ces quelques mots amusèrent le prince, qui non seulement vint la voir mais l'invita à dîner le soir même. Liane n'était pas sortie de chez Maxim's au bras de Bertie qu'elle avait déjà accédé à la célébrité.

Comme Caroline et Émilienne, Liane n'avait pas un talent extraordinaire. « Montre tes fesses, elles sont très belles, lui recommanda un jour Sarah Bernhardt, mais ne te lance pas dans la comédie. Ta bouche parle moins que ton cul. » Liane, qui était intelligente, suivit ce cruel conseil. Très vite, elle fut à la tête d'une fortune gagnée non pas grâce à ses dons de comédienne, mais à une collection d'amants qui incluait les noms déjà évoqués de William Vanderbilt, Léopold de Belgique, Albert de Monaco, sans oublier une longue liste d'admirateurs qui la couvrirent de presque autant de bijoux que la Belle Otero. Liane de Pougy était lesbienne, mais cette inclination ne l'empêcha pas de devenir une grande *cocotte**, bien au contraire. Tout au long de sa vie, elle se rappela le conseil de sa première amie dans le monde de la galanterie : « Une bonne pute doit compter les mouches au plafond en feignant de prendre son plaisir. Une gagneuse doit s'ennuyer sous son client et se dire que sa semence ne mouille pas plus que la salive. »

Elle garda cette réflexion présente à l'esprit jusqu'à la fin de ses jours, même quand elle épousa le prince roumain Georges Ghika. Elle avait alors quarante ans et lui, vingt-cinq. Ils s'étaient unis l'un à l'autre pour des raisons très terre à terre : leur amour partagé des jouvencelles, le désir de Liane de devenir une épouse respectable et la volonté de son mari de renflouer ses caisses. Colette, qui adorait la rude spontanéité d'Otero mais n'avait guère de sympathie pour le pragmatisme éthéré de Pougy, écrivit un article que Liane déplore dans ses Mémoires :

> Colette alla crier sur les toits que mon mariage avec Ghika ne durerait pas, qu'il m'avait épousée pour mon argent et me ruinerait, puis me quitterait quand je serais vieille et sans espoir. Heureusement, ses méchantes paroles n'étaient qu'une fausse prédiction.

Elles le furent en effet un temps, mais le couple finit par rompre. Non que le jeune Ghika l'eût ruinée (cela semblait difficile car l'implacable Liane lui donnait de l'argent au compte-gouttes), mais il la quitta pour une femme plus jeune. Le bon père franciscain Alex Ceslas Rzewunski, ami de Pougy dans sa vieillesse marquée par la religion, explique dans le prologue dévoué qu'il écrivit à *Mes cahiers bleus* : « Comme on l'apprit plus tard, l'horizon [conjugal] s'assombrit définitivement à cause de la terrible déloyauté dont fit preuve le mari en volant à Liane une jeune amie qu'elle aimait beaucoup. »

Il n'est dit nulle part, ni dans ce prologue ni dans les journaux intimes de Liane, si après cette désillusion amoureuse elle fut tentée de se suicider (pendant ses années de jeunesse, illustrant parfaitement l'esprit de l'époque, elle chercha quatre fois à mettre fin à ses jours), mais on sait qu'à compter de ce moment, elle s'éloigna de son mari et se rapprocha de la religion.

En 1943, elle devint sœur Anne-Marie de la Pénitence tandis que le prince Ghika souffrait de la syphilis, dont il mourut en 1948. Anne-Marie le suivit dans la tombe deux ans plus tard. Elle avait quatre-vingts ans et possédait encore beaucoup d'argent et de bijoux qu'elle légua au Tiers-Ordre de Saint-Dominique.

Le duel des belles

Il est fort possible que certains de ces bijoux aient été l'objet de la fameuse querelle qui opposa Liane de Pougy à Caroline Otero, qui ne savaient plus comment faire pour se nuire. Les chroniqueurs de l'époque avaient surnommé cet épisode « le duel des Belles », dont il existe deux versions contradictoires. Celle des admirateurs de la princesse Ghika est reprise comme suit par ses biographes :

> En février 1897, une foule cosmopolite se massait devant le casino de Monte-Carlo, attendant avec impatience l'arrivée des reines de la galanterie qui, à la moindre occasion, s'employaient à s'éclipser mutuellement en arborant quantité de bijoux de plus en plus coûteux. Otero avait fait une apparition triomphale sous une impressionnante cascade d'émeraudes offerte par sa dernière conquête. Comment Liane allait-elle contre-attaquer ? Choisirait-elle de briller par son absence devant un tel déploiement de richesses ? Non, elle est arrivée, ravissante de sobriété, dans une merveilleuse robe de mousseline blanche très simplement coupée, et portant pour tout bijou une rose sur la poitrine. À quelques mètres derrière elle, ses admirateurs étonnés ont vu s'avancer sa femme de chambre dont l'uniforme noir était littéralement couvert de diamants, d'émeraudes, de rubis et de gemmes de

toutes sortes. Furieuse, Otero s'est retirée et, pour célébrer sa victoire, Pougy lui a volé son amant berlinois, un banquier et grand fournisseur de perles, le baron Ollstreder.

L'heure d'aller au lit

Nice, 9 avril, 20 h 30.

– Pour que vous compreniez le genre de femme qu'était Liane de Pougy, je vais vous raconter comment j'ai triomphé d'elle, une satisfaction qui n'a rien à voir avec l'amour mais s'apparente plutôt au plaisir intense qu'on éprouve lorsqu'on est en veine au jeu. Écoutez-moi bien, ma chère, car c'est la dernière chose que je vais vous confier. C'est la seule et unique fois depuis des années que je parle de mon passé et déjà je suis lasse, mais je suppose que vous comprenez…

Ma voisine acquiesce et je me lance dans le récit de cet épisode. Je ne le fais pas par vantardise, ce serait stupide au point où j'en suis, mais pour que dans la minuscule immortalité qu'Assunta octroiera à Liane de Pougy figure sa plus cuisante défaite. Elle le mérite, car c'était une femme présomptueuse.

*

– En 1896, un soir de printemps, Liane de Pougy est arrivée chez Maxim's couverte de bijoux de la tête aux pieds. C'était là une atroce exhibition de mauvais goût. Ses cheveux étaient truffés de rubis ; sa poitrine, cachée sous une cascade de brillants et de perles. Elle portait aux poignets, aux chevilles et jusque sur les doigts de pied des *cabochons** plus imposants que raffinés. Vous auriez dû la voir : on aurait dit le grand *chandelier** du Crillon… Deux messieurs étaient pendus à ses bras tels des trophées, mais je n'y ai pas prêté attention parce que je prévoyais déjà de lui jouer un de ces mauvais tours qui lui ferait piquer un fard. Au fond, j'allais lui rendre service en agissant ainsi car Liane était de ces roses pâlichonnes qui semblent à tout moment sur le point de défaillir. Je vous assure qu'à cette occasion, elle est devenue rouge comme une pivoine et chaque goutte de son sang trop fier lui est montée au visage. Le lendemain de son apparition pathétique chez Maxim's, j'ai revêtu une longue robe noire très simple dont le grand décolleté découvrait mes épaules. Je ne portais pas le moindre bijou. Stupéfaite, toute l'assistance s'est retournée sur mon passage. Liane était accompagnée du baron Ollstreder, un riche héritier allemand aussi laid qu'un crapaud qui, pour me faire comprendre qu'il m'aimait encore, m'a offert par la suite l'une des plus belles pièces de ma collection : le collier de la reine Marie-Antoinette.

« Mais revenons à ce fameux soir, ma chère. Je dois vous dire que l'étonnement d'Olli et de tous les dîneurs a vite cédé la place à de l'admiration, à des chuchotements qui n'ont pas tardé à se changer en fous rires, car à peine étais-je assise à ma table que Betty, ma femme de chambre, a fait son entrée avec une robe dans le genre de celle que portait Liane la veille, entièrement couverte de mes bijoux[1]. Naturellement, après cette

1. Les biographes de Liane de Pougy affirment que c'est cette dernière qui est sortie victorieuse du « duel des Belles », tandis que ceux d'Otero disent le contraire. A. de Fouquières, auteur d'un des meilleurs ouvrages sur la Belle Époque, attribue cette spirituelle vengeance à Otero. Pour ma part, je laisse le lecteur libre de choisir la version qu'il préfère, mais je m'étonne que deux faits si récents auxquels n'ont pas manqué d'assister nombre de témoins aient pu faire l'objet de récits contradictoires. Le fantôme de Mimi

*gaffe**, Liane s'est trouvée dans l'obligation de commettre un suicide.

– Un suicide, madame ?

– Eh oui, Assunta. Comme je vous le dis.

– Vous ne parlez pas sérieusement !

– Oh si, je suis on ne peut plus sérieuse, contrairement à Liane, qui séduisait les hommes en multipliant les tentatives de suicide. C'est une façon très efficace d'attirer l'attention et de se faire offrir au passage un joli petit bijou pour fêter son retour parmi les vivants. Moi, je n'aime pas beaucoup ce genre de méthodes que je trouve très peu *fair-play*. Je ne veux pas dire par là que je n'ai jamais essayé d'attenter à mes jours. C'était un moyen comme un autre de se faire de la publicité, mais je l'ai fait pour m'asseoir une réputation de femme passionnée, non pour grossir le contenu de mon coffret à bijoux.

– Mais, madame, après ce qui est arrivé à votre rivale, il me semble peu cohérent...

– Silence, Assunta ! Vous pouvez partir si ça vous chante. C'est vous qui m'avez suppliée pendant des années de vous raconter une histoire, et je crois qu'avec ces deux anecdotes vous avez eu votre compte. Mais comme je n'aime pas faire les choses à moitié, j'ajouterai que pendant que les journaux se faisaient une joie de retracer mon triomphe, Pougy quittait sa jolie maison rue Victor-Hugo, ses bijoux et ses belles robes en compagnie de sa chienne Belka et d'une bouteille de laudanum. Elle avait laissé une émouvante lettre d'adieu, mais cette manœuvre n'a trompé personne. Jamais je n'oublierai l'article de *Paris-Soir* à ce propos. J'ai gardé pendant des

---

d'Alençon avait peut-être raison de revenir sur terre pour y glaner un témoin de ses frasques. Car ce qui n'entre pas dans la légende sombre aussitôt dans l'oubli. *(NdA)*

années cette coupure qui est un délicieux témoignage de mon succès. Attendez, laissez-moi me souvenir du début…

*

J'ai sommeil et je ne désire pas prolonger cette conversation avec Assunta. En fin de compte, j'ai réalisé mon objectif. En révélant les pires secrets de Liane, j'ai évité qu'elle vienne me rendre visite dans ce misérable *meublé**. Elle m'aurait assommée de son chagrin hypocrite en me voyant dans une telle situation ! Je me passe volontiers de ses commentaires de bonne chrétienne et de toutes les prières qu'elle n'aurait pas manqué de dire pour moi ! Mais je pense avoir écarté le danger. Cette sainte qui s'est toujours prise pour Marie-Madeleine sera furieuse contre moi et ne risque pas de pointer le bout de son nez. Je peux donc aller au lit. Adieu, Liane. Adieu, princesse Ghika. Adieu, sœur Anne-Marie de la Pénitence. Puisses-tu pourrir en enfer… Mais malgré les yeux qui me piquent (le sommeil est une heureuse trêve pour une femme condamnée à tant d'insomnies), je m'aperçois que je ne veux pas me priver de raconter à Assunta les méchancetés publiées dans *Paris-Soir* sur Liane et sa tentative de suicide. Tout en prenant ma chère voisine par les épaules pour la diriger subtilement jusqu'à la porte, j'entame mon récit. Des années de vie mondaine m'ont appris à mettre discrètement un terme à un entretien qui s'éternise. Avec tendresse, lentement mais sûrement, on accompagne le visiteur jusqu'à la sortie. J'ai toujours constaté que, lorsqu'on a quelque chose d'intéressant à dire, l'interlocuteur ne se rend pas bien compte qu'on est en train de le flanquer dehors. Quand l'histoire est finie, il se retrouve sur le palier, un sourire niais aux lèvres, heureux d'avoir appris de méchants potins.

– Ma chère, écoutez attentivement l'article de *Paris-Soir* sur cet épisode, et vous comprendrez pourquoi les suicides de Mme de Pougy nous faisaient tant rire :

> Nous espérons que la charmante danseuse Liane de Pougy se remettra vite de sa tentative de fuir si précipitamment le monde déprimant dans lequel elle vit [écrivait le chroniqueur]. Quelle chance pour nous tous, y compris la mère de madame, où qu'elle se trouve, que le hasard ait bien voulu mettre sur sa route un médecin pour la sauver ! Oh, tout ce qu'il ne faut pas souffrir au nom de l'art !

*

Clac ! J'ai refermé la porte sur ma voisine. Maintenant, bien que persuadée que je ne verrai pas le jour se lever demain, je prends congé d'Assunta avec le naturel de ceux qui se savent condamnés mais détestent les adieux. « *Au revoir**, ma chère », lui dis-je à travers la porte. Je sais qu'Assunta accepte que j'agisse ainsi. Elle me connaît trop bien pour que je la surprenne encore.

Dans quelques secondes, elle descendra l'escalier et rejoindra les commères la tête pleine d'histoires scandaleuses, de lesbiennes s'embrassant dans des bains parfumés et de l'humiliation de Pougy. Je bâille à m'en décrocher la mâchoire, puis je souris : l'évocation de vieilles rivalités est autrement plus réconfortante que celle des idylles d'antan, même si toutes deux ont été vécues avec la même passion. On finit par les regretter au fil des années, mais l'amour craint davantage le temps parce qu'il porte en lui l'amertume des plaisirs révolus. La haine, en revanche, se frotte les mains en regardant les jours s'écouler, car la vengeance est un plat qui se mange froid.

Je ne cesse de bâiller et me rends compte que cet épisode me permet de garder les yeux ouverts à une heure où je suis en principe déjà couchée. Rêver, ne pas penser… ne pas sentir, ne pas vivre. Sois bénie, Liane de Pougy. Je n'aurai pas d'insomnie aujourd'hui, comme lorsque, étant enfant, j'avais volé plus d'oranges que mes amies, ou que la chance me souriait au jeu et me permettait de toucher en quelques heures tout ce que j'avais perdu en une semaine. Qui a dit que le rêve est le produit d'une conscience tranquille ? On rêve quand on est content de soi, ce qui n'est pas toujours en rapport avec la bonne conscience. Je me demande ce qui va se passer quand je tomberai dans les bras de Morphée. Ferai-je des cauchemars ? D'autres visages du passé viendront-ils me tourmenter, profitant que je ne puisse ni leur répondre, ni me défendre ? Suis-je déjà morte et l'enfer consiste-t-il à retrouver mon passé et à me rappeler que la femme que je suis regrette de n'avoir pas été celle qu'elle aspirait à devenir ? J'espère que je suis encore en vie et qu'il me suffira de prolonger ce sommeil mortel en repos éternel. La Providence et moi n'avons jamais été amies, mais j'avoue qu'elle a le sens de l'humour : si j'avais deux louis sous la main, je parierais que c'est cette manière qu'elle a choisie pour emmener la grande pécheresse que je suis, la tête tournée vers le passé. Elle me dira alors : « Regarde, tu as eu ton paradis, n'en attends pas un autre. » Tu dors toi aussi, Garibaldi ? Dors, mon trésor. Nous avons vécu une terrible journée, mais je crois qu'elle touche à sa fin. Quelle agréable sensation que de plonger dans le sommeil quand on s'imaginait devoir passer la plus atroce des nuits blanches. Du calme, Garibaldi. Pendant que tu tournes en rond dans ta cage en cherchant la meilleure place, je vais faire ma *toilette de nuit** avant de vivre cet état inconscient qui est je le sens une répétition générale du grand Néant.

J'approche de moi un petit miroir grossissant suspendu à la poignée de la fenêtre, dont je me sers tous les soirs pour me démaquiller soigneusement et garder une peau de jeune fille que tous admirent encore. Je suis étonnée de voir que, malgré l'heure tardive et toutes les péripéties d'aujourd'hui, mon *khôl** marron n'a pas bougé. Je dirais même que je suis belle avec mes sourcils bien dessinés et mes joues douces (grâce aux crèmes du docteur Payot). Enfin, presque belle, car mes lèvres font pâlir les *rouges** les plus flamboyants et les plus coûteux au bout de quelques heures. Je les mords pour leur insuffler un peu de vie. Alors que je m'apprête à effacer les fards qui, parfois, me donnent l'illusion de percevoir derrière mes rides des éclats de ma beauté fugaces comme des soupirs, je décide au contraire d'en ajouter une couche. Je vais me maquiller davantage.

Réveille-toi, Garibaldi, regarde-moi ne serait-ce qu'une minute pour me dire si tu apprécies ma toilette de *luxe**. Admire la façon dont ta maîtresse se pomponnait avant de recevoir. On dirait que je m'apprête à sortir avec Willie ou Bertie. Non, *paxariño*, tu as mal compris. Je ne pense pas qu'ils aient le mauvais goût de venir me chercher dans cet ultime refuge où le plus humble de leurs serviteurs refuserait de vivre. Je ne me prépare pas à accueillir des fantômes. Je sens le sommeil me gagner et les morts ont terminé leur ronde. J'ai fait le pari de remporter ce combat. Caroline Otero ne verra pas l'aube se lever.

*

Je travaille avec toute la précision que me permettent mes doigts tremblants et mes yeux presque éteints. D'abord le *fond de teint** rose vif que je nuancerai avec deux poudres colorées, puis les paupières, les sourcils et, enfin, j'appliquerai sur la bouche une bonne couche des « *Fleurs du Mal** », que je garde pour les grandes occasions. Je crois que le miroir me renvoie une autre étincelle de ma splendeur passée : la belle, la très belle Otero. « Tu te fardes pour recevoir la visite de la mort, Lina ? »

me demande-t-il. Et moi, dont la sagesse gagnée au terme de mille batailles interdit formellement de s'adresser aux appareils domestiques ou aux meubles, je cesse d'agiter la houppette du docteur Payot. « Miroir, lui dis-je en faisant pour une fois exception à la règle, tu sais mieux que quiconque que je n'ai jamais aimé la vaine coquetterie. Me farder pour recevoir la mort ? Tu crois vraiment que la Belle Otero perdrait une minute de son temps précieux à s'endimancher pour une vieille amie qu'elle attend depuis des années et qui vient tout juste d'annoncer sa venue ? Je me fais belle pour d'autres : le juge qui procédera à la levée de mon corps, le garçon du funérarium qui croisera mes mains sur ma poitrine et même l'employée qui lave et embaume les cadavres en écoutant la radio. Je veux être présentable pour ceux qui seront mes derniers témoins.

Tu devrais savoir, miroir, que la mort fait renaître les légendes des vieilles femmes oubliées. Elle est notre dernier moment de gloire, notre ultime sortie de scène. Je veux qu'on dise de moi : « Caroline Otero ? Elle était vraiment belle. Je l'ai vue dans son cercueil et je peux vous dire que, même morte, c'était une femme magnifique. »

La reine de Paris

Le 4 novembre 1898, Caroline Otero franchit la porte de chez Maxim's pour y fêter son trentième anniversaire. Elle portait probablement une sélection dûment choisie des bijoux que sa femme de chambre avait arborés sur son uniforme de taffetas noir dans le but d'ulcérer Liane de Pougy. Ses amis lui avaient fait la surprise d'organiser un dîner. Étaient présents Albert de Monaco, Léopold II de Belgique, le prince de Galles, le kaiser Guillaume, le tsar Nicolas II et, d'après certains chroniqueurs, le très jeune Alphonse XIII dont Caroline affirmait avoir été *l'initiatrice amoureuse*[1]. « L'Omnibus » – tel était le nom que les habitués donnaient à la salle de restaurant – avait été fermé au public pour éviter les indiscrétions. Le patron de chez Maxim's conduisit ses clients dans le salon préféré de la Belle.

On raconte que cette nuit-là plusieurs verres à vodka furent lancés contre les murs à la manière russe, qu'on dansa une *highland dance* sur la demande de Bertie de Galles (qui n'était pas en jupe écossaise, mais en frac, comme les autres invités). Grand connaisseur du folklore de son pays, le kaiser entonna des chansons germaniques. En revanche, nul ne sait rien des éventuelles

1. À supposer que cette affirmation soit vraie, la présence du jeune roi à cette fête est plus qu'improbable car, à l'époque, il avait à peine treize ans. *(NdA)*

prestations de Léopold de Belgique, Albert de Monaco et Alphonse XIII, si tant est que ce dernier ait été là.

Sachant que ces têtes couronnées se partageaient de bonne grâce les faveurs de la Belle, on peut imaginer que la fête se déroula dans la joie et la bonne humeur et que, fidèle à son habitude, Caroline monta sur la table à l'heure du dessert et dansa en contournant les chandeliers et les salières. Plus tard arriva le moment tant attendu d'ouvrir les cadeaux que ses « sujets royaux », ainsi qu'elle les appelait dans ses lettres, avaient apportés pour l'occasion.

*

Il se peut que ce dîner soit l'exemple le plus graphique de l'immense reconnaissance sociale d'Agustina Otero Iglesias dans le monde de la galanterie. Réunir six rois à une fête d'anniversaire est peu fréquent, mais ce n'est pas le fait le plus extraordinaire de toutes ses prouesses. On a attribué bien d'autres histoires à la Belle le jour de son anniversaire. Mais bien avant que Bertie se lance dans l'exécution d'une autre *highland dance* en l'honneur de sa belle amie Lina, avant que les bougies de son trentième anniversaire s'éteignent et que l'année 1898 se termine, il faudrait revenir en arrière afin de comprendre la présence de tous ces souverains à cette fête. Nous reviendrons donc en 1894, quand elle rentra de sa « tournée mondiale » effectuée sous la surveillance d'Albert Kun, son énergique agent hongrois. Elle ne connaissait à l'époque que le prince Albert de Monaco.

Un autre roi pour Caroline Otero

De retour de sa tournée mondiale, Mlle Otero mit à la porte son chien de garde, Kun, en l'accusant de « faire fuir ses clients », et reprit sans tarder son idylle avec Albert de Monaco. Grâce à lui, elle fit la connaissance de son deuxième amant de sang royal, qui n'était autre que le roi des Belges Léopold II. Caroline était rentrée d'Égypte et d'Australie auréolée de gloire et admirée dans le monde entier, mais ce n'était pas ce qui intéressait le plus celui qu'elle appelait *mon cher Léo**.

Quand on évoque le deuxième roi de la dynastie de Saxe-Cobourg et Gotha, on évoque sa naissance mais aussi ses histoires d'amour et son activité politique. Il eut une longue relation avec la danseuse austro-belge Cléo de Mérode, l'une des plus belles courtisanes de l'époque, qui imposa à Paris la *coiffure** à la Mérode, symbole de la Belle Époque. En plus de posséder toutes les qualités des *cocottes**, cette jeune femme avait un autre atout puisqu'elle appartenait à l'aristocratie. « De Mérode » était son véritable patronyme et non un pseudonyme comme celui de Liane de Pougy ou d'Émilienne d'Alençon. Il était alors très fréquent que les *demi-mondaines** se choisissent une particule qui leur permettait de relater toutes sortes d'histoires aussi émouvantes que fausses. Certaines de ces dames se disaient veuves ou divorcées d'un duc cruel, quand ce n'était pas d'un prince ; d'autres affirmaient être les filles naturelles d'un personnage illustre dont elles ne pouvaient révéler le nom sous peine de provoquer un scandale retentissant. Cléo de Mérode était ce qu'elle disait être. Elle s'enorgueillissait autant de ses origines que de ses différences avec les autres courtisanes. Qu'on la compare à ces menteuses l'offusquait tellement qu'en 1950, âgée de quatre-vingt-cinq ans, elle fit un procès à Simone de Beauvoir, qui l'avait qualifiée de *demi-mondaine** dans l'un de ses livres.

Qu'on voie en elle une courtisane ou une aristocrate, Cléo de Mérode égaya les dernières années du roi des Belges après la mort de sa première femme.

Mais bien avant que la jeune danseuse austro-belge (qui avait aussi peu de talent artistique que ses consœurs) entre dans sa vie, il était l'un des hommes les plus riches de son temps. Après avoir financé les expéditions de l'explorateur Henry Morton Stanley au Congo, qui permirent de conquérir cet immense territoire quatre-vingts fois plus grand que la Belgique, Léopold en fut le propriétaire jusqu'à ce qu'il soit obligé de le céder à l'État.

Quand Caroline Otero rencontra Léopold, celui-ci avait soixante ans. « C'était aux courses de Longchamp. Sa Majesté envoya au baron Ollstreder, qui m'accompagnait, une invitation dans la loge royale. Imbu de sa personne comme le sont tous les hommes, Ollstreder pensait que le roi voulait faire sa connaissance. Je me gardai de lui enlever ses illusions. Il ne tarda pas à s'apercevoir que le roi ne cherchait même pas à s'enquérir de son nom : Léo et moi avions déjà engagé une charmante conversation au cours de laquelle j'appris que les propos de son cousin Albert de Monaco avaient éveillé sa curiosité à mon égard. J'ignorais encore les manières du grand monde et profitai de l'occasion pour découvrir que les princes et les nobles non seulement partageaient leurs amours, mais s'appelaient "cousins" entre eux. Après les courses, j'ai emmené le roi chez moi, rue Fortuny. »

Dans d'autres déclarations, Otero raconte qu'ils eurent des relations suivies pendant quatre ans et qu'ensuite, ils restèrent amis. C'était là l'une des grandes habiletés de la Belle, qui ne rompait jamais complètement avec ses amants généreux. Elle avait aussi l'art de délier les cordons de la bourse des hommes qui s'intéressaient à elle, sans distinction de rang, de pouvoir économique ou d'esprit. « Ce que j'admire le plus chez un homme, c'est sa générosité », avait-elle coutume d'affirmer. Ceux qui se suicidèrent pour elle le firent parce qu'ils ne pouvaient pas lui donner ce qu'elle voulait. Il suffit à ce titre de se rappeler l'explorateur qui se tira une balle dans le Pavillon chinois du bois de Boulogne après avoir proposé 10000 francs à la Belle pour passer la nuit avec elle et s'être entendu répondre qu'elle ne faisait pas de mendicité. Presque toutes les lettres de ces hommes éconduits sont rédigées dans des termes similaires, comme le billet que cet aristocrate français – discrètement mentionné dans la presse de l'époque sous le nom de M. H. – laissa dans les lavabos du casino de Monte-Carlo : « Je me tue parce que je ne peux t'offrir ce que tu mérites. » Comme Jurgens, comme le pauvre garçon qui se jeta sous les roues de son attelage. À Valga, où l'on a aujourd'hui compris que la Belle pouvait faire recette, on vend aux touristes des T-shirts portant une inscription célèbre dans les gazettes et les revues mondaines de l'époque : *Ruine-moi, Ninoshka, mais ne me quitte pas.*

*

Le meilleur témoignage de son esprit matérialiste – qui lui valut d'être surnommée « la croqueuse de diamants » – est sans doute la scène que relate Colette dans *Mes apprentissages*. Sidonie Gabrielle Colette eut une vie qui illustre si bien la Belle Époque qu'elle mérite qu'on lui consacre quelques lignes. Elle mena une existence presque plus insolite que celle de la Belle Otero.

Demoiselle de province sans grands attraits physiques, Colette épousa Willy, un écrivain beaucoup plus âgé qu'elle dont elle était très éprise. Pendant des années, Willy signa les romans qu'elle écrivait, la célèbre et scandaleuse série des *Claudine*. Il lui fut infidèle dès le début de leur mariage, mais Colette ne se décida à divorcer que sur le tard. Quand elle opta enfin pour la séparation, la destinée et les nécessités financières la poussèrent à apparaître nue sur les planches avec la marquise de Belbeuf, Missy de Mornay, dite aussi « l'oncle Max », qui jouait les jeunes premiers dans la pantomime que toutes deux avaient créée. Le scandale fut retentissant, mais elle continua d'écrire et, au terme d'une vie trépidante, son talent littéraire fut enfin reconnu à sa juste valeur. Elle est désormais considérée comme l'une des grandes plumes du début du XXe siècle.

Colette s'essaya à tout dans sa vie dissolue : elle fut mime, danseuse, lança une marque de cosmétiques et se maria trois fois sans renoncer à ses idylles lesbiennes, qui la marquèrent profondément. Ses vieux jours furent paisibles. Riche et célèbre dans le monde entier, elle put voir certaines de ses œuvres adaptées au cinéma, comme *Gigi*, avec Leslie Caron, où elle recrée précisément l'univers des *demi-mondaines** auquel appartenait la Belle Otero. Colette avait cinq ans de moins que la Belle et admirait sa franchise iconoclaste et son indépendance. Elles furent longtemps amies, et même si Colette ne put la convaincre d'avoir une liaison avec elle, elles se voyaient souvent. Lors de la dernière visite de Colette, Lina avait quatre-vingts ans et faisait des efforts surhumains pour cacher sa situation à ses amis. Mais l'anecdote à laquelle je me réfère eut lieu quarante années plus tôt, alors que la Belle amorçait son déclin.

Colette traversait une phase difficile, ne sachant que

faire de sa vie, quand Caroline l'invita à déjeuner chez elle. « Tu viens manger le *puchero*[1], chamedi ? » lui proposa-t-elle[2]. Otero la reçut en jupons et en chemise sur lesquels elle avait passé un simple peignoir. Colette écrit :

> Elle avait la taille encore mince au-dessus d'une croupe qui était son orgueil. Je ne l'ai connue que lorsqu'elle atteignait l'âge où les femmes d'aujourd'hui estiment qu'elles doivent recourir, pour retenir et masquer leurs précieux quarante-cinq ans, à des moyens tristes, gymniques et restrictifs. Mme Otero ne songeait pas aux privations. [...] J'ai toujours aimé manger, mais qu'était mon appétit au prix de celui de Lina ? Sa majesté fondait, remplacée par une expression de volupté douce et d'innocence. L'éclat des dents, des yeux, de la bouche lustrée était d'une jeune fille. Rares sont les beautés qui peuvent bâfrer sans déchoir ! Quand Lina repoussait enfin son assiette, c'est qu'elle l'avait vidée quatre, cinq fois... [...] « Assieds-toi, me disait-elle [...] Maria, donne-nous un verre d'anisette. » [...] Le jeu s'échauffait, elle laissait avec indifférence le peignoir de bain s'ouvrir, la chemise de jour glisser. Jusqu'au vallon d'ombre creusé entre deux seins d'une forme singulière[3], qui rappelaient le citron allongé, fermes et relevés au bout, descendait une parure agrafée comme au hasard.

1. Sorte de pot-au-feu que l'on fait en Espagne. *(NdT)*
2. Colette écrit en imitant l'accent de la Belle, qui toute sa vie fit semblant de mal parler français pour se donner des airs plus « andalous ». *(NdA)*
3. On dit que l'architecte Charles Delmas, en construisant le Carlton de Cannes, s'inspira de la forme étrange des seins de la Belle Otero pour dessiner les coupoles qui coiffent les deux tours de l'établissement. Aujourd'hui, on les appelle encore les « pots à lait » de Caroline Otero. *(NdA)*

Dans cette scène, Colette décrit la maison de la Belle avec force détails et sa chambre Louis XV pleine de festons, faite pour l'amour. Elle explique qu'un jour leur conversation dériva sur les hommes et qu'elle tira parti du conseil que lui donna Lina pour obtenir tout ce qu'elle désirait du sexe masculin :

> – Mon petit [disait-elle], tu m'as l'air pas très dégourdie… Souviens-toi qu'il y a toujours, dans la vie d'un homme même avare, un moment où il ouvre toute grande la main…
> – Le moment de la passion ?
> – Non. Celui où tu lui tords le poignet.
> Elle ajoutait : « Comme ça » avec un geste en vis des deux mains ; on croyait voir couler le jus des fruits, l'or, le sang, que sais-je, entendre craquer les os…

*

Telle était la façon dont la Belle traitait les hommes. Elle donnait l'impression de les choisir non pour leur charme ou leur condition, mais pour la valeur de leurs cadeaux, encore que cela ne soit pas tout à fait vrai, comme nous le verrons par la suite. Mais pour en revenir à sa collection de rois et à Léopold de Belgique, il semblerait qu'elle ait appliqué avec ce dernier la règle du « bras tordu ». « Le roi n'était pas très généreux, mais je lui ai vite appris comment donner. Heureusement, il s'est montré un élève très doué en la matière… », déclarait-elle.

Au début de leur longue amitié, Léo lui offrit de nombreux bijoux et une villa à Ostende avec tout le confort possible, y compris deux salles de bains, ce qui était une rareté à l'époque. Cette plage du nord de la Belgique faisait partie d'un « circuit international », un parcours élégant auquel participaient tous les membres de ce que nous appelons aujourd'hui la *jet-set*. On appelait ce pèlerinage «*faire sa saison** », et l'on se retrouvait dans des endroits déterminés au fil de l'année. On passait à Ostende le dernier mois de l'été, puis l'arrivée de l'automne entraînait ce groupe d'oisifs privilégiés sur la Côte d'Azur, à Nice ou à Monte-Carlo. La villa de Caroline à Ostende était construite sur la partie la plus huppée de la côte. Elle s'y plaisait beaucoup mais elle n'hésita pas à la vendre en même temps que l'île du Pacifique dont l'empereur du Japon lui avait fait cadeau pour la changer en jetons de casino.

À l'époque, Lina n'était pas encore ruinée. Confortablement installée face à la mer dans sa maison, elle s'amusait avec ses amis jusqu'à ce que des impératifs professionnels l'obligent à regagner Paris au milieu de l'année 1895 pour débuter aux Folies-Bergère. Je n'ai pas pu obtenir d'informations sur son spectacle, qui remporta un succès immédiat. J'ignore en quoi consistait le show, mais je suppose que, comme dans les autres numéros de son répertoire, les danses et les chants andalous y étaient mis en avant. Je n'ai pas davantage de détails sur ses tenues de scène et les cascades de joyaux qu'elle n'a pas manqué d'arborer devant les spectateurs, mais je peux affirmer qu'elle fit l'admiration d'un vieil et riche ami.

*

William K. Vanderbilt, qui venait de divorcer de sa femme Alva, était arrivé en Europe à bord de son nouveau yacht, *Le Valliant*, qui mesurait 60 mètres de long. Lors des retrouvailles des deux anciens amants, le fameux collier d'Eugénie de Montijo, que l'ex-Mme Vanderbilt avait porté des années plus tôt à la première d'Otero à New York, passa aux mains de la Belle.

Étrange destin que celui de ce bijou qui fut en quelque sorte rendu à l'Espagne après avoir brillé autour du cou de la reine des chemins de fer américains. Le correspondant du *Sun* à Paris ne manqua pas de parler de l'entrée de Lina chez Maxim's avec ce collier et d'autres pierres d'une valeur d'un million de dollars. Dès lors, la Belle ne quitta plus Paris sans la présence d'un maître joaillier, « parfait connaisseur des goûts des dames », qui conseillait ses admirateurs dans le choix de leurs cadeaux.

1895 marqua le début d'une intense période de travail en tant qu'artiste mondialement reconnue. Des imprésarios du monde entier réclamaient sa présence, et le premier de ces contrats la mena en Italie. Elle aurait sans doute mieux fait d'opter pour une autre destination, car son séjour dans ce pays fut un désastre. Hormis la séduction du poète et héros militaire Gabriele D'Annunzio, qui tomba fou amoureux d'elle, ses représentations furent un véritable fiasco. Les critiques lui témoignèrent toute l'admiration dont les Italiens sont capables devant la beauté en écrivant des phrases comme : « Elle était éblouissante dans une robe somptueuse qui mettait en valeur son corps magnifique », mais, après avoir formulé ces louanges, les journalistes se montraient implacables. On lisait par exemple dans *Il Opinione* :

> Otero ne sait ni jouer ni chanter et ses contorsions vulgaires, qu'on peut difficilement qualifier de danse, sont une offense au public.

En général, Caroline ne se formalisait pas des critiques négatives. Elle en avait déjà eu à Paris, à Vienne, à Londres et même à New York. Mais, dans ces villes, elle pouvait compter sur le soutien d'un public bienveillant. En Italie, en revanche, les spectateurs se sentirent floués et l'échec se renouvela dans toutes les villes où elle se produisit.

En arrivant à Rome, elle tenta en guise de compensation, ou peut-être pour s'attirer les bonnes grâces du public, de demander une audience au pape Léon XIII. Hélas, il lui fallut ranger dans de la naphtaline la très longue mantille noire prévue à cet effet. Le pape refusa de la recevoir et Mlle Otero dut se contenter d'une simple lettre d'excuses écrite de la main de son secrétaire. Mais son cauchemar italien n'était pas encore fini. Malgré la dévotion inconditionnelle de Gabriele D'Annunzio immortalisée dans une dédicace (« À la beauté vivante, religieusement ») qui figure parmi les quelques souvenirs qu'elle emporta rue d'Angleterre, le pire l'attendait dans un théâtre de Bologne.

*

En apprenant qu'après une représentation ratée la Belle s'était retirée dans sa loge en haussant les épaules et en riant à gorge déployée, comme elle avait coutume de le faire pour minimiser les désagréments, le public offensé l'attendit à la sortie du théâtre. Accueillie par un concert de sifflements, la Belle, comme toujours magnifiquement vêtue, souleva sa jupe et hurla : « Maudite soit la mère qui vous a mis au monde ! Taisez-vous, bande d'Italiens crasseux ! », et lança à l'assistance une bordée d'injures galiciennes qui obligèrent presque les Bolonais à applaudir après avoir vu pour le coup un véritable numéro d'artiste qui relevait plus du cirque que d'autre chose…

À compter de ce moment et jusqu'au jour de sa mort, le mot « Bologne » devint un prétexte pour déclencher l'hilarité générale dans le cercle d'amis de la Belle Otero.

Un soir à l'Opéra

Avant de rencontrer d'autres amants de sang royal et d'enrichir sa panoplie de bijoux et son patrimoine foncier, Caroline, pour revigorer son amour-propre malmené, s'employa à plumer un monsieur horriblement laid mais immensément riche. Il s'agissait du baron Ollstreder, l'homme qui l'accompagnait à l'hippodrome de Longchamp lorsqu'elle y rencontra Léopold de Belgique. Ollstreder était un grossier personnage qui ne cherchait dans les *demi-mondaines** parisiennes qu'une partie de jambes en l'air sophistiquée et les exhibait comme de beaux objets. Il avait été l'amant de Liane de Pougy, mais en voyant la *señorita* et ses amis, il songea sans doute qu'elle était plus à même d'accroître son prestige.

Caroline lui fit payer cher ce caprice. Un soir, à l'Opéra, durant la représentation d'*I Pagliaci*, le baron s'absenta quelques minutes pour aller saluer une autre dame. En revenant dans sa loge, il comprit ce qu'était la fureur andalouse. La Belle lui fit une scène de jalousie enragée, arracha l'une des boucles d'oreilles qu'il venait de lui offrir, enfila son manteau de martre et prit le chemin du restaurant où elle soupait habituellement en sortant de l'Opéra. En chemin, elle lui fit remarquer à grands cris que, quand « un homme a l'honneur de se promener avec la Belle Otero, personne d'autre n'existe ».

Ollstreder la rejoignit au bout de quelques minutes et Caroline, plus glaciale que du champagne *frappé**, lui reprocha la perte de la boucle qu'elle avait au préalable pris soin de cacher dans son décolleté pigeonnant. Le baron se confondit en excuses et jura de réparer son erreur, mais cette promesse ne suffit pas à calmer la sensibilité exacerbée de Lina, qui se montra intraitable tant qu'il ne s'engagea pas à lui acheter l'un des bijoux les plus convoités de l'époque, une célèbre *rivière** de diamants qui avait appartenu à Marie-Antoinette.

Dans la semaine, l'une des gazettes caustiques de l'époque publia la photo du visage ingrat d'Ollstreder au bas de laquelle s'étalait la légende suivante : « Laid, le baron ? On ne peut pas dire qu'un homme aussi généreux soit laid. »

Comme toute déconvenue appelle une compensation, le baron vit croître sa cote de popularité après cette histoire. Bien des années plus tard, lorsqu'elle dicta ses souvenirs à Mme Valmont en lui ayant précisé avec bon sens qu'elle n'était plus la reine de beauté qui avait soulevé tant de passion et qu'elle pouvait parler d'elle comme d'une tierce personne, Caroline Otero déclara : « Il faut le comprendre ainsi : pour les hommes, j'étais une marque de richesse. [...] On savait que, pour se promener au bras de la Belle Otero, il fallait être très influent, très riche... ou les deux à la fois. »

*

La Belle ne renonça à ses principes qu'une seule fois. En 1896, elle fugua avec un homme qui n'était pas particulièrement riche, mais qui avait un charme certain auquel Lina avait jusqu'alors été insensible. Il faut lire le déroulement de cette histoire en décryptant entre les lignes de ses souvenirs et la compléter avec les ragots de l'époque. J'ai décidé d'inclure dans ce livre cet épisode, qui ne repose que sur des affirmations douteuses, parce qu'il me semble qu'il pourrait être vrai. Caroline Otero a changé certains noms qui figurent dans ses Mémoires pour rendre toute identification impossible et éviter un éventuel scandale, mais je crois qu'on peut découvrir assez facilement qui se cache derrière le faux patronyme d'André Fibromarchant.

La Belle Otero amoureuse ?

Les plus romantiques de mes lecteurs trouveront frustrant et même déplaisant de penser que la Belle Otero a passé sa vie à multiplier les conquêtes masculines sans jamais tomber amoureuse. Pour ne pas en faire un cœur de pierre, la plupart de mes collègues biographes ont décidé de travestir légèrement la réalité et de lui attribuer au moins une histoire d'amour qui la rende plus humaine et plus vulnérable. Certains lui donnent les traits de Paco Coll, le fiancé de son adolescence, et profitent de la première déception de Lina pour justifier ensuite sa froideur. D'autres s'inspirent des « confessions » de son livre de souvenirs pour dépeindre son idylle passionnée avec le prince Pirievski, qui a fini par se suicider. D'aucuns parlent des émois mutuels de la Belle et du politicien français Aristide Briand, qu'ils présentent comme le seul homme capable de lui faire entendre raison. Je crains que toutes ces romances ne soient que des demi-vérités, pour ne pas dire des « licences littéraires » destinées à satisfaire le lecteur. Même Caroline Otero n'ignorait pas qu'une héroïne incapable de tomber amoureuse y perd en popularité. Voilà pourquoi, dans ses Mémoires, elle parle souvent d'irrépressibles passions, de ses terribles scènes de jalousie et des souffrances que lui ont causées les hommes.

Elle mentionne trois individus qui ont fait battre son cœur, tous de condition modeste à l'exception du prince

Pirievski, qui mourut ruiné, comme si elle cherchait par là à affermir son image d'Andalouse passionnée et à démontrer que, lorsqu'elle éprouvait des sentiments sincères, elle n'avait cure de l'argent. Les trois hommes en question sont Paco Coll, Jurgens et le mystérieux Pirievski dont l'existence est impossible à prouver et qui, dans ses souvenirs, la pousse au suicide et la fait beaucoup pleurer avant de connaître lui-même une triste fin. Elle rompt avec chacun d'eux à cause de sa « terrible jalousie d'Andalouse », prétexte qui lui permit bien souvent de se débarrasser d'amants indésirables et consternés qui lui promettaient la lune en échange de son pardon. Mais Caroline se montrait inflexible sur ce point, et nul bijou, nul palais ne la faisaient changer d'avis.

Il est par trop étrange que l'amour déserte une existence, mais nous savons quelle était l'unique chose qui faisait vibrer Otero. On dit qu'une passion annule toutes les autres. Il est probable que son cœur ait été trop occupé à battre en tenant un roi de trèfle en carton pour s'emballer devant un monarque en chair et en os. Il me semble cependant qu'entre les désargentés et les aristocrates, les industriels, les multimillionnaires ou les têtes couronnées qui lui faisaient la cour, la Belle avait de quoi défaillir. Si elle ne s'est jamais amourachée d'aucun, le viol dont elle fut victime dans son enfance en est peut-être la cause. Je ne pense pas que cet épisode tragique l'ait rendue frigide, comme beaucoup l'ont affirmé. Selon de nombreux témoignages, elle ne faisait l'amour que pour l'argent, ce qui est sans doute vrai, mais Paul Franck ou Maurice Chevalier, ses partenaires sur les planches, ont dit avoir eu des aventures avec la Belle alors qu'ils n'étaient pas particulièrement fortunés. Or, une femme frigide qui vit de ses ébats ne s'offre en général pas d'extras, si l'on peut s'exprimer ainsi. Une phrase d'elle apporte en quelques mots la réponse à la question : « Vous savez, a-t-elle un jour déclaré à un journaliste, en principe, je fornique utile, mais quand c'est possible, je le fais pour le plaisir. »

Violée dans son enfance, elle était certainement méfiante à l'égard des hommes, mais se réjouissait en même temps de l'ascendant qu'elle avait sur eux, un pouvoir illimité qu'augmentait sa stérilité, car comme les femmes d'aujourd'hui, elle pouvait disposer de son corps sans craindre de grossesses non désirées. Je crois que Caroline Otero a toujours été éprise de liberté : celle que donnent l'argent et le pouvoir, à tel point qu'elle ne s'est jamais mariée, pas même pour « bien finir sa vie » comme ont cherché à le faire ses rivales. Pour elle, le jeu remplaçait l'amour, remédiait à la solitude et à l'incertitude. Il se peut que le lecteur soit déconcerté par ces révélations susceptibles de l'éloigner du personnage. Pour ma part, elles ne font que me le rendre plus admirable, peut-être parce que je suis attirée par les courageux qui tracent leur chemin sans faire de concessions, qu'elles soient amoureuses ou romantiques, et qui sont prêts à payer le prix de leurs erreurs lorsqu'ils se trompent. Avec dignité, sans ciller ou faire de scandale, comme un bon joueur de poker. C'est ce qu'a été toute sa vie Caroline Otero, qui a joué avec la vie et dans les casinos.

J'en terminerai avec ce discours déplaisant, qui met en valeur les défauts et les manœuvres de la Belle pour me contredire, en affirmant qu'un homme au moins lui a fait perdre la tête. Peut-être s'agit-il d'un mirage passager, mais j'ose avancer qu'elle est tombée amoureuse, et comme l'amour est aveugle, elle s'est éprise de la personne la moins indiquée.

Histoire de Boni de Castellane

Quand un conquérant en croise un autre aussi habile que lui, il est très facile de confondre l'amour et l'amour-propre. C'est ce qui arriva sans doute à la *señorita* car, pendant quelques mois, la Belle, au lieu de briller en imaginant des ruses et des formules mathématiques pour gagner au black jack, perdit l'air de défi qui plaisait tant aux hommes pour esquisser le sourire niais de tous les amoureux.

Il s'appelait Boni de Castellane, avait le physique d'un « dieu grec », était issu d'une vieille famille et fut un homme important à une époque où l'on admirait particulièrement l'éclat, la beauté, les plaisirs de l'alcôve et… l'argent. Le comte de Castellane avait les trois premières de ces qualités. Il se procura la dernière en épousant une riche Américaine, Anna Gould, qui se contentait de vivre dans une maison somptueuse, de recevoir de temps à autre les amis de son mari, qui la traitaient avec tout le respect qui lui était dû – elle ne finançait pas en vain leurs bordées –, et de vouer une véritable adoration à Boni. Car tout le monde adorait Boni. Il était connu pour être un *charmeur**, le genre d'homme à qui l'on pardonne tout, même l'impardonnable. Il était tendre avec tous, même avec sa femme, et généreux à sa manière, bien que ses commentaires sur les délices du mariage ne soient pas les propos chevaleresques attendus chez un homme si parfait. Quand il accomplissait son devoir conjugal, il disait qu'il entrait un moment « dans la chambre des horreurs ». Mais il aimait sa femme à sa façon, appréciait l'aisance dans laquelle elle lui permettait de vivre et rendait Anna heureuse en évitant qu'elle ne s'inquiète de l'usage vertigineux qu'il faisait de sa fortune, laquelle disparaissait au rythme d'un million de francs par an.

Otero et Boni eurent leur idylle. Il était logique que le plus désiré des hommes rencontre la plus désirée des femmes, mais personne n'avait prévu que l'attirance entre deux experts de l'amour irait si loin. Après quelques mois de minauderies, ils s'enfuirent ensemble en quittant tout (surtout Boni qui, en abandonnant sa femme, perdit sa source de revenus). Ce furent alors des jours de passion que Caroline évoque des années plus tard en démystifiant la chose comme elle le fait toujours avec ce qui la blesse ou l'émeut :

« André Fibromarchant [tel est le nom derrière lequel se cache Boni] commença à me faire la cour de manière assez résolue, explique la Belle. Selon lui, sa passion fut aussi soudaine qu'ardente. Je ne faisais pas grand cas de ses beaux discours que j'écoutais cependant avec plaisir. Jusqu'au jour où il m'annonça qu'il était prêt à se suicider si je ne faisais pas davantage attention à lui. Cet argument ne me laissa pas insensible. Il vint me chercher, m'enleva pour m'emmener au bout du monde et me conduisit... à l'hôtel des Réservoirs de Versailles. Cette fugue à l'étranger qui avait pris fin au premier arrêt du train fut charmante. Nous passâmes une nuit très agréable : mon ami savait tourner de belles phrases et dépeindre son amour avec des mots chaleureux. Je ne le prenais guère au sérieux, mais il parlait d'une voix si tendre que la femme passionnée que je suis ne restait pas de marbre.

« Tout se passa à merveille jusqu'au moment où il fallut payer la première "douloureuse" : monsieur n'avait pas d'argent sur lui et me demanda de lui en prêter. Il me dit qu'il avait laissé son carnet de chèques dans un meuble dont sa femme gardait la clef, me supplia de lui avancer quelques centaines de francs, qu'il ne manquerait pas de me rendre, bien sûr ! Comme il avait quitté sa maison sans prendre ses affaires, il voulait que je lui prête de quoi s'acheter du linge de corps, des cravates et des bottines. Je réglai la note du cordonnier et celle de Charvet, mais malgré tous les efforts que je fis pour croire le bel André, je n'y parvenais pas. Le lendemain, il me proposa d'acheter une automobile afin de poursuivre notre fugue. Je lui répondis que j'allais y réfléchir, mais nous décidâmes de rentrer à Paris. Deux jours plus tard, je reçus un appel téléphonique de Marseille : c'était André, qui s'excusait de ne pas m'avoir téléphoné avant. Il était avec sa femme et lui avait demandé l'argent que lui avait coûté notre fuite malencontreuse. Il comptait me rendre jusqu'au dernier centime. Inutile de dire que je n'en vis jamais la couleur. »

Fin de l'histoire du bel André Fibromarchant ou Boni de Castellane.

On remarquera que, malgré le ton humoristique qu'emploie la Belle en retraçant cet épisode, cette « fuite au bout du monde » dut être assez humiliante pour une femme habituée à toujours gagner. C'est la raison pour laquelle j'ai décidé d'évoquer l'anecdote. Je ne crois pas que celle-ci se contente de décrire la manière dont une femme aussi fière que Lina encaissait la défaite, mais je soupçonne la Belle d'avoir été un moment amoureuse de Boni. L'échec qu'elle essuya lui aura confirmé qu'elle avait raison de traiter les hommes comme elle le faisait généralement et de ne jamais s'amouracher d'aucun. Le pouvoir absolu va de pair avec l'indifférence, c'est là la malédiction bien connue de Don Juan : celui qui conquiert n'aime pas, c'est impossible… il est trop immergé dans l'imposture de la séduction pour se concentrer sur l'objet de son désir.

La malédiction de Jurgens

En 1896, la Belle Otero eut d'autres déconvenues. En décembre, elle devait se produire à New York au Koster & Bial's, le théâtre rival de l'Eden Musée où elle avait débuté grâce à André Jurgens, son agent et amoureux transi. Jurgens s'était séparé de Caroline au début de l'année 1890, au milieu d'une tournée en Europe, car il n'était pas d'accord avec le principe des « prestations particulières ». Six ans s'étaient écoulés depuis, et, comme un mauvais présage, Jurgens réapparut deux jours avant le départ de la *señorita* pour les États-Unis. Il était complètement ruiné. Il rôda près de chez Lina et, après la brève et pathétique conversation déjà évoquée dans cet ouvrage, décida d'ouvrir le robinet du gaz et de mettre fin à ses jours. Caroline Otero n'apprit la nouvelle qu'en débarquant à New York, où elle fut assaillie par les journalistes. Elle déclara être bouleversée, puis se prépara à connaître le même triomphe que lorsque Jurgens avait organisé ses premières représentations. Mais elle ignorait que, sans l'appui des journalistes payés par Jurgens, sa saison américaine serait un fiasco. Des articles terribles furent publiés dans la presse sur son spectacle et sa personne.

Alan Dale, célèbre critique de théâtre et ami de Jurgens, savait combien elle avait fait souffrir le pauvre homme ; il écrivit les lignes suivantes :

> La Belle Otero qui martelait la scène de l'Eden Musée de ses talons et dansait fièrement il y a quelques années a aujourd'hui disparu. Elle a été remplacée par une femme qui a réussi à faire parler d'elle en Allemagne, en Russie et en France. Si elle était restée en Amérique et avait passé douze heures sur vingt-quatre à répéter, elle porterait encore des bijoux fantaisie et des robes coupées dans de la soie bon marché. Mais elle a pendant tout ce temps fréquenté des ducs et des princes étrangers, qui sont un cours préparatoire bien plus rapide que l'exercice d'un art pour décrocher un contrat juteux dans un music-hall de New York.

Une journaliste, la mordante Jessie Woods, déplore dans une chronique la présence sur scène de « courtisanes » qui desservent le théâtre, et décrit ainsi la prestation new-yorkaise de Caroline Otero :

> Sur la poitrine et le derrière… elle exhibe tout un traité de minéraux qui est très vulgaire. […] À la moitié de la danse, elle se défait de ce musée de diamants que six (!) hommes armés cachés en coulisse viennent récupérer.

Mais, comme toujours, exception faite de l'Italie, le public lui fut fidèle. La salle afficha complet pendant les trente jours de son contrat, qu'on ne lui renouvela pas même si les spectateurs l'ovationnaient chaque soir, sincèrement admiratifs. Certains avaient acheté des billets pour voir de plus près la Sirène des suicidés ; d'autres pour vérifier qu'elle était aussi belle qu'on le disait ; d'autres enfin pour contempler son incroyable collection de bijoux, dont le fameux boléro de diamants, qu'un critique décrit dans un article : « On dirait un corset très décolleté, mais sa propriétaire pourrait être prise dans un ouragan sans attraper de rhume car d'énormes diamants protègent sa poitrine. »

D'aucuns étaient également attirés par le désir de voir en chair et en os la femme qui avait été capable de séduire autant d'hommes influents. Mais contrairement à ce qui s'était passé lors de sa première visite, la bonne société new-yorkaise ignora souverainement Caroline Otero qui, cette fois, ne fut pas reçue par les femmes des « Quatre cents familles ».

On ne pouvait en dire autant des messieurs, qui faisaient la queue tous les soirs et étaient prêts à verser les 10 000 dollars que demandait Lina pour passer une soirée avec un homme. Lorsqu'un mois plus tard, elle embarqua pour Londres, elle ne cacha pas son mécontentement : « Les critiques se sont très mal comportés, annonça-t-elle au propriétaire du Koster, et je vous garantis que je ne remettrai jamais les pieds dans votre pays. » Elle tint sa promesse.

Londres, l'Alhambra et Bertie

De retour à Paris, la première chose que fit Caroline pour oublier le mauvais accueil des Américains fut de demander à son nouvel agent, Robert T. Grau, de lui négocier un contrat à l'Alhambra de Londres. Ce théâtre très à la mode, qui ressemblait à un gros gâteau à la crème, était à l'époque la scène la plus importante d'Europe. Tout artiste de music-hall devait s'y produire au moins une fois dans sa vie. Après s'être renseigné, Robert T. Grau annonça à la danseuse que, malheureusement, la programmation de l'Alhambra était bouclée jusqu'à l'année suivante et qu'il lui faudrait patienter. Mais Caroline n'était pas du genre à se décourager pour si peu. Elle se renseigna sur le nom du directeur, se rendit à Londres, se logea dans le meilleur hôtel et invita ce dernier à dîner. « J'étais persuadée que s'il passait une heure avec moi, je pourrais le faire changer d'avis, déclara-t-elle quelques années plus tard dans une interview. Mais, à ma grande surprise, je reçus dans les deux jours une lettre très courtoise dans laquelle le gérant du théâtre s'excusait de ne pouvoir souper en ma compagnie. Il disait avoir trop de rendez-vous professionnels pour accepter une invitation mondaine. »

Le journaliste faisait remarquer que Caroline Otero souriait en évoquant cette histoire. « J'avais fait tout ce qui était en mon pouvoir, ajouta-t-elle, si bien que j'ai dû me résoudre à ne pas danser à l'Alhambra. Je n'étais pas en veine. » Le chroniqueur affirmait qu'aussitôt après l'incident, Otero avait appelé Grau pour qu'il la fasse engager au Théâtre impérial de Moscou. Comme si l'Alhambra n'avait jamais existé, elle lui dit que son plus grand désir était d'aller à Moscou. « Mon bon ami Nikolai Nikolaevich m'y attendait et il avait promis de me présenter son cousin le tsar. »

Mais, avant de quitter Londres, elle eut une aventure avec le prince de Galles.

*

Le futur Édouard VII ne s'appelait justement pas Édouard, mais Albert, en l'honneur de son père, Albert de Saxe-Cobourg. Ses proches le surnommaient Bertie, à commencer par sa mère, la reine Victoria, qui n'avait pas une très haute opinion du « *poor* Bertie », qu'elle accusait de la mort prématurée de son époux. Elle le considérait comme un viveur (ce qu'il était), un frivole toujours entouré de maîtresses et d'amis inutiles (ce qui n'était pas faux non plus), mais estimait surtout qu'il n'avait pas l'envergure intellectuelle de son père, qu'elle adorait et dont elle porta le deuil pendant quarante ans. Que Bertie ait été ou non à la hauteur de la mission que le destin lui réservait, il n'eut pas l'occasion de le prouver. Malgré son âge avancé, la reine refusa d'abdiquer en faveur de son fils, qui avait soixante ans quand il put enfin monter sur le trône et ne survécut que de neuf ans à sa mère. Pour ce qui est de ses devoirs en tant que prince de Galles, la reine s'employa à ce qu'il intervienne le moins possible dans les affaires du royaume, si bien que Bertie fut perçu dans les livres d'histoire comme un prince dilettante par excellence, celui qui donnait le ton en matière de mode, participait à tous les événements mondains : un jour aux courses de Longchamp, le lendemain à Monte-Carlo ou à New York…

C'était un noceur, ainsi que l'affirmait sa mère, mais aussi un « homme cantonné dans son rôle d'inutile », lança-t-il une fois à Victoria alors qu'elle refusait pour la énième fois de lui faire jouer un rôle plus important que celui d'« ambassadeur de l'élégance britannique ».

Quand la Belle et Bertie se rencontrèrent dans un restaurant de Maiden Lane pendant l'infructueux voyage de Caroline, le prince de Galles avait cinquante-huit ans. Petit, barbu et presque chauve, il était cependant encore séduisant. Il était marié à la princesse Alexandra du Danemark, qui avait été très belle dans sa jeunesse mais n'était jamais parvenue à empêcher les nombreuses infidélités de son mari. Pour que le prince ne se mêle pas de ses affaires, la reine Victoria lui avait assigné un budget annuel de 50 000 livres sterling, si bien qu'il pouvait voyager autant qu'il lui plaisait, profiter de son yacht et d'un équipage de la Royal Navy, de plusieurs résidences royales, de terrains de chasse et autres refuges. Sa mère ne regardait pas à la dépense tant qu'il s'amusait et restait loin de Londres.

Selon les mœurs de l'époque, le prince eut beaucoup de maîtresses. Sa liaison la plus longue et la plus chère à son cœur fut celle qu'il entretenait avec Émilie Le Breton, plus connue sous le nom de Lillie Langtry, une beauté préraphaélite fille d'un pasteur de Jersey qui subjugua Londres par son seul charme. L'histoire veut qu'en s'installant dans cette ville avec l'insignifiant M. Langtry, elle ait manqué d'argent. Lillie portait le deuil de son frère et assistait donc aux réceptions dans la même petite robe noire. Bertie la rencontra à une de ces soirées et ils ne se quittèrent plus. La fidélité dans les hautes sphères de la société victorienne était plutôt symbolique : on pouvait être volage à condition de respecter les formes. Aussi M. Langtry allait-il « faire un petit tour » dès que lord Renfrew – nom secret du prince de Galles que tout le monde connaissait – exprimait son envie de prendre le thé avec Lillie. En Angleterre comme en France, on jugeait l'adultère moins scandaleux que le divorce. Une femme pouvait être tout à fait respectable en ayant deux ou trois amants (ou amies intimes, comme Colette) à condition de ne jamais se séparer de son mari. L'ostracisme social ne toucha Lillie et Colette que lorsqu'elles quittèrent leur mari. Leur seul recours fut de monter sur scène, ce que Colette fit avec plus de talent que Lillie, même si toutes deux passèrent à la postérité pour de tout autres raisons.

Dans le cas de Lillie Langtry, le divorce s'accompagna d'une autre difficulté puisqu'elle était enceinte. Le père n'était pas, comme on pourrait le croire, le prince de Galles, qui préférait d'ailleurs qu'il n'en soit pas ainsi, mais son cousin Louis de Battenberg. Lillie étant sans ressources, le prince de Galles l'installa le temps de sa grossesse dans une charmante maison à la campagne où lui et Battenberg venaient lui rendre visite. Quand le bébé vit le jour, il fut confié selon la coutume aux bons soins de la famille de Lillie, qui rentra à Londres et poursuivit sa liaison avec Bertie après une petite parenthèse de neuf mois.

Mais revenons au restaurant de Maiden Lane où Bertie et Caroline se croisèrent par le plus grand des hasards. Il s'agissait du Rules, un établissement qui existe toujours et que fréquentaient les gens de théâtre. Bruyant et très gai, l'endroit était décoré de photos dédicacées, de vieux programmes, d'affiches et de billets de spectacle. On y voyait, entre deux garçons chargés de cruches de bière et de plats d'huîtres, les *play-boys* du moment ou des messieurs mariés en quête d'un peu d'intimité. Pour cela, une série de salons privés avait été installée au premier étage. Rules étant l'un des restaurants préférés du futur Édouard VII, il y retrouvait Lillie Langtry presque quotidiennement. Pour plus de discrétion, les patrons avaient construit un escalier le long du mur extérieur, lui ménageant ainsi un accès direct sans passer par la salle. Lillie ou le prince en avaient bien souvent dévalé les marches, que la Belle descendit au moins une fois précipitamment lorsque la maîtresse de Bertie fit son apparition et, accusant le prince d'avoir dîné avec une *cocotte**, fracassa plusieurs bouteilles de champagne contre le mur.

Même s'il soupait en général à l'étage, Bertie aimait parfois interrompre ses *tête-à-tête** pour profiter de l'ambiance de la salle. C'est au cours d'une de ces excursions au rez-de-chaussée qu'il remarqua la *señorita* et loua sa beauté. Quant à Caroline, elle dut songer qu'après son échec auprès du directeur récalcitrant de l'Alhambra, séduire un prince lui changerait peut-être les idées…

Nice, 10 avril 1965, à l'aube.

Je me réveille, le jour est à peine levé, les oiseaux commencent à chanter et je ne suis toujours pas morte. On dit que c'est juste avant l'aube, en cet instant spectral que quelqu'un a appelé *l'heure dangereuse du petit matin**, que la plupart des cœurs fatigués cessent en général de battre. J'entends le mien. Mon heure n'est-elle pas encore venue ? Mon pauvre cœur ne va sans doute pas tarder à se taire à jamais. Je ne me souviens pas d'avoir rêvé, je ne sens pas davantage la présence d'esprits près de mon lit. Pourtant, en ouvrant les yeux et malgré la clarté diffuse, j'ai eu un moment l'illusion d'avoir entrevu la silhouette de Bertie *darling*. Je me suis assurément trompée, il est facile de s'y perdre. Les taches d'humidité sur le mur ressemblent à s'y méprendre à des barbes de roi.

Quoi qu'il en soit, le sommeil m'abandonne et la lumière de l'aurore pénètre dans ma chambre. Je jurerais avoir vu sa barbe blonde à côté du portrait de René Webb. Cela fait des années que je ne pense plus à *mister* Webb. Je consulte le réveil et trouve qu'avec leurs grands chiffres phosphorescents, ces appareils modernes sont bien pratiques. Il n'est que six heures moins le quart du matin, la mort se fait désirer et je déteste le manque de ponctualité. Elle aurait dû venir durant la nuit, j'avais misé là-dessus. C'eût été un geste de subtile élégance de sa part que de me surprendre dans mon lit de l'hôtel Novelty, comme pour rendre hommage à toutes les autres couches où j'ai gagné ma vie, mais j'ai toujours soupçonné la mort de n'avoir aucune élégance. Les oiseaux commencent à chanter avec plus d'insistance, il fera bientôt jour et j'aurai perdu mon pari. La tache sur le mur semble s'animer à mesure que la lumière devient plus forte, mais ce n'est plus la barbe de Bertie que je vois. Mon imagination se concentre sur un autre visage. J'espère que la vieille à la faux noire ne compte pas se présenter maintenant. Pour rien au monde, je n'aimerais mourir en pensant à mon *mari*. Pour l'amour de Dieu, ce serait complètement stupide, mais c'est ma faute. J'ai raconté tellement de mensonges qu'ils viennent m'importuner jusque dans mon dernier soupir.

Bertie et *mister* Webb

> La Belle Otero ne sait si elle doit rire ou pleurer à la veille de son mariage avec René Webb, un Anglais immensément riche. Elle-même le dit. Elle déclare être déconcertée à l'idée de devenir une respectable matrone britannique.
>
> *The World*, New York, 16 novembre 1906.

*

En 1906, les journaux du monde entier annoncèrent le mariage imminent de Caroline Otero avec un gentleman anglais qui s'appelait René Webb. La noce n'eut jamais lieu. Six ans auparavant, cet homme joua cependant un rôle important lors du séjour de la Belle à Londres. Déçue de n'avoir pu négocier de contrat à l'Alhambra, elle était toutefois ravie d'avoir rencontré par hasard le prince de Galles au Rules. Mais comme son salut et son sourire n'avaient pas suffi à engager une relation sérieuse avec l'héritier de la Couronne britannique, elle dut recourir au dévoué *mister* Webb.

« Il était difficile pour une dame étrangère qui aimait ne devoir ses conquêtes masculines qu'à sa seule habileté d'initier une relation intime avec le prince de Galles dans son pays, où *mistress* Langtry et sa mère le surveillaient de près, déclara-t-elle un jour. Je me disais que si quelqu'un me présentait le prince, je me débrouillerais ensuite pour approfondir nos relations quand il serait de passage à Paris. » La Belle n'avait guère de temps devant elle car on l'attendait en Russie. Elle décida donc d'appeler son vieil ami *mister* René Webb, qu'elle avait rencontré à New York à la fin du XIXe siècle et qui, en 1906, fut choisi par la Belle pour faire courir des rumeurs mensongères. Les journalistes avaient appris par une « indiscrétion » que la *señorita* (alors âgée de trente-huit ans, ce qui en faisait une vieille femme selon les critères de l'époque) était lasse du célibat et allait épouser un multimillionnaire, baron de l'industrie sidérurgique en Angleterre. De toutes ces fadaises, seule la profonde amitié entre *mister* Webb et la Belle était vraie. René avait toujours été amoureux d'elle. Il lui avait d'ailleurs déjà proposé le mariage après avoir assisté à chacune de ses représentations à New York, et avait menacé de se suicider si elle déclinait sa proposition. Otero lui avait fait à cette occasion une réponse tout à fait dans son style : « Puisque comme vous le dites, vous vénérez mon portrait, je vous conseillerais de continuer de m'aimer en photographie. Mariez-vous donc avec l'un de ces clichés et nous n'aurons ainsi aucun regret, alors que si vous m'épousez, je ne vous garantis rien… »

*

Cela faisait bien longtemps qu'ils ne s'étaient vus lorsque Caroline le contacta pour qu'il lui présente le prince de Galles, ce qu'il fit de bonne grâce. Comme on l'a constaté, la Belle avait le don d'entretenir l'amour de ses fidèles admirateurs au point qu'ils étaient prêts à lui servir d'entremetteurs. Dans ce cas, la mission de René Webb était simple. Lina devait être à Moscou le 20 mars et quitter Londres le 10, mais Webb lui obtint un rendez-vous avec « lord Renfrew » la veille de son départ, qui marquerait le début d'une amitié appelée à durer des années. À compter de cette date, quand le prince de Galles se trouvait à Paris, il ne manquait pas de téléphoner à sa chère Lina, dont il écorchait le nom au passage car il n'était guère doué pour les langues. De son côté, Webb multiplia pendant des années les tentatives de convaincre la Belle de l'épouser, mais n'obtint qu'un simulacre de mariage destiné à lui faire de la publicité.

Quant au prince de Galles, voici ce que Lina en pensait : « Bertie était un bon amant et il aimait les plaisanteries grivoises. Nous nous amusions beaucoup », mais, prosaïque, elle s'empressait d'ajouter : « De tous les princes que j'ai connus, il était le moins généreux. Ce n'était pas Nicky et encore moins Willy. »

Willy et Nicky

Aujourd'hui, la correspondance entre le tsar Nicolas II de Russie et le kaiser Guillaume II est tristement devenue célèbre. Les deux souverains y commentaient leurs affaires d'État et les problèmes qu'ils rencontraient avant la déclaration de la guerre entre le Japon et la Russie. Willy voulait pousser Nicky à attaquer ses voisins d'Orient en espérant secrètement que, pour le récompenser du soutien apporté par l'Allemagne, le tsar laisserait ce pays annexer un port. Certaines de ces lettres contiennent des menaces voilées, d'autres sont trompeuses et ampoulées (surtout celles du kaiser au tsar), mais toutes sont signées « ton cousin Willy » ou « ton cousin Nicky ». Les deux souverains n'échangèrent pas seulement une correspondance « fraternelle » puisqu'ils se partagèrent aussi les faveurs de demoiselles parisiennes comme Caroline Otero.

De la fin du XIXe siècle jusqu'au début du XXe (époque à laquelle l'un fut vaincu et l'autre assassiné) Willy et Nicky assistèrent, malgré leurs différends, à la soirée d'anniversaire de la Belle. Caroline et Willy s'étaient rencontrés grâce à lord Lawson, riche et généreux admirateur de Lina et ami intime du kaiser. Dans ses souvenirs, Otero décrit le quatrième de ses amants royaux comme suit : « Il était très aimable et s'est toujours montré d'une parfaite politesse à mon égard. Mais sa courtoisie semblait superficielle et, sous son masque mondain, il avait l'air dur et autoritaire. » Guillaume, qui l'appelait *Meine Kleine Wilde* (« Ma petite sauvage »), aimait beaucoup les crises de fureur capricieuse au cours desquelles Caroline brisait des verres en cristal de Bohême et fit un jour jeter par-dessus bord un membre de l'équipage du yacht impérial. Le kaiser, qui avait à l'automne de sa vie des prétentions théâtrales, consigna tous les accès de colère de la Belle dans une pantomime écrite spécialement pour elle, intitulée *Le Modèle*.

De son côté, Caroline ne respectait guère Guillaume II, qui se montrait pourtant très généreux et avait toujours un portrait d'elle à ses côtés. Il la fit d'ailleurs peindre en élégante robe de ville. En 1948, ce tableau fut vendu à bas prix dans une vente aux enchères.

La Russie, le tsar et Raspoutine

Il est temps à présent de dépeindre le cinquième invité présent le 4 novembre 1898 à la soirée d'anniversaire de Caroline Otero. Un an auparavant, après sa furtive rencontre avec le prince de Galles, Caroline s'était rendue en Russie pour y danser et voir son ami le grand-duc Nikolai Nikolaevich, qui lui avait promis de lui présenter le tsar.

« Contrairement à mes attentes, raconte Caroline, nous ne nous retrouvâmes pas dans le palais impérial mais dans une *datcha* que possédait le tsar pour la chasse et qui était située à trois ou quatre heures de Saint-Pétersbourg. Ce fut une entrevue peu protocolaire, et Nikolai me laissa seule avec le tsar. En le regardant, je dois avouer que je me sentis favorablement impressionnée, mais j'appris à l'apprécier davantage par la suite. »

Nicolas II était un bel homme à l'intelligence limitée, très amoureux de sa femme, Alexandra de Hesse. On le présente aussi comme un monarque courageux ou tout au moins digne, qui sut vivre la terrible épreuve de la fin avec contenance. Mais à en croire Caroline, la dignité et l'amour de Nicolas pour la tsarine n'étaient qu'inventions. Quand ils se rencontrèrent, le tsar occupait le trône depuis trois ans et avait le même âge que Lina, à savoir vingt-neuf ans.

« Il était très mince et voûté avec le visage grêlé. Il avait presque toujours besoin d'un bain. Parfois, il dégageait une odeur pestilentielle. Il avait en outre d'étranges points de vue sur le sexe. J'ignore d'où il les tenait, mais, bien des années plus tard, un ami m'offrit un livre écrit par le baron allemand Krafft-Ebing, et je découvris que Nicky l'avait probablement lu d'un bout à l'autre. »

Selon la *señorita*, Nicolas II vivait dans le souvenir constant d'un attentat dont il avait été victime au Japon, où un fanatique avait tenté de le décapiter sur la voie publique. Il s'en était sorti avec une légère blessure au visage, mais s'entourait constamment d'une escorte de « cinq ou six gardes barbus et armés qui se postaient devant notre porte et sous nos fenêtres, ce qui réduisait l'intimité de nos rendez-vous. Quand je déplaçais une chaise ou laissais tomber un flacon de parfum, Nicky poussait des cris de terreur ».

« Une autre cause de la nervosité du tsar, poursuit Otero, était le caractère dominateur de sa femme, la tsarine Alexandra, qui croyait à la sorcellerie et consultait le moine Raspoutine, qui la conseillait en matière de religion et dans sa vie personnelle. À en juger par ses confidences, sa vie familiale était désastreuse. Sa femme errait dans le palais et participait à toute heure du jour et de la nuit à des messes étranges, brûlant de l'encens pour éloigner les mauvais esprits. Parfois, elle se réveillait au milieu de la nuit et Nicky la découvrait debout sur le lit ; elle agitait un cierge allumé au-dessus de son visage et murmurait des formules incantatoires. »

*

Dans ses souvenirs, Caroline relate un épisode avec le moine Raspoutine qui, *se non è vero, è ben trovato*. Elle raconte comment, alors que tout le monde s'était entiché du moine fou et que les dames de la bonne société russe allaient le consulter avec une vénération mystique, elle se présenta chez lui déguisée en pauvresse. Son visage émacié l'impressionna grandement, surtout ses yeux très étranges. « J'allai près de lui, les yeux baissés, et lui dis que j'étais misérable, que je n'avais pas mangé depuis la veille, que j'avais faim… Après m'avoir écoutée, le starets me dit : "Écoutez, mon enfant, vous allez vous asseoir là et attendre quelques instants. La première offrande que l'on viendra m'apporter sera pour vous." […] Il avait peut-être le pouvoir de faire des miracles, mais, pas plus que les autres hommes, il n'avait le don de démêler dans les paroles des femmes la part de vérité et celle du mensonge ! » conclut Lina. Toujours est-il que Raspoutine ne découvrit jamais la supercherie et que quelques minutes plus tard, Caroline Otero, l'une des femmes les plus célèbres de son temps, eut entre les mains les 500 roubles qu'une femme au riche équipage venait de donner en offrande au moine fou.

*

La deuxième tournée de Caroline en Russie remporta autant de succès que la première. Elle laissa derrière elle de nouveaux admirateurs et regagna Paris en 1897, après avoir passé l'été dans une luxueuse villa au bord de la mer Noire dont son ami Nicky lui avait fait cadeau en plus d'une merveilleuse collection de bijoux.

Alphonse XIII, le dernier invité

Contrairement à ce qu'affirment les chroniques mondaines de l'époque, je ne pense pas que le jeune roi de douze ou treize ans ait été présent chez Maxim's le soir de l'anniversaire de la Belle Otero. Mais, quoi qu'il en soit, je profiterai de cette infime probabilité pour écrire ce que j'ai pu vérifier sur la relation entre Alphonse XIII et sa belle compatriote de dix-huit ans son aînée. On parle tout d'abord d'une rencontre très fugace où ils échangèrent à peine quelques mots. Selon Lina, elle remarqua un soir un très jeune homme parmi les admirateurs qui s'étaient glissés dans les coulisses après une représentation pour déposer devant sa loge des brassées de fleurs ou des bijoux en espérant l'entrevoir en *déshabillé** et peut-être même en corset. Avec son flair imparable pour déceler du sang royal, elle découvrit aussitôt que le garçon n'était autre que le roi d'Espagne. Encouragée par le réseau efficace de la *señorita*, le bruit ne tarda pas à courir que le jeune roi adolescent avait eu la chance d'être initié sexuellement par l'une des grandes prêtresses de l'art d'aimer, à savoir Caroline Otero.

Que l'épisode ait été ou non inventé, il en existe un autre relatant peu ou prou des faits similaires quelques années plus tard – Alphonse avait alors plus de vingt ans –, selon lequel Lina et le roi d'Espagne seraient restés amis après ces transports intimes et délicats.

L'anecdote que je vais raconter est postérieure à la fameuse soirée d'anniversaire. Elle date de 1906. Caroline était alors à l'apogée de sa beauté, qui n'allait pas tarder à décliner. Elle avait trente-huit ans et le roi, à peine vingt. La scène est relatée dans l'ouvrage d'Arthur Lewis, qui cite un confident de la Belle, M. Sigurd. Elle doit être vraie car l'histoire est si répugnante que je doute qu'il s'agisse d'une invention de Caroline pour se donner de l'éclat.

« Nous dînions au Weber's, raconta Lina à son ami, un restaurant discret près de chez Maxim's. Les gens s'y rendaient en sortant des théâtres. Il y avait là des spectateurs élégants et aussi des actrices comme Sarah Bernhardt et Eleonora Duse. Dans cet endroit calme et huppé, on ne risquait pas de croiser des courtisanes du genre d'Émilienne d'Alençon. »

La Belle et le roi furent accueillis par un serveur espagnol qui, selon le récit de Caroline, faillit s'évanouir en découvrant le jeune et innocent monarque en compagnie de la *demi-mondaine**.

« Il me fit aussitôt la grimace, s'inclina devant Alphonse, et c'est tout juste s'il ne lui baisa pas les fesses. S'il l'avait pu, il l'aurait fait. Moi, il me regardait comme s'il avait envie de me cracher au visage. Beaucoup de gens importants étaient assis aux tables voisines et ne nous prêtaient pas la moindre attention. Quelle mouche avait donc piqué ce misérable ? J'aurais préféré boire du champagne, mais je commandai une chope de bière pour embêter et scandaliser cet imbécile. Vous auriez dû voir sa tête… Il haussa les sourcils et me fit répéter ma commande. "Une bière", lui dis-je en haussant la voix. Imaginez un peu la situation si je m'étais trouvée là avec le grand-duc Nikolai ! Mais Alphonse était encore un enfant. Ne sachant trop comment réagir, il préféra se taire.

« Un peu plus tard, le serveur revint avec une bouteille

de champagne pour le roi et un verre de liquide ambré recouvert d'une fine couche d'écume qu'il posa devant moi. J'aurais dû me méfier, au lieu de quoi je portai le verre à mes lèvres et goûtai à ce breuvage. Je me levai d'un bond. Tous les regards étaient rivés sur moi. "Ce n'est pas de la bière, espèce de cochon ! m'exclamai-je en jetant le liquide à la figure du garçon. C'est de l'urine !" C'était en effet de l'urine, et le simple fait d'évoquer cette histoire me soulève encore le cœur. »

Nice, 10 avril 1965, à l'aube.

Je jure que ma vieille insomnie et toutes les nuits blanches que j'ai passées au fil de mes années de déchéance ont été plus douces que ce sommeil haché et ces souvenirs qui m'assaillent depuis que je me suis couchée en pensant stupidement que ces heures allaient me conduire vers la fin. Mais la mort se fait désirer et le jour n'en finit pas de se lever. Le temps se traîne, comme les vers qui attendent l'arrivée de mon corps au cimetière de l'Est, où j'ai depuis des années réservé un caveau avec une jolie vue sur la vallée[1]. Le temps s'écoule avec une lenteur excessive, et bien que j'aie entendu les premiers oiseaux chanter il y a tout juste quelques minutes, j'ai déjà vu défiler dans ma tête cinq cauchemars de mon époque de gloire et cinq rois me sourire et m'embrasser en me caressant les cheveux. Ils me rappellent des scènes

1. Par contraste avec la prodigalité suicidaire dont elle fit preuve tout au long de sa vie et son insouciance de l'avenir, la Belle Otero avait investi ses dernières économies dans l'achat d'une sépulture placée dans l'une des zones les plus chères et les plus agréables du cimetière de Nice. Elle respectait sans doute en cela les vieilles coutumes de son village et, comme l'aurait fait une paysanne galicienne, elle régla de son vivant ses frais d'enterrement, prévoyant des obsèques somptuaires. *(NdA)*

dont je ne veux plus me souvenir : Ninoshka… *Meine Kleine Wilde*… Lina *chérie**… *Darling* Laïnaaah… Caroline… Puis j'ouvre à nouveau les yeux et constate que tout est pareil, que la lumière est encore diffuse. Quelle heure est-il ? Au mois d'avril, le soleil se lève plus tôt et ne me permet pas de distinguer les chiffres du réveil, si lumineux quand il fait nuit noire. 7 h 30 ? 7 heures ? Mon Dieu ! Et dire que je suis encore en vie ! Moi qui avais parié que je ne verrais pas l'aurore, je suis agacée d'avoir perdu, d'être là, maquillée comme une poupée, à attendre une vieille dame qui manque de ponctualité. Je suis fâchée que la Mort joue avec moi comme le loup de la comptine que j'ai tant de fois chantée pour aiguillonner le désir de mes amants. Comment était-ce, déjà ? Promenons-nous dans les bois tant que le loup n'y est pas…

*

– Loup, y es-tu ?
– Non, je mets ma culotte.
– Loup, y es-tu ?
– Non, je mets ma chemise.
– Mort, y es-tu ?
– Non, je me lime les ongles.
– Mort, y es-tu ?
– Non, j'aiguise ma faux.

Pendant qu'elle se prépare, la Belle Otero rêve de ses vieux amants et de sa beauté perdue, de la fortune qu'elle a dilapidée et de tout ce qui n'est plus.

– Mort, y es-tu ?
– Non, je prépare mes lèvres pour enfin t'embrasser.

Un fantôme aux lèvres charnues

Si ce que je vois maintenant relève aussi du passé, alors je suis victime d'une des cruelles plaisanteries si goûtées par la Providence. Des lèvres charnues viennent me rendre visite. Elles cachent des dents de comédien. C'est une grande bouche qui a mangé le monde et est passée à la postérité parce qu'elle appartenait au muet le plus célèbre du siècle. Inutile de vous creuser la cervelle, vous ne devinerez jamais de qui il s'agit. Nous n'avons jamais été amants, je n'ai jamais baisé ces lèvres que je n'ai connues qu'à quatre-vingts ans passés, alors qu'il ne leur restait plus beaucoup de temps avant de se fermer définitivement. Elles appartenaient à un homme plus jeune que moi dont la disparition ne m'a pas affectée. J'étais à l'époque habituée à ce que la mort m'arrache mes amis, même ceux qui auraient pu être mes fils ou mes petits-fils. « Harpo Marx est mort », ai-je entendu un jour à la radio. « *Dommage** », me suis-je peut-être dit, car depuis longtemps déjà la mort d'autrui ne me plongeait plus dans la solitude. *Noir, impair et passe*… La roue de la vie vient de choisir une autre victime et ce n'est pas moi. Qui sera le prochain ? On peut prendre les paris. La présomptueuse Cléo de Mérode ou mon bon ami Georges Wague, qui est encore plus ruiné que moi et avec qui je bois encore un pastis de temps en temps, en souvenir du bon vieux temps ?

« Harpo Marx est mort », ai-je pensé avant d'augmenter le volume du transistor pour avoir plus de détails malgré les protestations de ma voisine. Comme toujours quand ils évoquent une célébrité disparue, les journalistes ne tarissaient pas d'éloges : son époque de gloire à Hollywood, Harpo le musicien, Harpo le muet... Pour ma part, j'ai seulement connu l'homme aux sourcils épais et expressifs qui a été mon dernier camarade à la roulette. Quand nous nous voyions, il me clignait de l'œil et me parlait avec un fort accent allemand que ses admirateurs n'ont jamais entendu. Nous nous sommes rencontrés un été – je ne sais plus en quelle année –, à une table de jeu. Nous nous sommes ensuite revus plusieurs fois. Je trouvais étrange de me promener avec un homme si célèbre sans attirer l'attention, mais nous étions déjà des reliques que plus personne n'embrassait car nous n'attendions pas autre chose que la bénédiction ultime de la mort.

Pourquoi es-tu venu, Harpo ? Tu t'es trompé de veillée funèbre. Jusqu'à présent, le cortège de fantômes qui me tient compagnie depuis hier s'était vu assigner la pieuse mission de me faire passer ma vie en revue dans l'intention, je suppose, de me faire regretter ma conduite. Pour l'instant, personne n'y est parvenu parce que les spectres qui me hantent sont lents et plus douloureusement minutieux que ceux qui poursuivent d'autres gens, j'en suis sûre. À quel genre de situation vas-tu me confronter ? Je ne comprends vraiment pas ce que tu fabriques ici. Ne sois pas vexé, *darling*, si je te dis que tu ignores tout de ma vie, tu n'as été témoin de rien, sauf de l'infime geste charitable des directeurs du casino de Monte-Carlo qui, lorsque nous nous sommes rencontrés, avaient eu l'idée d'inviter les *grands joueurs** ruinés à passer quelques jours autour d'un tapis vert. Ils étaient logés dans les chambres de bonne de l'Hôtel de Paris. Ils nous avaient offert des jetons en compensation des sommes faramineuses que nous leur avions laissées.

Je souris encore en évoquant ce que je t'avais rétorqué

le premier jour, quand tu m'as demandé si j'étais la Belle Otero dont parlaient les *croupiers**. Je t'ai répondu que non, que j'étais une partie du décor comme ces autres croulants qui erraient d'une table à l'autre, une poignée de jetons dans la main. « Vous voyez ? t'ai-je dit, la personne que vous voyez là-bas est le prince X, et cette autre, la grande Mme Y… » « Vous faites toujours autant de mystères ? » m'as-tu demandé en constatant que je cherchais à préserver l'anonymat de ces vieilles branches. « Bien sûr, surtout quand quelque chose me tient à cœur et que je m'adresse à un gentleman », t'ai-je répliqué en me fendant d'un large sourire. Puis, élargissant ce sourire, je t'ai proposé d'aller faire une partie de billard, tu te souviens ?

Petite note explicative

Tout ce que je m'apprête à écrire m'a été confié par un témoin fiable, William Caruchet, avocat de Caroline Otero et fervent communiste. Dans les années 1950, la *señorita* fit appel à lui afin qu'il l'aide à convaincre les autorités soviétiques de lui échanger des emprunts russes pour une valeur de 7 millions de francs. Elle les avait achetés sur les conseils d'Aristide Briand et ils étaient désormais sa seule richesse. Comme il fallait s'y attendre, le gouvernement révolutionnaire resta sourd aux suppliques de la *cocotte** française, qui mourut en laissant une petite fortune en bouts de papier inutilisables. Tel était le « trésor » intact et inexploitable qu'on retrouva dans son *meublé** après sa mort. Caruchet et la Belle s'étaient liés d'amitié. À travers lui, on sait qu'Harpo Marx et Caroline s'étaient rencontrés à Monte-Carlo à la fin de leur vie. Contrairement à son frère Groucho, Harpo n'était pas économe et séjournait souvent sur la Côte d'Azur au début des années 1960, invité par Elsa Maxwell, réputée pour avoir été l'une des plus impitoyables et des plus vipérines chroniqueuses mondaines. Harpo fréquentait assidûment le casino. Il avait été un incorrigible joueur de poker avec son frère Chico, mais s'était selon lui « bien repenti ».

Pour ce qui concerne le « fort accent allemand » dont parle la Belle, Harpo lui-même raconte dans ses Mémoires qu'il avait conservé l'accent de la 93e Rue de

New York, où vivaient les émigrants allemands. « Dans ma bouche, mon prénom devient *Hoppo*, et quand je réponds au téléphone, je ne dis pas *Allô*, mais *Yah* », déclarait-il.

Harpo parle

Franchement, j'ignore qui m'a fait venir ici. Je n'ai pas grand-chose à dire sur Caroline Otero. Je ne sais d'elle que ce qu'elle a bien voulu me confier. Nous autres, joueurs, nous nous limitons à échanger des combinaisons gagnantes ou, si nous sommes en confiance, à dévoiler nos trucs, mais nous n'abordons jamais d'autres sujets que ceux qui ont trait au baccara. Je connais certains détails de la vie de Caroline parce que mon hôtesse – ou plutôt ma logeuse, car cela fait quelques mois que je suis chez elle – me les a racontés. J'imagine qu'il n'est pas indiscret de dire qu'Elsa a de la moustache et la langue bien pendue. Je n'ai peut-être pas autant de facilité que Groucho pour les mots d'esprit, mais je cherche plus à révéler mes sources qu'à faire rire. Elsa Maxwell (Elsy pour les intimes) avait donc la gentillesse de m'héberger. Vous la connaissiez ? Vous avez de la chance qu'elle soit morte. Si elle était encore de ce monde, elle saurait vos secrets sur le bout des doigts, vos « poubelles », comme dirait Minnie, ma mère, ou vos « infravies », pour reprendre mes termes. Les fouilleurs de poubelles ont quelque chose de spécial : leur nez finit par s'allonger comme le museau des rongeurs. Quand elle m'invitait dans sa villa près de Monte-Carlo, à la fin de ma vie, celui de cette chère Elsa était déjà difforme. Cette chère Elsa… je suppose qu'avec tout ce qu'il y a à disséquer, elle doit bien s'amuser en enfer…

Mais pour en revenir à la Belle, je ne retirerai pas une virgule de ce que je m'apprête à dire. J'ignore si ce qu'Elsa (qui avait différentes sources) m'a raconté alors que nous profitions de la vue du haut de la Grande Corniche en sirotant des *bloody maries* est vrai. D'après ce que je sais, elle n'a jamais rien dit à ce propos dans ses articles ou ses Mémoires. Dans les années 1960, la Belle était une déesse défunte, or Elsy a toujours aimé la chair fraîche. Mais les soirées d'été sont longues dans le sud de la France, et après s'être répandue en ragots sur Grace Kelly, Jean Cocteau et n'avoir pas tari d'éloges sur Aristote Onassis (« Je te garantis qu'il n'épousera pas Maria, *sweetie* ; l'amour, c'est comme un soufflé, et celui de Maria a été enfourné trop longtemps »), elle s'amusait à raconter des anecdotes relevant d'un passé lointain. Elsy buvait son cocktail en ressassant ces histoires, une lueur rougeoyante de plaisir au fond des yeux qui était peut-être aussi le reflet du *bloody mary*. Selon elle, tout avait déjà été relaté dans des journaux du début du siècle qu'elle ne m'a jamais montrés. « Si j'avais le temps de m'occuper des ragots d'autrefois, j'aurais une sacrée quantité de linge sale à laver ! » disait-elle en plongeant son museau de rat dans son verre.

Cette chère Elsy… Je n'ai jamais vu quelqu'un qui ait autant de flair pour déceler l'infamie, mais, à dire vrai, elle avait aussi des qualités. Pour commencer, c'était une hôtesse merveilleuse qui me mitonnait d'aussi bons ragoûts que *Muttie* Minnie… ou plutôt que Frenchie, mon père, car c'est lui qui faisait la cuisine chez les Marx.

Des potins dignes de ceux d'Elsa Maxwell

De 1898, le sommet de sa gloire, jusqu'au jour où on la traita pour la première fois de « grand-mère » sur scène (elle n'avait que trente-cinq ans), la Belle Otero se produisit sans relâche à Paris, à Londres, au Danemark et même en Amérique du Sud, et eut des amants de plus en plus riches, quoique moins brillants que les précédents (on peut mentionner à ce titre un fabricant de saucisses qui se disait apparenté aux Rockefeller, deux faux ducs russes et le shah de Perse, avec qui elle eut une liaison qui dura plusieurs années : « un vieillard crasseux et malodorant aux étranges lubies sexuelles, qui m'offrait chaque fois que je le voyais une pierre de plus de 25 000 francs or, parfois une grosse émeraude, parfois un rubis ou une perle noire… dont je devais toujours lui rendre l'écrin »).

Pour compléter la chronologie de sa vie, de son apogée jusqu'à sa déchéance, je devrais ajouter la liste de ses nombreux pèlerinages à Monte-Carlo, où elle dilapidait sur le tapis vert ce qu'elle avait gagné sur les planches et lors de ses rendez-vous galants. Mais au lieu de dépeindre cette existence presque routinière faite de représentations, de passages au casino et peuplée d'une infinité d'amants, je préfère raconter, comme l'a fait Elsa Maxwell, des histoires insolites résumant à elles seules toutes ces années. Même si certaines dates sont erronées, ces anecdotes démontrent bien ce que la société pensait de la Belle et de ses extravagances. Mais, avant de commencer, j'aimerais préciser que Caroline Otero fut séduisante jusqu'à un âge très avancé à une époque où les femmes de trente ans étaient bien souvent des matrones affublées d'un double menton et d'une mauvaise dentition. Ce ne fut pas le cas de Lina. En 1913, Max Aghion vit sa dernière représentation et la décrivit dans les termes suivants :

> Son épaisse chevelure ondulée et d'un noir bleuté encadre admirablement son visage qui a la pureté d'une statue de Phydie ; les yeux brillent, la bouche est rouge sang, le nez est fin et le tout est tapissé d'une peau d'albâtre qui n'a pas la moindre ride.

Galanterie de l'époque mise à part, les chroniqueurs qui la connaissaient s'accordaient tous à dire qu'elle resta belle jusqu'à un âge avancé, ce qui ne laisse pas d'étonner compte tenu de la vie de patachon qu'elle menait, largement arrosée d'absinthe et de champagne.

1899 : la vengeance d'une épouse

Avec tous les hommes qui la courtisaient, ceux qui se suicidaient pour ses beaux yeux et les foyers qu'elle brisait, il fallait s'attendre à ce qu'un jour, la Belle Otero se fasse agresser par une épouse désespérée. À l'époque, les crises de jalousie étaient souvent publiques et dramatiques. L'esprit romantique fin de siècle voulait que les conflits se règlent tragiquement. Dans sa longue existence de mangeuse d'hommes, Lina n'eut à subir qu'une seule fois ce type de désagrément, et plus qu'une tragédie ou une comédie, il eut lieu sur le mode du vaudeville quelques mois après la célébration de son anniversaire chez Maxim's. Ayant enfin décroché un contrat à l'Alhambra de Londres, elle dut annuler ses représentations pour des raisons médicales. Tous les journaux publièrent à cette occasion le certificat d'un prestigieux oto-rhino-laryngologiste qui exerçait rue de Milan, à Paris, et expliquait que la *señorita* avait la gorge et le larynx « violemment enflammés ». La vérité était bien différente. Caroline Otero ne pouvait aller danser et chanter à l'Alhambra parce que, la veille, une épouse furieuse avait failli la défigurer.

Telle est la déclaration qu'elle fit au commissariat : « De Monte-Carlo, je me rendais à Londres afin d'honorer un contrat, mais je devais m'arrêter à Paris. Je me trouvais dans le hall d'un hôtel quand une femme a surgi de derrière une colonne. Elle m'a frappée, a déchiré ma robe et m'a jeté du vitriol au visage. Heureusement, elle m'a ratée de quelques centimètres et la bouteille s'est brisée sur le sol, m'aspergeant à peine de quelques gouttes. J'ai poussé cette dame violemment et elle est tombée par terre, puis je l'ai frappée si fort qu'il s'en est fallu de peu qu'elle ne puisse comparaître devant le juge car elle avait le visage emmailloté de bandages. La pauvre femme s'appelle Mme Fernac. »

La dame en question fut accusée d'agression et de tentative de meurtre, mais le plus curieux de l'affaire est que cette épouse offensée n'avait aucune raison de s'en prendre à la Belle. Parmi la bonne centaine d'amants qu'eut Caroline tout au long de sa vie, aucun ne répondait au nom de Fernac, contrôleur de train sur la ligne Paris-Lyon. L'histoire fit beaucoup rire et inspira un grand nombre de caricaturistes, même si elle était trop belle pour être entièrement vraie.

En fait, Caroline Otero était quelque temps plus tôt montée sans billet dans un train bondé. En première classe comme en seconde, aucun compartiment n'était libre et M. Fernac, le contrôleur, lui expliqua qu'il pouvait lui en proposer un en troisième, ce que la Belle jugeait inacceptable. « Je lui ai souri, expliqua Otero pendant le procès, et tout contrôleur qu'il était, il n'en restait pas moins homme. Il m'a regardée un moment avant de m'annoncer qu'il y avait peut-être une solution. Je lui ai dit que je lui en saurais gré en lui pinçant la joue. Il m'a installée à une excellente place non sans m'avoir au préalable effleuré les fesses en promettant de revenir bientôt. On comprendra que j'aie verrouillé ma porte à double tour avant de m'endormir. Je crains que M. Fernac n'ait été furieux de ce geste. Au matin, je lui ai dit que je l'avais attendu et que, ne le voyant pas venir, j'avais supposé qu'il avait trouvé mieux à faire. »

La *señorita* affirmait ne jamais avoir revu cet homme par la suite. Malgré sa réputation de menteuse, le juge et les journalistes la crurent sur parole car la façon dont elle avait floué le pauvre contrôleur lui ressemblait bien. Les explications de M. Fernac, très embarrassé par cette histoire, furent très claires et très drôles. Après l'incident, il s'était vanté d'avoir fait plus ample connaissance avec la dame… L'affaire était arrivée aux oreilles de sa femme, qui avait décidé de se venger. En entendant Caroline Otero exposer les faits, Mme Fernac afficha un air consterné et jeta des regards assassins à son mari, à la plus grande joie de Lina et des journalistes présents à l'audience. « Plus tard, à la sortie, raconta la Belle, je lui ai dit qu'elle avait bien de la chance d'avoir épousé un homme aussi séduisant, mais qu'elle devrait le surveiller à l'avenir, car si jamais je le croisais à nouveau, j'avais peur de lui succomber. »

1901 : comment Otero rencontra à Buenos Aires l'homme qui l'avait violée dans son enfance

Elsa Maxwell était une dame laide que Caroline Otero a peut-être croisée sans la reconnaître sur la Promenade des Anglais. Elle écrivait souvent des « chroniques sentimentales » pour toucher la fibre sensible de ses lecteurs. L'épisode qui suit aurait pu lui être très utile. Avant de fêter ses trente-trois ans, au faîte de sa beauté, Caroline Otero partit en tournée au Mexique et en Amérique du Sud. À l'époque, Robert Grau, son agent, avait du mal à la tenir plus de quinze jours à l'écart des tables de jeu. Il la tenta en lui faisant miroiter celles qui se trouvaient à bord des transatlantiques. Lina accepta à condition de ne pas mettre un pied aux États-Unis, pays qu'elle dédaignait depuis que les Nord-Américains l'avaient accueillie avec tiédeur. L'incident que je vais relater a eu lieu à Buenos Aires. À en juger par la presse, qui reprit les déclarations ambiguës de la danseuse, il doit être vrai. Par la suite, Otero chercha à gommer cet épisode de sa vie et refusa de parler de ce sujet douloureux.

Il faut rappeler que jusqu'en 1955, âgée de plus de quatre-vingts ans, Caroline Otero cacha son identité galicienne. Elle se disait toujours andalouse et c'est en tant que telle, avec ses castagnettes et ses « *¡ Olé !* », qu'elle se présenta à Buenos Aires, mais un homme émigré de Valga se trouvait dans la salle et l'interpella en galicien.

En entendant ces cris, la Belle devint pâle comme un linge et fit cesser la représentation. « Arrêtez cet homme ! hurla-t-elle depuis la scène, arrêtez-le ! » Elle fit tant de scandale que la police accourut sur les lieux. En quittant le théâtre, Caroline était bouleversée. Elle disparut de la capitale argentine en jurant de ne plus remonter sur les planches tant que l'agitateur ne serait pas en prison.

Personne ne sait exactement pourquoi elle s'était mise dans un état pareil. Il se peut qu'elle ait craint de se faire dénoncer par son compatriote, encore que sa réaction semble démesurée. Ses biographes galiciens affirment qu'elle a probablement confondu l'homme en question, Pepe Simón, avec quelqu'un d'autre, sans doute Venancio Romero, qui l'avait violée dans son enfance et qui, pour éviter d'être jeté en prison, s'était enfui dans le Cône Sud. Je laisse au lecteur la liberté de choisir et me contenterai d'ajouter que Pepe Simón resta plusieurs jours enfermé dans un cachot et ne fut libéré qu'à la condition de ne plus jamais s'approcher du théâtre et de l'hôtel où était logée la danseuse.

1902 : l'amour à 1 200 mètres d'altitude

Un autre potin qui aurait certainement réjoui Elsa Maxwell résume à la fois l'audace de la *señorita* et son désir d'éclipser ses rivales, dont le groupe s'était vu augmenté en 1902 de la présence de Cléo de Mérode et de Mlle Presle, qui annonçait déjà toute la beauté de la future Mata Hari.

Cette aventure haute en couleur lui fit beaucoup de publicité et fut relatée dans la presse du monde entier. Il s'agissait d'une ascension en ballon aérostatique, une expérience nouvelle et risquée, symbole de l'idée de « progrès » dont on parlait tant au début du siècle. « La Belle Otero devient aéronaute », titraient les journaux avant de préciser que, depuis que les frères Montgolfier avaient lancé dans les airs leur ballon pourvu d'une nacelle précaire où les courageux passagers devaient s'installer tant bien que mal, peu d'intrépides avaient tenté l'aventure. Des quotidiens aussi sérieux que *The World*, à New York, ou *Paris-Soir*, consacrèrent non pas un, mais plusieurs articles à ce sujet. Lors de son premier voyage, Caroline se contenta de partager la nacelle avec deux messieurs et convoqua ensuite une assemblée de journalistes. La seconde ascension fut mieux préparée. Elle eut lieu près de Rueil-Malmaison. Caroline voyagea en compagnie du beau baron Lepic et tous deux s'élevèrent à 1 200 mètres du sol pendant quatre heures. « Je suis très émue, déclara-t-elle aux journalistes qui l'attendaient sur la terre ferme, d'autant plus émue que je craignais de ne rien ressentir du tout ! » Des années plus tard, elle enrichit son récit de détails croustillants : « Lepic et moi étions penchés par-dessus la nacelle pour regarder en bas et vîmes les gens devenir de plus en plus petits. [...] Le monde disparaissait de notre vue. Alors, sans un mot, le baron et moi nous nous aimâmes passionnément. » Et d'ajouter après avoir poussé un soupir nostalgique : « Je pense que c'est une expérience que toute femme devrait vivre. »

1903 : scandale à la Comédie-Française

Il est probable qu'Elsa Maxwell ait raconté à Harpo Marx l'épisode qui suit, dont la presse de l'époque fit des gorges chaudes. En 1903, bien qu'encore belle à trente-cinq ans, Caroline Otero était déjà victime de médisances. Dans *La Petite Bleue*, un chroniqueur proposait une collecte pour faire interner « la vieille Otero » dans un hospice proche de Montmartre. Il la décrivait cruellement comme un monument vétuste orné de bijoux qui « devrait à son âge se trouver un refuge douillet et ne pas courir le risque d'attraper un rhume en coulisse, où il y a toujours beaucoup de courants d'air ». Certains spectateurs s'attribuèrent ce bon mot et accueillirent Otero en criant : « Bonjour grand-mère ! » tout en lui lançant des pièces de monnaie afin de contribuer à son internement à l'asile de vieillards de Montmartre. La Belle réagit conformément à sa nature : elle jura, menaça d'intenter des procès en justice, mais tout ceci n'était que mise en scène. Ayant repris son calme, elle ourdit une vengeance plus sophistiquée en prouvant avec succès sur les planches qu'elle était toujours la meilleure dans sa catégorie. Il lui fallut pour ce faire renoncer au casino pendant quelques mois, mais sa fierté étant aussi dévastatrice que sa passion du jeu, elle ne sembla pas en souffrir. Et la démonstration de son orgueil fut un triomphe, un spectacle de grande qualité.

« Ce bon tour », pour reprendre ses termes, persuada les journalistes les plus réticents de son talent. En mars 1903, un article décrivait son apparition au Cirque d'Été dans les termes suivants :

> Caroline a dansé un tango de Cadix avec toute la lascivité dont elle est capable, faisant osciller sa croupe andalouse, montrant ses seins pour se tourner ensuite brusquement et rouler des yeux tout simplement ensorcelants.

Après avoir sauvé la face et vu sa photographie reproduite sur des milliers de cartes postales et de boîtes d'allumettes où elle affichait un sourire triomphal, la Belle Otero dut affronter bien malgré elle un autre scandale. En mai 1903, Bertie, devenu entre-temps roi d'Angleterre, se rendit à Paris, non pour voir son amie, mais en visite officielle. Le président de la République, Émile Loubet, avait organisé en son honneur une soirée de gala à la Comédie-Française, à laquelle furent conviés des ambassadeurs, des hommes politiques et d'autres personnalités. Mais tout spectateur en mesure de payer le prix exorbitant du billet pouvait également y assister. L'entrée étant publique, Caroline, qui ne manquait jamais une occasion de briller en société, s'acheta une place à proximité du grand-duc Nikolai Nikolaevich et à quelques mètres de son ami Bertie qui, selon elle, lui cligna furtivement de l'œil en s'apercevant de sa présence. Le rideau se levait et les musiciens accordaient leurs instruments lorsque, dans la loge présidentielle, un jeune homme se leva, fit signe au chef d'orchestre et se dirigea ensuite vers une femme incroyablement couverte de bijoux. Il lui murmura quelques mots à l'oreille qui la firent sursauter, puis entrer dans une colère noire. Elle s'engagea précipitamment dans l'allée et quitta le théâtre sous les yeux interloqués de l'assistance, qui la connaissait puisqu'il s'agissait de la Belle Otero.

Telle est l'histoire retracée dans *The World*, de New York. Quant à Caroline Otero, elle déclara par la suite qu'elle n'était pas en colère, mais plutôt stupéfaite. « J'ai adressé à ce monsieur une grimace moqueuse avant d'éclater de rire, après quoi je suis allée me faire rembourser mon billet. » Mais certains spectateurs affirmaient qu'elle semblait très humiliée. Heureusement pour elle, ce malencontreux incident provoqua la fureur de certains admirateurs. Le lendemain, toute la presse française lui témoigna son soutien, condamnant le président Loubet et allant même jusqu'à proposer qu'on fasse tomber son gouvernement :

> Insulter de la sorte une citoyenne dont le seul crime est la beauté est véritablement affligeant. Si les organisateurs de la soirée avaient précisé que celle-ci était privée, l'incident aurait été compréhensible, mais expulser une femme qui a déjà pris place sur son fauteuil est d'autant plus honteux que sa beauté offrait un contraste saisissant avec celle de l'épouse du député radical assise juste à côté d'elle.

L'incident déclencha une grande polémique et de multiples débats, à tel point que la défense galante d'une dame par les Français mit un moment en sourdine la longue et pénible *affaire** Dreyfus. Inutile de préciser que son expulsion de la Comédie-Française valut à Caroline Otero une popularité accrue, surtout quand Bertie répondit à un journaliste du *Provençal* dans un grand éclat de rire : « Tout le monde sait que les danseuses ne sont pas faites pour me déplaire. »

1907 : Maurice Chevalier, un échec amoureux

Caroline Otero a toujours aimé s'étendre sur ses aventures amoureuses extravagantes, qui servaient à briser son image de femme froide, de chasseuse de millionnaires et de têtes couronnées. Certaines de ces romances sont ainsi arrivées aux oreilles du grand public sur un ton de comédie, comme l'idylle qu'elle aurait vécue avec les frères Marco, des jumeaux artistes de cabaret (James mesurait 2 mètres et Dietrich, seulement 1,20 mètre). Selon elle, elle passa une première nuit avec Dietrich, « qui se porta admirablement malgré sa petite taille », puis, pour ne pas blesser les sentiments de son frère, elle invita James la seconde nuit. « Je découvris alors qu'ils n'étaient ni jumeaux ni même frères, mais mari et femme. Le plus grand était l'épouse et tous deux trompaient leur monde depuis plus de vingt ans. Mme Marx[1] était très tolérante et fière de son mari. Je la comprenais car Dietrich était un homme doté des meilleurs attributs », concluait Caroline, heureuse de prêter une excentricité de plus à sa personne.

Bien que toujours disposée à rire de ses « fiascos amou-

1. La Belle commet ici un lapsus intéressant, à moins qu'il ne s'agisse d'un présage, comme cela arrive parfois dans la vie ; toujours est-il qu'elle confond les frères Marco avec les frères Marx. *(NdA)*

reux » à condition qu'ils soient de moindre importance, Caroline n'avait pas l'habitude qu'on repousse ses avances. Qu'un jeune chanteur du nom de Maurice Chevalier, qui faisait alors ses débuts aux Folies-Bergère, l'ait dédaignée, l'humilia certainement. Nous sommes en 1907 et l'histoire nous est parvenue à travers ce *cher** Maurice, qui la rapporte de façon pour le moins grossière :

« Un soir, je marchais dans les coulisses en regardant par terre quand je levai soudain les yeux. Je découvris la Belle en compagnie d'une autre femme. Toutes deux se dirigeaient vers moi. Otero avait déjà près de quarante ans et moi, pas encore vingt, mais elle était si belle… […] Elle avait quelque chose de fatal. Nous restâmes tous les trois sans rien dire. Je la regardais et elle faisait de même, puis elle se tourna vers son accompagnatrice et s'adressa à elle en anglais, pensant sans doute à tort que je ne comprenais pas cette langue. "Qui est ce charmant jeune homme ?" demanda-t-elle. "Chevalier", lui répondit-on. "Il a de très beaux yeux", dit la Belle en me regardant de haut en bas, puis, avec une terrible franchise qui me scandalisa, elle déclara qu'elle se demandait si j'aimerais coucher avec elle et ajouta qu'elle était sur le point de me poser la question. Elle n'avait manifestement pas l'intention de le faire avec des mots mais en allant droit au but. Je devais me décider. Otero fondit sur moi qui, au lieu de succomber, fis semblant de ne pas comprendre ce qu'elle me disait. Je murmurai quelque chose en français et m'éloignai. Quand nous nous croisâmes, j'entrevis un sourire de tigresse dont le repas vient de lui échapper. Je crus même qu'elle allait me suivre, mais je me trompais. »

Mort de ses amis et derniers succès

Experte en nécrologies et en dates funestes, la cancanière Elsa Maxwell n'aurait jamais oublié de signaler qu'alors que sa déchéance s'amorçait, la mort ou le destin priva la Belle Otero de ses illustres amants. En 1908, une opération chirurgicale fit perdre tout intérêt pour le sexe à son fidèle protecteur, Nikolai Nikolaevich. Léopold de Belgique mourut en 1909 à l'âge de soixante-quatorze ans. Bertie le suivit dans la tombe quelques mois plus tard, en mai 1910. Et pendant qu'Albert de Monaco renonçait aux plaisirs romantiques pour l'océanographie, Willy et Nicky connurent d'autres soucis bien moins agréables que ceux causés par les courants marins. Le kaiser dut abdiquer au début de la Première Guerre mondiale et Nicolas II fut victime de la révolution bolchevique. Mais de 1907 jusqu'en 1914, c'est-à-dire de quarante à quarante-six ans (quand elle renonça à la scène), Caroline connut une dernière époque de gloire. Sa passion pour le jeu était démesurée et fut l'occasion de scènes pathétiques rapportées par des *croupiers** indiscrets, mais cela n'empêcha pas Georges Wague et Paul Franck, deux grands artistes de l'époque, de lui proposer de faire du théâtre et d'oublier la danse. Tous deux estimaient que Caroline aurait pu être la meilleure actrice comique de sa génération si elle s'était donné la peine de travailler. Wague (célèbre mime, pionnier du cinéma muet et professeur au Conservatoire national) et Franck (auteur de théâtre et directeur artistique des Folies-Bergère) surent découvrir en Lina une veine totalement inexplorée jusqu'alors à cause de sa frivolité. « Caroline Otero avait un talent formidable pour exprimer toutes sortes d'émotions, de la joie la plus exubérante jusqu'à l'horreur, en passant par la passion amoureuse », affirmait Georges Wague. Grâce à ces deux hommes, Otero connut ses derniers succès avant de se retirer de la scène. Avec Paul Franck, elle joua *Le Soir de Noël*, et, avec Wague, une pantomime intitulée *La Gitane Gyska*, un genre très en vogue à l'époque, qui lui valut plus d'éloges qu'elle n'en avait jamais eu en dansant. À cette occasion, le critique du *Journal* qui l'avait ridiculisée des années durant écrivit :

> La Belle Otero interprète son rôle avec un fier réalisme en exprimant les différents états d'âme d'une femme. [...] Au lieu de se présenter comme elle nous y avait habitués en éclatante diva couverte de bijoux, Otero est entrée hier soir en scène déguenillée et mille fois plus radieuse.

Mais Wague comme Franck ne purent lui faire renoncer à sa passion du jeu et eurent de plus en plus de difficultés à convaincre des imprésarios de l'engager.

On accusait souvent la Belle de ne pas respecter ses contrats, jusqu'au jour où après les débuts triomphaux d'une tragicomédie intitulée *La Mexicaine*, il fallut interrompre les représentations au bout de quelques semaines parce que la *señorita* avait été victime d'un « accident ». Plusieurs versions circulèrent à ce sujet. L'explication officielle veut qu'elle se soit « brûlée car la chaufferette à alcool qu'elle utilisait pour se sécher les cheveux avait explosé ». Comme elle était menteuse, le public préféra remplacer l'alcool par du vitriol et imaginer qu'elle s'était fait agresser par une autre épouse jalouse qui, selon la légende, lui aurait brûlé la poitrine et les bras. Personne ne sut jamais le fin mot de l'histoire. À compter de là, elle signa des contrats pour mieux les annuler ensuite. Annoncée à New York, elle ne s'y rendit pas et fit de même à Paris et dans d'autres capitales d'Europe. On parle d'un court séjour à Madrid en 1913, dont elle serait partie précipitamment pour ne plus jamais retourner en Espagne. Sa vie n'avait désormais plus qu'un seul horizon : Monte-Carlo, où elle continua de dilapider sa fortune. En 1912, elle regagna néanmoins Paris pour connaître son ultime succès. Afin de se retirer *en beauté**, elle eut l'idée de devenir chanteuse d'opéra et d'interpréter rien de moins que la *Carmen* de Bizet. Comme toujours quand elle se lançait des défis, Caroline passa des mois à étudier le *bel canto* et, qu'on le croie ou non, après de nombreuses leçons et répétitions avec l'orchestre, elle remporta un triomphe à la première et récolta des critiques dithyrambiques. Elle avait quarante-quatre ans.

Villa Caroline

Après s'être retirée du monde du spectacle, Caroline Otero passa le plus clair de son temps dans la maison qu'elle possédait sur la Côte d'Azur. Quand la Grande Guerre éclata, elle avait encore à la banque l'équivalent d'un million et demi de dollars de l'époque. Quant à sa villa de quinze pièces, elle l'avait achetée après l'une de ses rares périodes de chance au jeu. Deux laquais en livrée avec culotte courte s'occupaient de sa grande calèche seigneuriale ; Caroline avait également engagé une demi-douzaine de domestiques et une ancienne grande d'Espagne ruinée qui lui servait de dame de compagnie. Selon la Belle, cette femme, María de Mendoza, lui aurait fait pitié et elle l'aurait arrachée aux griffes d'une des plus célèbres lesbiennes de Paris, Lysi, comtesse de Jovenal. Derrière ce nom se cache sans doute la Missy de Colette, marquise de Mornay ou l'oncle Max. Quand Caroline fit la connaissance de María de Mendoza, la « pauvre avait des mèches courtes et mal coupées teintes en rouge écarlate ». Elle jouait ni plus ni moins le rôle de bouffon et égayait les soirées saphiques du cruel oncle Max.

Caroline Otero passa plusieurs années entourée de cette cour de serviteurs. Après avoir fait ses adieux officiels à la scène, elle joua en 1918 dans un film de Gennaro Righelli, *L'Automne de l'amour*, qui fut mal accueilli par la critique. Elle connut une nouvelle idylle passionnée avec Artistide Briand, onze fois président du Conseil. Ils se voyaient souvent à une époque où la fortune de Caroline diminuait de façon alarmante. D'aucuns affirment que Briand fut le véritable amour de la Belle. Il n'était ni riche, ni beau, portait des costumes souvent sales, avait des restes de nourriture accrochés dans sa barbe et se rongeait les ongles. Le fait qu'il ait été désargenté à un moment où Caroline avait cruellement besoin de liquidités porte à croire qu'il s'agissait là d'un amour partagé. « Je l'aurais épousé s'il n'avait pas été si laid », déclara un jour Lina, fidèle à son habitude d'apporter des explications insolites à ce qui lui tenait à cœur. Elle s'est sans doute gardée de convoler pour des motifs plus terre à terre : en plus d'être un homme politique très occupé qui a joué un grand rôle à des moments clés de l'histoire de France, Aristide Briand avait une autre femme dans sa vie. Elle s'appelait Berthe Cerny et était sociétaire de la Comédie-Française. Sans l'avoir épousée, il entretenait avec elle une relation suivie. Aristide passait l'essentiel de son temps chez Berthe, qui parvenait à lui faire oublier les affaires de l'État.

L'histoire d'un trésor russe

Si Harpo Marx avait encore toute sa tête malgré les nombreux *bloody maries* qui accompagnaient les anecdotes d'Elsa Maxwell, la mention d'un trésor russe lui fit probablement dresser l'oreille. « Où prétends-tu m'emmener, Elsy ? » lui demanda-t-il. La cancanière d'Hollywood, à laquelle le Tabasco et la vodka ne faisaient jamais perdre le fil d'un récit, lui raconta tout.

Contrairement à Elsy, je me garderai bien de teinter mes propos d'ironie car cette histoire ne prête pas à rire. Le trésor russe fut à l'origine de la ruine de Caroline Otero, qui pensait échapper à la déchéance grâce à deux soutiens : l'un réel et l'autre imaginaire. L'appui véritable était une pension de 625 francs versée par une main anonyme. Plusieurs versions circulent sur l'identité de cette personne. Arthur Lewis croit qu'il s'agissait du patron corse d'un casino clandestin à Paris. La Belle lui avait prêté de l'argent un soir où un joueur avait fait sauter la banque. En apprenant qu'elle était ruinée, sa loyauté corse le poussa à lui faire des virements, qui cessèrent à sa mort, en 1955. D'autres biographes estiment que son bienfaiteur était François André, qui possédait plusieurs casinos en France, dont celui de Cannes, où paradoxalement la Belle ne joua jamais. Les personnes qui l'ont connue et que j'ai pu interroger, à savoir maître Caruchet et l'écrivain Louis Nucera, alors caissier de la banque où arrivaient les virements, affirment qu'en 1950, le premier de chaque mois, elle venait toucher la pension que lui versait le casino de Monte-Carlo. « Mais le directeur de cet établissement le nie catégoriquement », leur ai-je alors rétorqué. « Que voulez-vous qu'il fasse ? m'ont-ils répondu en chœur. Les casinos ne peuvent apparaître comme des bonnes œuvres même s'ils font parfois preuve d'humanité. »

L'autre soutien, imaginaire celui-ci, était la possession des fameux emprunts russes qui perdirent toute valeur après la révolution bolchevique. L'origine de cette fortune, qui devait brûler les doigts de sa propriétaire comme de la fausse monnaie, varie selon les sources. Selon la nécrologie de la Belle publiée le lendemain de sa mort dans *Nice Matin*, ces bons représentaient une valeur de 7 millions de francs et avaient été offerts à Caroline par un prince russe. Dans d'autres articles, on prétend qu'il s'agissait du tsar Nicolas II en personne. Pour ma part, je préfère m'en remettre au témoignage de Colette, sans doute plus fiable car elle vit Lina peu avant que la Première Guerre mondiale n'éclate. À cette occasion, Colette sonda discrètement son amie sur sa situation économique. « J'ai ce qu'il faut, lui répondit celle-ci en haussant les épaules, et je me passe du superflu. » Et d'ajouter en lui montrant un coffret : « J'ai là-dedans 8 millions en bons russes. Aristide Briand m'a conseillé de les acheter en 1913. Je ne lui reproche rien. J'avais l'intention de les jouer à Cannes et je les aurais perdus de toute façon. » D'après Colette, la Belle ponctua ces mots par un grand éclat de rire.

*

Tout au long de ces années de déchéance, Caroline Otero dormit à côté d'une fortune devenue inutile, jusqu'au jour où elle décida de porter le coffret à la banque. Une « mystérieuse clef retrouvée dans les affaires de la défunte» conduisit M. Mendiguren, le consul d'Espagne à Nice, à ouvrir le coffret en espérant pouvoir satisfaire le désir que la Belle avait exprimé dans une lettre qu'elle avait fait écrire en 1958 par l'ambassadeur d'Espagne au maire de Valga. Elle y déclarait léguer tous ses biens aux pauvres de son village natal.

*

Toute sa vie, Otero s'est débattue entre des images fantasques (ou le mensonge considéré comme l'un des beaux-arts) et le pragmatisme le plus pur. Lorsqu'elle vendit la Villa Caroline et ses biens aux enchères, elle se garda de dire la vérité à ses amis et échoua rue d'Angleterre sans jamais parler de sa misère à quiconque. Elle déménagea, faisant un dernier pas vers la déchéance, en 1948. Des photos la montrent pendant la vente aux enchères: elle se tient droite comme un «i», bien habillée, assise sur une chaise, vêtue d'un manteau de drap. Elle avait encore assez de culot pour déclarer au journaliste de *Nice Matin*: «Je n'ai aucun souci d'argent, je veux juste vendre les objets superflus. Je fais ces déclarations afin que mes amis ne s'inquiètent pas. Je vis de mes rentes, qui ne me permettront peut-être pas de dîner tous les soirs au champagne, mais je ne suis pas dans la gêne.»

Une fois de plus elle mentait éhontément. De 1948 jusqu'à sa mort, en 1965, elle vécut dans le plus grand dénuement. Mais sa nature terre à terre l'incita à demander une retraite du gouvernement français. Elle devait pour cela fournir un acte de naissance, aussi, après soixante-dix ans d'imposture, écrivit-elle en 1955 au maire de Valga afin de lui réclamer le document en question au nom d'Agustina Otero Iglesias («Je suis née le 4 novembre 1868, si je me souviens bien»). L'orgueil fit le reste. Elle cessa de fréquenter les quelques amis qui lui restaient, à l'exception de Georges Wague, aussi ruiné qu'elle, car elle ne voulait pas qu'ils la voient dans la misère.

Elle s'appliqua si bien à disparaître que les journaux publièrent trois fois sa nécrologie. Le fils de Paul Franck raconte à ce sujet une anecdote amusante. La femme de celui qui avait été pendant des années le partenaire de la Belle sur les planches apprit qu'elle cachait une fortune dans sa chambre meublée. Elle décida de lui rendre visite sous prétexte de « lui acheter quelques bijoux qui, à son âge avancé, ne devaient plus lui servir ». Quand elle frappa à la porte, la voix méfiante de Caroline demanda qui c'était. « Mme Franck », répondit la dame avec toute la familiarité que pouvait avoir une femme qui avait longtemps été la voisine de la Belle. Caroline répliqua que la Belle Otero n'habitait pas là, mais Mme Franck, qui avait reconnu sa voix, lui rétorqua : « À qui suis-je en train de parler, dans ce cas ? » « À la sœur jumelle de Mme Otero, et faites-moi le plaisir de ne plus venir me déranger », lui lança impassiblement Lina.

María Félix

Quand tout semblait perdu, Caroline Otero eut un coup de chance inattendu. À quatre-vingt-six ans, on lui proposa de faire un film sur sa vie. María Félix devait interpréter son rôle. Il s'agissait d'un navet lacrymogène où la Belle tombait amoureuse d'un jeune homme de bonne famille tout en triomphant sur scène. En dépit de son casting prometteur, le film en question n'a que le mérite que lui trouvent les admirateurs inconditionnels de l'actrice. Malgré sa beauté « andalouse », María Félix y est cependant assez peu crédible. Le film fut un fiasco. S'il en était allé autrement, il aurait rapporté une petite rente à vie à son inspiratrice, qui n'y gagna qu'un peu de publicité autour de sa personne – beaucoup s'étonnèrent d'ailleurs qu'elle soit encore de ce monde – et 100 000 à 200 000 francs de droits d'auteur qui furent engloutis sur les tapis verts. Elle vivota ensuite grâce à la petite pension qu'elle recevait mensuellement, même si le traiteur chez qui elle achetait ses repas affirme l'avoir vue un jour tirer une liasse de billets de son sac qui fit jaser tous les habitants du quartier. Mais cette somme qui aurait pu lui permettre de vivre commodément disparut aussitôt. Jusqu'au dernier moment, Caroline préféra tenter la chance plutôt que la mort. Cet argent avait sans doute été gagné au cours d'un de ses passages au casino de Monte-Carlo, où elle croisait Harpo Marx, qui se faisait héberger par la cancanière professionnelle qu'était Elsa Maxwell.

Les dernières paroles d'un fantôme amateur de potins

Tu te rends compte, Arthur Adolf (Elsa Maxwell aimait appeler les stars par leur vrai nom, surtout quand ils étaient longs et allemands, comme celui d'Harpo Marx), non mais, tu te rends compte ? À côté de la vie d'Otero, celles de Marlène ou de Greta ressemblent à un gentil pique-nique entre amis ! Même Hedy Lamarr ferait figure d'ursuline si on la comparait à Lina ! Dommage que ses frasques n'intéressent plus personne aujourd'hui. Quand je pense à tout ce que j'aurais pu écrire sur elle ! Mais je te sens préoccupé, Harpo… J'ai l'impression que tu n'as pas envie d'entendre de vieilles histoires sur cette ludopathe, mais que tu as plutôt dans l'idée d'aller perdre avec elle quelques francs au casino. Vous, les hommes, vous êtes si peu curieux de la nature humaine ! Je te rappelle tout de même que la curiosité est la base du savoir, au cas où tu l'aurais oublié. Ne t'inquiète pas, le chauffeur pourra t'y conduire, mais auparavant, tu devras écouter une dernière anecdote. Tu sais que je n'aime pas les histoires qui se terminent en eau de boudin, Arthur Adolf. Il faut boucler la boucle, alors ouvre grand tes oreilles parce que, toi qui es aussi joueur qu'elle, tu vas apprécier de savoir où Caroline disait qu'il fallait aller chercher fortune.

Une dame en panne de produits cosmétiques

Nice, 10 avril 1965, 8 h 30.

Cette fois, je ne peux jeter la pierre à personne. Ni à la pénombre, ni à la nuit. Ni la fenêtre entrouverte, ni la conversation de mes voisines, ni les insomnies d'une vieille gâteuse dans mon genre ne sont responsables des deux ombres qui s'éloignent à présent. Telle est la vieillesse. On ne peut se permettre de parler à un souvenir car il en appelle un autre, puis encore un autre, jusqu'à ce qu'on finisse par voir une femme *très laide** et obèse qui sirote des *bloody maries* en racontant mes exploits scandaleux. Je me souviens parfaitement comment a commencé cette idiotie.

Quand le jour s'est levé, Harpo Marx m'est apparu avec ses sourcils broussailleux, comme s'il était tombé du lit ou venait de perdre au poker, ce qui revient quasiment au même. Je lui ai demandé ce qu'il faisait là. « Tu ne sais rien de ma vie, *darling* », ai-je ajouté. J'ai dû ensuite me rendormir tandis qu'un dernier lot de souvenirs déferlait sur moi. Les silhouettes d'Harpo et d'une grosse femme affreuse au museau de rat ont fini par s'évanouir, mais auparavant, l'abominable obèse a conclu son discours en citant l'une de mes *boutades** que les journalistes se plaisaient tant à répéter : « La fortune ? Oh, mon cher ami, la fortune vient en dormant, mais pas en dormant seule », avais-je dit un jour. La grosse femme s'est esclaffée et Harpo a éclusé son verre de *bloody mary*. Puis ils se sont volatilisés.

Moi, la plus grande joueuse de tous les temps, qui savais si bien où faire fortune et où la dilapider, je suis à présent seule dans mon lit, ni endormie, ni morte, ni même à l'agonie, comme je le croyais la veille. « Je parie deux louis que je ne verrai pas le jour se lever parce que mon heure est enfin venue, me suis-je dit. J'ai une intuition et un flair infaillibles. » Et, comme tant d'autres fois, j'ai perdu. J'aurais dû le savoir. La vie joue avec des cartes truquées, voilà pourquoi elle gagne toujours. Et je suis obligée de supporter une nouvelle journée. « Allez, lève-toi, Lina, et dis-toi qu'après avoir subi cette tripotée de fantômes, il faut continuer de vivre. Debout, beauté vivante. »

Bonjour, Garibaldi.

*

> Pour garder une peau soyeuse lorsqu'elle a passé l'âge tant redouté de trente ans, la dame soucieuse de se plaire et de plaire aux autres doit toujours utiliser des produits de beauté de première qualité. Si jamais lesdits produits venaient à lui manquer (suite à un voyage imprévu, du fait d'une négligence de sa femme de chambre ou pour toute autre raison), elle peut avoir recours à certains petits secrets. L'huile d'olive, par exemple, est un excellent baume, un parfait démaquillant pour la femme qui n'a pas sa trousse de toilette sous la main.

Ça y est. La vie redevient telle qu'elle était avant ces dernières et désagréables trente-deux heures. La vieille Otero est devant son miroir acheté 12,50 francs au Prisunic du coin. Elle y passe de longues heures tout en récitant des extraits de ces délicieux *livres de beauté** qui prodiguent de judicieux conseils : « Si à cause d'un impardonnable oubli de votre femme de chambre, vous êtes privée de vos crèmes préférées, vous pouvez toujours… »

Voilà plus de cinquante ans que dure « l'impardonnable oubli de ma femme de chambre » et presque autant que je me nettoie le visage à l'huile d'olive. « Vous avez une peau si éclatante, madame », me disent encore mes voisins les plus observateurs. J'expose mon visage au soleil comme sous les grands projecteurs de la scène afin de cacher mes rides et je réponds : « Vous voyez ? Une peau nette est une peau saine, mon ami, il n'y a pas d'autre secret. » Mais en fait, j'ai des tas d'autres petites astuces et je ne sors jamais sans m'être maquillée, sauf quand je vais toucher ma pension à la banque. J'ai pour cette occasion une *mise en scène** spéciale : je m'habille entièrement de noir, noue un foulard discret sur ma tête et ajoute une touche imperceptible de *rouge** sur mes joues. Je ne mets pas de *khôl** mais j'applique un généreux nuage de poudre du docteur Payot pour estomper le tout. M. Nucera, le caissier, aime la simplicité et il est si facile de contenter un homme. Et puis, j'aurai peut-être un jour besoin de lui demander un prêt. La dernière fois que j'ai reçu le solde de mon compte, j'avais 609 francs et 38 centimes. Voilà toute la fortune de la Belle Otero.

Malgré tout, il ne faut pas se priver de certains luxes. La petite bouteille d'huile d'olive vierge ne peut manquer chez une dame. Quand elle ne sert pas à cuisiner un plat particulier, elle est un produit de beauté de remplacement fon-da-men-tal. Bon, je crois que je vais devoir sortir aujourd'hui. Nous sommes samedi et j'aimerais passer au « Tout est là » pour acheter un *civet** de lapin et de l'huile d'olive. J'aurai fini celle qui me reste ce matin. Il ne faut pas lésiner là-dessus. Hier, la Belle s'est couchée maquillée comme une courtisane. Pour être belle. Pas pour la mort mais pour le juge, les employés des pompes funèbres, l'embaumeuse… Je veux être présentable pour ceux qui seront mes derniers admirateurs car j'ai une intuition.

Idiote, stupide Lina. Comment peux-tu, au point où tu en es, te fier encore à tes intuitions ? Tu croyais pouvoir l'emporter sur la Mort ? Tu t'imaginais qu'en fillette obéissante, elle viendrait te chercher cette nuit parce que tu avais parié que tu ne serais plus de ce monde avant l'aube ? *Bon Dieu, ma Belle !**

*

L'huile vierge efface la couche de maquillage rance pour laisser voir ma peau. On dit que les vieilles femmes sont plus attirantes sans apprêts, qu'étant presque aveugles, elles mettent trop de rouge et tremblent tellement quand elles tracent une ligne sur leurs paupières qu'elles finissent par ressembler à des ratons laveurs. Qu'il vaut mieux qu'elles renoncent à se farder pour présenter un visage bien lavé qui fait honneur à leurs rides. C'est faux. L'important, c'est de se trouver belle lorsqu'on se regarde dans son miroir, même en se sachant victime d'une illusion. Les yeux fatigués sont si séduisants. Je n'aime pas la vérité quand elle est cruelle mais j'adore la traîtrise des miroirs. L'avis des étrangers m'importe peu, seul compte ce que voient mes propres yeux. *Regardez la vieille femme fardée**, dit-on de moi dans la rue. Et alors ? Je ne peux être à l'aise face aux autres que si je suis bien dans ma peau, même nue ou en corset. Je ne suis belle que si je me trouve belle. Que les autres aillent au diable… À moins que je ne me trompe. Bien sûr, tu racontes n'importe quoi, espèce d'idiote. Tu te contredis en permanence. Ne disais-tu pas un instant plus tôt que tu voulais être belle pour les fossoyeurs ?

*

Une robe de demi-saison doit toujours être complétée par un ornement faisant allusion à la saison que la dame élégante traverse. Il est très *chic** de piquer une plume à son chapeau en automne. Au printemps, il est de bon ton d'arborer un brin de muguet, des fleurs de jasmin en boutons ou le petit trésor que constitue une rose à peine éclose.

*Zut !** Garibaldi, tourne-toi vers le balcon pour voir si Mme Dubois, ma voisine acariâtre, a sorti le pot de lavande qui fait la fierté de sa chambrette malodorante. J'aimerais lui en « emprunter » un rameau. Pas de muguet ni de jasmin, pas de trésor de rose. En cette matinée qui s'annonce ensoleillée, la Belle Otero épinglera sur sa robe printanière un brin de lavande. Tu es sûr, *paxariño*, que je peux me pencher et en cueillir un peu sans me faire attraper ?

Nice, 10 avril 1965, 10 heures.

Apparemment, je suis condamnée à rester Dieu sait combien de temps dans le monde des vivants. Je peux donc reprendre mes anciennes distractions. Comme je l'ai déjà dit, je ne vis pas tournée vers le passé. Hier, les souvenirs se sont imposés à moi contre ma volonté, si bien que j'ai cru qu'ils formaient un étrange cortège précédant la mort. Mais ils sont partis et ne reviendront plus. Il m'arrive parfois de penser que ces images du passé me poursuivent parce que je les ai un jour comparées aux heures : toutes blessent et la dernière tue… Tu as de ces idées, Lina. Regarde un peu où elles te mènent. Tu as encore perdu ton pari : *noir, impair et passe*. Tous tes souvenirs t'ont blessée mais tu es toujours vivante.

Ou peut-être es-tu morte. Après tout, il se peut que cette folie qui t'est si souvent venue à l'esprit soit vraie : tu es morte et tu te trouves à présent dans les chaudrons du diable. C'est probable. Je suis morte et en enfer. La Providence moqueuse n'aurait pu trouver châtiment plus sophistiqué et plus cruel que celui-ci. Me cantonner dans une petite vie misérable. Pourquoi n'as-tu jamais songé au suicide, Lina ? Parce qu'un bon joueur croit toujours que sa chance va tourner.

*

Voyons un peu. Aujourd'hui, je vais mettre une voilette à mon chapeau. Je l'inclinerai sur le côté afin d'offrir mon meilleur profil. As-tu mis ton rouge à lèvres préféré ? Et la poudre ? As-tu pris ton sac et ta canne, Lina ? As-tu bien fermé les quatre verrous avant de sortir pour aller jouer un peu ? Oui, tout est fait. Il ne me reste plus qu'à descendre péniblement les vingt-trois marches qui me séparent du rez-de-chaussée, après quoi je saluerai Mme Depo, qui balaie inlassablement, comme si elle était condamnée pour l'éternité à récurer le ciment du trottoir avec son balai de sorcière. Je fais quelques pas, assez pour décider de ma première halte, qui consiste à me regarder dans la vitrine de Lionel Joffo, le coiffeur du coin de la rue. Je me trouve tout à fait présentable. Mon nez ne brille pas et le brin de lavande est du meilleur effet. Très bien. Tout est en ordre. Je peux maintenant commencer à jouer et envisager de flâner sur la Promenade des Anglais.

*

Les vieux joueurs qui ne se font plus d'illusions sont des idiots. La réalité est bien trop terrible. Elle est difficile pour tout le monde, mais plus particulièrement pour nous, qui marchons en tournant le dos au soleil. On ne peut l'emporter sur le destin tricheur, mais si l'occasion nous est donnée de lui tendre des pièges, libre à nous de le faire. C'est mon passe-temps préféré. Je me moque ainsi de la Providence qui m'a laissée dans la misère, mais aussi de la Mort qui m'a oubliée et me punit en m'obligeant à marcher lentement avec une canne de ma chambre jusque chez le traiteur pour m'acheter une bouteille d'huile et une portion de *civet**. Voilà ma seule activité. Je feins cependant d'être occupée à des passe-temps plus passionnants. Celui qui se résigne à son sort et perd ses illusions est un gros idiot. Je suppose qu'en cela, la vieillesse ressemble à l'enfance : petits et vieux font de la vie un jeu. « Vous vous croyez au bois de Boulogne, au bras d'un charmant monsieur, ou peut-être d'un roi ? » pourrait me demander un indélicat s'il m'entendait m'exprimer de la sorte. « Ne soyez pas sot, lui répondrais-je. Toute personne ayant un peu de bon sens ne s'amuserait pas à se complaire dans un passé révolu. Moi, je me sers de mon imagination pour rêver. Concrètement, je pense à mes flâneries sur la Promenade des Anglais, quand je n'avais encore que quatre-vingts ans et possédais un joli col d'astrakan et une canne à pommeau d'ivoire. » C'était le bon temps. La plupart de mes anciens admirateurs étaient morts et, curieusement, ce qui aurait dû m'être douloureux s'est avéré surprenant, car après une vie passée à s'exhiber, la Belle Otero a découvert les charmes de l'anonymat.

Quand on n'a plus rien d'autre à montrer que les restes d'un naufrage, mieux vaut renoncer à son identité pour se réfugier dans une confortable imposture et paraître sous des traits radicalement différents. Rien n'est plus pathétique que ces anciennes beautés qui cherchent encore à étaler une poitrine flétrie et se corsètent pour simuler une minceur perdue. Elles ressemblent davantage à des mortes embaumées qu'à de jolies filles graciles. La Belle que j'étais a donc décidé de devenir le digne portrait de celle qu'elle aurait pu être si elle n'avait pas été aussi exigeante. Au début, personne ne connaissait cette dame à l'allure aristocratique qui se promenait tous les après-midi. On me prenait pour la veuve d'un *émigré** russe ou, plus modestement, celle d'un quelconque magistrat, ou alors la rescapée d'une famille fortunée. Je m'amusais beaucoup à lire le verdict sur leurs visages, car il est très réconfortant de se réfugier dans l'imposture quand plus personne n'est au courant de la vérité. Mieux vaut passer pour une autre que laisser croire aux curieux qu'on n'est pas une vieille duchesse russe ni une riche veuve, mais l'ombre solitaire de celle qui fut en son temps la femme la plus désirée au monde. Malheureusement, la supercherie a été découverte après le film interprété par María Félix. Tous ont alors découvert que la « Beauté vivante » à laquelle D'Annunzio avait fait allusion dans un billet doux était encore de ce monde. Tu es bête, Lina, tu t'es encore trompée. Cherchais-tu d'autres jetons pour jouer ? Tu en as payé le prix et tu n'as pas compris qu'un digne anonymat est de loin préférable à une centaine de francs et à une photo dans *Paris Match*.

Voici dix ans que j'ai fait ce *faux pas** et tout est maintenant heureusement oublié. Puisque je suis le seul maître des cartes, je peux me risquer à faire une réussite. Je retourne à petits pas vers la Promenade des Anglais comme si j'étais la respectable veuve d'un magistrat. Je ne vais pas sur la plage, c'est trop loin pour mes jambes fatiguées, mais je fais le trajet de la rue d'Angleterre jusque chez le traiteur avec la même morgue et la même distinction que naguère. Telle est désormais ma *promenade**. J'ai évidemment ajouté quelques détails supplémentaires à mon personnage pour que mon interprétation soit plus crédible. À présent, je ne m'amuse plus seulement à faire semblant d'aller vers la route qui longe la côte, mais, comme mes voisins me connaissent bien, il m'a fallu adopter un air distant pour qu'aucun ne se risque à me souhaiter le bonjour. Je regarde fixement devant moi et j'imagine que tous les passants sont des touristes. Qui apprécie d'être salué par son électricien ou un poissonnier, si charmants soient-ils ? En avant, Lina. C'est une belle journée, tu vois ? Le soleil d'avril brille même en enfer. Il fait un temps radieux.

*Zut !** Je vois s'approcher ma brave Assunta qui va retarder ma petite récréation. Avec elle, pas moyen d'être une autre personne que la Belle Otero.

– Bonjour, madame. Vous m'avez raconté hier soir des histoires très intéressantes. Comment allez-vous ce matin ?

(À mon plus grand bonheur, elle se garde d'employer ce « on » qui me mortifie.) Vous auriez dû voir la tête de Mme Pitou quand je lui ai raconté l'incroyable anecdote du roi des Belges et d'Émilienne d'Alençon ! Maintenant, nous ne sommes pas près d'oublier son nom ! ajoute-t-elle en souriant.

Je suis ravie que mon cauchemar de la veille lui ait servi à quelque chose. Au moins, Mimi aura eu la petite dose d'immortalité qu'elle désirait tant. Je fronce les sourcils car je ne souhaite pas qu'Assunta me prenne tout mon temps avec ses bavardages.

– Au revoir, Assunta, j'ai des choses à faire.

Mais avant de reprendre ma marche, je ne peux pas résister à la tentation d'inspecter brièvement mon reflet dans la vitrine de Lionel Joffo. Il est difficile de renoncer aux vieilles habitudes qui consistent à contrôler son image partout où c'est possible. Cela ne dure que quelques secondes, mais elles suffisent à Assunta qui, d'une voix d'enfant croisant les mains dans le dos pour réclamer quelque chose à un mauvais moment, me dit :

– J'aimerais tellement passer vous voir en fin d'après-midi pour vous aider à ranger…

Elle se tait brusquement, se frotte les mains, comme si elle allait s'attabler devant un festin ou se régalait à l'idée des potins que je pourrais encore lui raconter.

– J'aimerais tant que vous me parliez de vous, cette fois…

Je lui tourne le dos sans même me donner la peine de lui répondre. J'essaie de me montrer dissuasive, mais je sais pertinemment qu'à 17 heures j'entendrai tourner les quatre verrous de ma porte. Assunta ne se laisse pas impressionner par mes mauvaises manières.

– *Bonjour, madame**.

C'est Lichio, un plombier qui compte encore parmi mes rares admirateurs. Je me redresse autant que mon dos le permet. Pour être belle, il faut avoir un port de tête altier, et Caroline Otero y veille même devant les plombiers. En temps normal, je me serais peut-être arrêtée pour discuter avec lui, mais je continue mon chemin et fais comme si je ne l'avais pas entendu.

Comme si je flânais sur la Promenade des Anglais

Heureusement, le reste de la promenade est délicieux et sans la moindre interruption. Mes voisins connaissent mes manies, qu'ils qualifient de grands airs, mais il est vrai que les gens simples ont tendance à confondre introspection et arrogance altière. Ils ont pour habitude de m'ignorer. Tout en marchant, je me dis que la rue d'Angleterre n'est pas si différente de la Promenade des Anglais, ne serait-ce que par son nom.

Une légère brise d'avril souffle de la mer. (Ne regarde pas, Lina, ces gouttelettes tombent du balcon de M. Brugnon, qui arrose ses géraniums.) Il est agréable d'entendre le bruit des vagues quand on marche, il est si doux à l'oreille. (Ne regarde pas non plus sur ta gauche, qui cela intéresse-t-il de savoir que le grondement de la houle est en fait un camion qui décharge du gravier ?) J'adore la mer agitée. Je vais bientôt passer devant la baie vitrée d'un petit restaurant où la cuisine est délicieuse. J'aime m'y arrêter pour observer la clientèle, des gens tout à fait comme il faut qui me regardent lutter contre le vent de la côte. Je traverse la rue. Je suis face à la vitrine du magasin de fourrures André Furs. En hiver, j'imagine mon reflet dans l'un de leurs manteaux. Il est parfois paré d'un *petit renard** dont la modestie séduit mon imagination. Aujourd'hui, il ne porte rien de tel et se contente d'arranger son chapeau.

Il fait chaud pour la saison. Il faudra que je pense à installer Garibaldi sur le balcon pour qu'il profite de ce beau soleil. Mais que vois-je ? Oh mon Dieu ! J'ai l'impression que cet homme, là-bas, est le Johnny Hallyday d'hier. Je m'arrête et me rends compte que ce n'est pas lui, mais un garçon du même genre qui décharge des meubles bon marché devant la pension de la rue Alsace-Lorraine. Tous les jeunes se ressemblent aujourd'hui. Ils n'ont plus aucune personnalité. À mon époque, c'était différent. Ma réflexion ne brise pas le jeu de l'imposture. Bien au contraire, j'ai souvent murmuré cette phrase en me faisant passer pour la veuve d'un magistrat qui marche au bord de la mer. « Rien n'est plus comme avant », insisté-je en regardant fixement le Negresco, qui est ici pour l'éternité, telle une grosse meringue. Quel soulagement de savoir que ces choses ne changeront jamais. Encore quelques pas et je rebrousserai chemin pour regagner la réalité. Ça y est. La vieille Otero est arrivée devant la boutique du traiteur. Je m'assure de ne pas avoir oublié mon cabas. Devoir retourner dans ma chambre serait un supplice pour mes pauvres jambes. On a tendance à tout perdre avec l'âge. Je me concentre sur mes courses.

– Bien le bonjour, madame, me dit Marcel Entressangle en devinant mon jeu.

Il sait que je préfère l'anonymat depuis qu'il a osé un jour me demander si j'étais la Belle Otero. « Cela se pourrait… », lui avais-je alors répondu d'un air énigmatique. Lina, tu es une menteuse et tu n'es même pas capable de jouer la comédie jusqu'au bout. Souviens-toi du jour où, dans son magasin, tu as ouvert grand ton sac pour laisser voir une grosse liasse de billets. Et la fois où tu as caressé les cheveux de sa petite-fille en regrettant tout haut de n'avoir jamais eu d'enfants pour avoir ensuite le toupet d'ajouter que la charmante fillette serait ton héritière. Je me rappelle parfaitement. Il faisait une chaleur suffocante, il te servait des saucisses et toi, agacée, tu chassais les mouches. Sans doute poussée par cet essaim d'ambassadrices de la pauvreté, tu n'as pas pu t'empêcher de souffler : « Quand la Belle Otero sera morte, on saura toute la vérité. Vous verrez, mon ami… »

Mais Marcel Entressangle est un professionnel, pour ne pas dire un gentleman. Il ne s'avise jamais de contredire ses clients, dont il connaît l'humeur dès qu'ils ont franchi la porte. Aujourd'hui, il me traite comme la veuve de magistrat que je fais semblant d'être.

– Il me faudrait une bouteille d'huile d'olive d'Espagne, Entressangle, deux carottes, un peu de coriandre et deux portions du plat du jour.

Ce qu'on raconte dans le quartier est faux. Je n'achète pas souvent deux portions de *civet** pour faire croire que j'attends de la visite car les plats du traiteur coûtent une fortune. Mais aujourd'hui, cela sonne comme un défi, un acte rebelle. Le destin veut que je reste dans ce quartier populaire et dans ma minable chambre meublée aux murs tapissés de photographies. Quand je ne voulais pas de soupe, ma mère m'en servait deux bols, même si nous avions à peine de quoi faire du bouillon. Je sais parfaitement ce que signifie ce proverbe galicien, s'il faut tenter le diable, ne nous gênons pas – même s'il faut manger des restes pendant deux jours.

– Ah, mettez-moi aussi une petite bouteille de champagne Montebello. J'attends de la visite.

– J'en suis ravi pour vous, madame. Le *civet** est excellent, votre invité va se régaler.

J'ai envie de lui rire au nez mais je me retiens. Il me faut feindre jusqu'au bout et, surtout, veiller à ce qu'aucune bribe de réalité ne vienne tout gâcher, même si le traiteur n'est dupe ni de ma supposée fortune, ni de mon personnage de veuve respectable. Je lui dis merci pendant qu'il glisse mes emplettes dans un sachet d'où dépassent les fanes des carottes.

– C'est toujours un plaisir de vous servir, madame, un véritable plaisir.

Le chemin qui me ramène chez moi est toujours long et ennuyeux. Je ne joue plus à me promener en bord de mer ; je suis à nouveau la vieille Otero avec sa canne et son cabas. Les cloches de l'église sonnent.

Inutile de trop dresser l'oreille pour savoir qu'il est midi. Je fais quelques pas en traînant la jambe à cause de mes rhumatismes. Ainsi marchent les vieillardes qui ont encore la chance de pouvoir se déplacer malgré leur grand âge. J'ai des jambes de danseuse mais elles ont plus de quatre-vingt-dix ans. Tu veux faire une pause et t'asseoir sur l'un des bancs de la place, Lina ? Tu veux t'amuser avec le pavé irrégulier qui fait voyager dans le bon vieux temps ? Mais non, je poursuis ma route. Pourquoi tenter sa chance et laisser à nouveau s'échapper les fantômes de Paco Coll, Bellini, Vanderbilt ? Même le joueur le plus risque-tout n'ose pas s'aventurer en terrain trop glissant. C'en est fini des jeux. La vieille Otero est fatiguée, elle veut juste regagner sa chambre, peler ses carottes, couper leurs fanes vertes qui ressemblent à des plumes de music-hall, les mélanger au *civet** avec la coriandre pour le rendre plus goûteux. Ensuite, je verserai un verre d'eau dans la casserole et ferai bouillir le tout quelques instants. Un ragoût de cette qualité pourrait ressusciter un mort.

*

Le 11 avril 1965, en première page de *Nice Matin*, on pouvait lire le titre suivant à côté d'une photo de Caroline prise dans sa jeunesse et d'un autre cliché où elle se penchait à son balcon de l'hôtel Novelty :

LA BELLE OTERO,
QUI FUT LA REINE DE PARIS AU DÉBUT DU SIÈCLE,
EST MORTE HIER À NICE
À L'ÂGE DE QUATRE-VINGT-SEIZE ANS

Le journal invitait ses lecteurs à lire la nécrologie qui figurait dans les pages intérieures et était illustrée par deux photos de la Belle déjà âgée. Le premier cliché la montre assise sur un canapé-lit. Les murs sont couverts de photos et de souvenirs. Le second dévoile un autre aspect de sa chambre : un radiateur, une cheminée assombrie par les ans et décorée par un napperon en crochet. Devant, une table de cuisine où sont posés un petit réchaud à gaz et une casserole. Deux lignes seulement sont consacrées à ses années de misère et à sa mort. Le reste de l'article rappelle ses nombreux succès, tandis que sur une autre colonne sont évoqués les témoignages de ses voisins.

Il faut peut-être souligner le fait que dans ce quotidien si estimé par la Belle – elle disait que tant que *Nice Matin* ou *L'Espoir de Nice* n'avait pas publié votre nécrologie, vous n'étiez pas mort – figurait également une brève annonçant les fiançailles de Johnny Hallyday avec Sylvie Vartan. Comme l'aurait dit la *señorita*, la vie continue et d'autres que nous occupent la place que nous avons laissée vacante. Mais pas pour longtemps. Jusqu'à ce qu'eux aussi vieillissent et ne fassent plus la une pour ressurgir une dernière fois dans une nécrologie.

*

La mort de Caroline Otero, qui fut selon certains la dernière des courtisanes et un témoin privilégié de la Belle Époque, pour ne pas dire la Belle Époque à elle seule, fut amplement couverte dans les journaux ainsi qu'elle l'avait prévu. De Buenos Aires à Madrid, de Londres à Berlin en passant par Rome, la plupart parlèrent de Lina, à l'exception de la presse de Saint-Pétersbourg, devenu entre-temps Stalingrad, qui ne s'intéressait guère à ce genre d'information. Je n'ai pas sélectionné les articles

les plus élogieux, mais ceux qui s'attachent à présenter les faits de manière concise et « vraisemblable », un adjectif difficilement associable au personnage de la Belle. Plusieurs versions circulent concernant sa mort, au moins autant que celles qu'ont bien voulu raconter aux journalistes sa logeuse, Mme Depo, son amie Assunta Giovagnini ou le traiteur Marcel Entressangle, qui fut la dernière personne à voir la Belle en vie. Mais voici pour commencer les seules lignes fidèles à la réalité, celles du rapport de police publiées dans le journal *Dernière Heure* du 11 avril 1965 :

> La Belle Otero, qui fut au début du siècle la « reine de Paris », est morte hier, à 13 heures, victime d'une crise cardiaque dans le triste désordre d'une petite chambre meublée de l'hôtel Novelty, à Nice, pendant qu'elle faisait sa *toilette**. Près d'elle, sur un vieux réchaud à gaz, cuisait un *civet** de lapin. Elle avait près de quatre-vingt-dix-sept ans [1].

*

À partir de ce papier, d'autres détails glanés dans divers journaux et des témoignages de personnes encore vivantes aujourd'hui, j'ai pu établir dans quelles circonstances on a découvert son corps :

> C'est l'employée de l'hôtel qui a remarqué quelque chose d'anormal à 14 h 45. Elle balayait les escaliers quand elle a senti une forte odeur de brûlé provenant de la porte de la chambre n° 11. Elle a appelé les

1. Étant morte en avril et née en novembre, Caroline Otero est âgée de quatre-vingt-seize ans dans certaines nécrologies. Ceux qui ont fait le calcul en fonction de sa date de naissance (1968-1965) arrivent à quatre-vingt-dix-sept ans. *(NdA)*

pompiers pendant que Mme Depo allait chercher la patronne du restaurant voisin, Assunta Giovagnini, la seule personne qui possédait les clefs de la chambre. Cependant, cette dernière n'a pu ouvrir la porte car l'une des quatre serrures était fermée de l'intérieur. Il a donc fallu attendre l'arrivée des pompiers, après quoi tous ont découvert le sanctuaire dont Caroline Otero avait interdit l'entrée aux journalistes et à ses amis. La dernière grande courtisane vivait dans la misère, entourée d'objets modestes et d'une collection de photos jaunies punaisées aux murs la représentant toutes au sommet de sa gloire. Sur l'une d'elles figurait une déclaration enflammée du poète Gabriele D'Annunzio. Une pochette en cuir était posée sur la cheminée, avec une inscription gravée en lettres dorées: *À Mme Otero, en souvenir de son voyage en République argentine, août-octobre 1906*. Deux objets dignes d'intérêt ont été remis au consul d'Espagne, M. Mendiguren, contacté pour procéder à la levée du corps. Il s'agit d'une clef qui semble être celle d'un coffre et d'une lettre retrouvée dans un tiroir contenant des reliques comme un corset du début du siècle. Selon M. Mendiguren, cette lettre est une copie de celle envoyée le 11 décembre 1958 (*sic*) au maire de Valga, où Caroline Otero exprime son désir de léguer tous ses biens aux pauvres de son village natal.

Samedi, dans la matinée, Caroline Otero avait fait une dernière sortie pour se rendre chez le traiteur du quartier, dont la boutique est située à une centaine de mètres de sa chambre. Elle venait quotidiennement (*sic*) s'y fournir en plats cuisinés. Le commerçant dit l'avoir vue à 11 h 30. Elle lui a acheté deux portions de *civet** de lapin en déclarant qu'elle avait un invité.

Les témoignages des voisins. Qui ment ?

De nombreux journaux ont cité le témoignage d'Assunta Giovagnini, qui se présentait comme la meilleure amie de la vieille Caroline Otero et sa « confidente ». En voici un extrait :

> « Tous les jours, à 17 heures, je montais dans sa chambre pour faire son lit et ranger un peu. Elle me racontait sa vie, mais je ne l'écoutais pas. C'était toujours pareil : elle parlait de fêtes, des princes qu'elle avait connus, du champagne… Elle ne recevait pas de visites car elle se méfiait de tout le monde. Je l'aidais volontiers parce que c'était une vieille dame, mais son passé ne m'intéressait pas. »

Une autre voisine, dont le journal ne publiait pas le nom, rapportait une histoire très étrange qui me semble fort invraisemblable de la part d'une femme presque centenaire, même au caractère bien trempé comme Caroline Otero. Cette habitante du quartier tirait sans doute cette anecdote d'une des déclarations faites par la Belle quelques années auparavant, où elle affirmait « avoir donné l'argent de son dernier collier à des institutions caritatives niçoises, qu'elle fréquentait assidûment ». Histoire d'avoir quelque chose à raconter aux journalistes, cette « voisine d'âge moyen » s'en est peut-être inspirée pour déclarer à la presse : « Elle était devenue très religieuse depuis deux ans. Elle sortait le soir pour distribuer la soupe aux pauvres dans une maison de bienfaisance du vieux Nice. »

Mme Depo, sa logeuse, avait une image très différente de sa locataire, qu'elle trouvait insupportable. Caroline lui avait un jour lancé une bouteille de champagne à la figure parce qu'elle lui réclamait le loyer. « Elle a refusé pendant des années de me payer ce qu'elle me devait, puis elle s'est mise à me verser tous les mois 200 francs. »

Selon Mme Ivaldi, propriétaire de l'immeuble qui abritait l'hôtel Novelty, Caroline Otero était une femme affable et tendre, mais si méfiante qu'elle ne sortait jamais. Elle se faisait monter ses repas par son fils, Georges Ivaldi, qui avait à l'époque seize ou dix-sept ans. Certains journalistes affirment que le garçon était l'un des employés de Marcel Entressangle et déposait les victuailles dans un panier attaché à une corde que la vieille femme hissait ensuite jusqu'à son balcon.

Georges Ivaldi, qui a aujourd'hui une cinquantaine d'années et que j'ai rencontré, nie avoir eu recours à cette voie aérienne pour ravitailler Caroline Otero, qui lui faisait entièrement confiance et lui ouvrait sa porte quotidiennement. En plus de ses repas, il lui apportait le journal. Il affirme avoir été son « seul » ami et confident, mais il n'a pas voulu me raconter les secrets de la Belle. Selon lui, Lina était une femme exceptionnelle et il souhaite emporter dans la tombe toutes les anecdotes qu'elle lui a relatées.

La plupart des voisins et connaissances de la *señorita* estimaient qu'elle mentait comme elle respirait. Ils ne croyaient ni à l'existence des nombreux visiteurs qu'elle mentionnait à la fin de sa vie, ni à celle d'une fortune cachée. Pourtant, lorsque la presse l'a interrogé, Marcel Entressangle a fait la déclaration suivante :

> « Elle avait toujours beaucoup d'argent sur elle. Une fois, elle a tiré de son sac une liasse de plusieurs milliers de francs. Je lui ai dit qu'il n'était pas prudent de se promener avec une somme pareille, mais elle a haussé les épaules. Elle disait aussi à ma petite-fille, Sylvie Guigo, qu'elle allait faire d'elle son héritière [1]. »

1. Au cours de mon enquête niçoise, j'ai eu l'occasion de rencontrer la mère de Sylvie, qui m'a dit avoir reçu un jour trois rangs de fausses perles dont elle a conservé une rangée en souvenir de la *señorita*. « Malgré ses extravagances, nous l'aimions beaucoup », m'a-t-elle dit. *(NdA)*

Le cimetière de l'Est

La famille Entressangle au complet, Assunta Giovagnini et maître Caruchet se trouvaient parmi les quelques personnes qui accompagnèrent la dépouille mortelle de Caroline Otero jusqu'au cimetière. Il n'y avait ni prêtre, ni proches, seulement des photographes, des curieux et quelques opportunistes, comme cette dame de soixante-dix ans que personne ne connaissait mais qui affirma en pleurant avoir été présentée à Lina par Sarah Bernhardt. Rue d'Angleterre, on ne l'avait jamais vue, même si elle déclarait avoir entretenu des liens d'amitié avec la Belle.

Comme sa vie, l'enterrement de Caroline Otero est à l'origine de légendes. L'article publié dans *Nice Matin* le 16 avril parle de trois couronnes mortuaires. La première avait été achetée par les voisins, la deuxième, envoyée par une institution caritative qui s'occupait des artistes dans le besoin (ou selon d'autres sources, par le casino de Monte-Carlo), portait l'inscription: *La Roue Tourne*. Sur la troisième, la plus mystérieuse de toutes, était écrit le mot: *Souvenirs*.

Les témoins encore vivants et que j'ai rencontrés (à savoir la fille de Marcel Entressangle, son mari et maître Caruchet) s'accordent à dire qu'il n'y avait pas d'autres couronnes que celle qu'ils avaient apportée. Ils nient par ailleurs l'existence d'une autre histoire romantique qui figure dans toutes les biographies de la Belle que j'ai consultées (y compris celle d'Arthur Lewis), selon laquelle un vieux gentleman en Rolls-Royce aurait assisté aux obsèques. « Je vous assure qu'il n'y avait pas de Rolls-Royce, m'a expliqué la fille de Marcel Entressangle. Aucun vieil homme n'est descendu de sa voiture pour enlever une décoration épinglée à sa poitrine et la lancer dans la fosse où les employés de l'entreprise de pompes funèbres commençaient à jeter des pelletées de terre. Je n'ai vu ni Rolls-Royce, ni couronne royale peinte sur la portière. Seuls quelques brins de mimosa ont accompagné la *señorita* dans la tombe. C'était du reste un très bel enterrement. Elle a fait son dernier voyage dans un beau corbillard et a une tombe magnifique avec vue sur la vallée. Il paraît que, quinze ans avant de mourir, elle avait déjà tout prévu. Elle avait payé sa dernière mise en scène 250 000 francs. Elle a toujours eu très bon goût. »

*

Les visiteurs du cimetière de l'Est pourront en effet le constater. La tombe de Caroline est grande, taillée dans une pierre tirant sur le rose et l'ocre. Qu'il s'agisse d'une des multiples contradictions de la Belle ou d'une erreur, elle est ornée d'une grande croix où une main nostalgique a récemment déposé de petits bouquets de fleurs en porcelaine. Caroline Otero repose entre deux tombeaux très différents. Sous celui de gauche est enterré un monsieur au nom italien dont on peut voir la photo. Celui de droite est la dernière demeure de quatre amies qui l'ont achetée ensemble et sont respectivement mortes en 1871, 1889, 1892 et 1905. Il n'y a ni photo, ni date, ni épitaphe sur la tombe de la Belle. Juste un nom : « C. Otero ».

Quand je me suis trouvée devant cette tombe, il me semblait étrange qu'une femme qui avait réglé ses somptueuses obsèques dans les moindres détails, s'était donné la peine de se maquiller pour les dernières personnes qui la verraient, avait choisi sa pierre tombale quinze ans auparavant et le meilleur emplacement du cimetière n'ait pas songé à une épitaphe, à laisser un de ces clins d'œil ironiques dont elle était coutumière, une petite phrase résumant sa vie. Laquelle aurait-elle préférée ? « Je n'ai eu que deux passions : gagner et perdre » ? C'est la première qui m'est venue à l'esprit, mais je l'ai aussitôt écartée car elle me paraissait trop évidente. Caroline Otero n'aurait pas donné dans la simplicité. « La fortune vient en dormant, mais pas en dormant seule » ? Je ne l'ai pas retenue non plus, elle aurait semblé étrange pour une femme qui, même si elle avait eu des dizaines d'amants, avait passé l'essentiel de son existence seule, comme elle l'était à présent six pieds sous terre. « J'ai été esclave de mes passions mais jamais d'un homme » ? « J'ai tout joué et tout perdu » ? « J'ai connu la richesse et la misère et je ne regrette rien, pas même ma fin » ?

Il se peut que la dernière phrase convienne mieux à quelqu'un qui se moquait de « finir sur la paille ». Mais « le mensonge comme moyen de survie » s'applique également bien à une joueuse comme Otero. En quittant le cimetière de l'Est en fin d'après-midi, j'ai noté sur le carnet à spirale qui ne m'a pas quitté depuis le début de mes recherches, il y a deux ans, une phrase de la *señorita* en guise d'épitaphe. Elle la prononça un jour pour expliquer pourquoi tant de mythes ornaient sa vie mensongère. « Nul rêve ne résiste à la lumière crue du soleil ou au froid stylet de la Réalité », ai-je griffonné. Puis, après avoir arraché la page, je l'ai cachée derrière une des roses en porcelaine qui veillent sur le sommeil éternel de Caroline Otero.

Je suppose que le vent de la Côte d'Azur a dû vite se charger d'emporter mon billet.

Note de l'auteur

Hormis les commères de la rue d'Angleterre (Mmes Gautier, Pernod, Dubois, etc.), qui sont des personnages littéraires créés pour les besoins d'une scène, toutes les personnes qui apparaissent dans cet ouvrage sont mentionnées dans les ouvrages consultés. Elles ont donc bel et bien existé.

Bibliographie

ALPERN, Andrew, *Luxury Apartment Houses of Manhattan : An Illustrated History*, New York, Dover Publications, 1992.

BALDUCCI, Richard, *Les Princesses de Paris : l'âge d'or des cocottes*, Paris, Hors Collection, 1994.

BAROJA, Pío, *Desde la última vuelta del camino ; Memorias de Pío Baroja*, Madrid, Caro Raggio, 1946.

BARREIRO, Javier, *Raquel Meller y su tiempo,* Saragosse, Diputación General de Aragón, 1992.

BARREIRO LUAÑA, Xosé, *Valle-Inclán, o que non fenece*, La Corogne, Ventoprint, 1999.

BEATTY, Laura, *Lillie Langtry ; Manners, Masks and Morals*, Londres, Chatto & Windus, 1999.

BOISSEL, Pascal, *Grand-Hôtel, Café de la Paix : deux siècles de vie parisienne*, Paris, Italiques, 2004.

BONAFOUX, Luis, *Bilis*, Paris, Société d'éditions littéraires et artistiques, librairie Ollendorff, 1908.

BOROBÓ, *La tremenda niñez de la Bella Otero*, Saint-Jean-de-Compostelle, Editorial Compostela, 1992.

BURROWS, Edwin G., et WALLACE, Mike, *Gotham : A History of New York City to 1898*, New York, Oxford University Press, 1998.

BYRON, Joseph, *Photographs of New York Interiors at the Turn of the Century*, New York, Dover Publications, 1976.

—, *New York Life at the Turn of the Century in Photographs*, New York, Dover Publications, 1985.

CASTLE, Charles, *La Belle Otero, la dernière grande courtisane*, Paris, Belfond, 1984.
CHALON, Jean, *Chère Nathalie Barney,* Paris, Flammarion, 1992.
—, *Liane de Pougy : courtisane, princesse et sainte*, Paris, Flammarion, 1994.
—, *Colette. L'éternelle apprentie*, Paris, Flammarion, 1998.
COLETTE, *Mes apprentissages*, Paris, Ferenczi, 1936 ; Paris, LGF, 2004.
CONTE, Arthur, *Le 1er Janvier 1900*, Paris, Plon, 1975.
COSTA CLAVELL, Javier, *La Bella Otero*, Ediciones Rodegar, Barcelone, 1967.
DE LA FUENTE, M., *La Bella Otero*, Barcelone, Ediciones G.P., 1959.
FESCHOTTE, Jacques, *Histoire du music-hall*, Paris, PUF, 1965.
FOUQUIÈRES, André de, *Cinquante ans de panache*, Paris, Pierre Horay, 1948.
GHEUSI, P.B., *Cinquante ans de Paris. Mémoires d'un témoin (1890-1940)*, Paris, Plon, 1939.
GONZÁLEZ RUANO, César, *Mi medio siglo se confiesa a medias : memorias*, Madrid, Ediciones Giner, 1979.
GRILLANDI, Massimo, *La Bella Otero*, Milan, Ruscolli, 1978.
GUILLEMINAULT, Gilbert, *Le Roman vrai de la IIIe et de la IVe République : 1870-1958*, Paris, Laffont, « Bouquins », 1991.
LANDÍN TOBÍO, Prudencio, *De mi viejo carnet*, édition à compte d'auteur, Pontevedra, 1949.
LEWIS, Arthur H., *La Belle Otero*, New York, Trident Press, 1967.
LLERAS RESTREPO, Carlos, *De ciertas damas*, Bogota, El Áncora Editores, 1998.
LUCIE-SMITH, Edward, *Histoire du mobilier*, Paris, Thames & Hudson, 1990.
MARCEL, Oliver, et MATHIS, Michel, *Historia del principado de Mónaco*, Barcelone, Escudo de Oro, 1998.

MARX BROTHERS, *Pensées, répliques et anecdotes*, Paris, Le Cherche-Midi, 1995.

MÉRODE, Cléo de, *Le Ballet de ma vie*, Paris, Pierre Horay, 1955 et 1985.

MILLE, Raoul, *La Belle Otero*, Paris, Albin Michel, 1987 et 1994.

MISTINGUETT, *Toute ma vie*, Paris, Julliard, 1954.

PAZ-ANDRADE, Valentín, *La anunciación de Valle-Inclán*, Madrid, Akal, 1981.

PESSIS, Jacques, et CRÉPINEAU, Jacques, *Les Folies-Bergère*, Paris, Fixot, 1989 et 1996.

—, *Le Moulin-Rouge*, Paris, La Martinière, 1990 et 2002.

PIÑEIRO ARES, José, *Los placeres de la Bella Otero*, Pontevedra, Diputación Provincial de Pontevedra, 1994.

POTRON, Jean-Paul, *Nice, 100 ans*, Nice, Gilletta, 1997 et 2003.

POUGY, Liane de, *Mes cahiers bleus*, Paris, Plon, 1977.

REARICK, Charles, *Pleasures of the Belle Époque*, New Haven, Yale University Press, 1985.

SAMPELAYO, Juan H., *Carolina Otero, bailarina del mundo*, Madrid, Mediterráneo, 1987.

SORIANO, Elena, *El donjuanismo femenino*, Madrid, Península, 2000.

THURMAN, Judith, *Secrets of the Flesh : A Life of Colette*, New York, Alfred A. Knopf, 1999.

TROYAT, Henri, *Nicolas II, le dernier tsar*, Paris, Flammarion, 1991.

TUDELA, Mariano, *La Bella Otero, la mujer que asombró al mundo*, Barcelone, R. Barca, 1957.

WALEFFE, Maurice, *Quand Paris était un paradis (1900-1939)*, Paris, Denoël, 1947.

WRIGHT, Lawrence, *Clean and Decent : the Fascinating History of the Bathroom and the Water-Closet*, Londres, Penguin Books, 2005.

Collectifs :

GONZÁLEZ PEÑA, M.L., *et alii*, *Mujeres de la escena (1900-1940)*, Madrid, SGAE, 1996.

La Belle Otero ; Souvenirs et vie intime, présentation et préface de Claude Valmont, Paris, Éditions du Calame, 1926 ; Monaco, Éditions Sauret, 1993.

Sous la direction de Philippe Ariès et de Georges Duby, *Histoire de la vie privée, tome 4 : De la Révolution à la Grande Guerre*, Paris, Seuil, « L'Univers des formes », 1987, et « Points Histoire », 1999.

Portrait de la Belle Otero aux Folies-Bergère
(carte postale, Reutlinger).

La Belle Otero posant dans un jardin (carte postale).

La Belle Otero en fourrure et son double (carte postale).

Caroline Otero habillée en matador (photo posée, 1898).

La danseuse espagnole et le matador
(photo posée, Reutlinger, 1898).

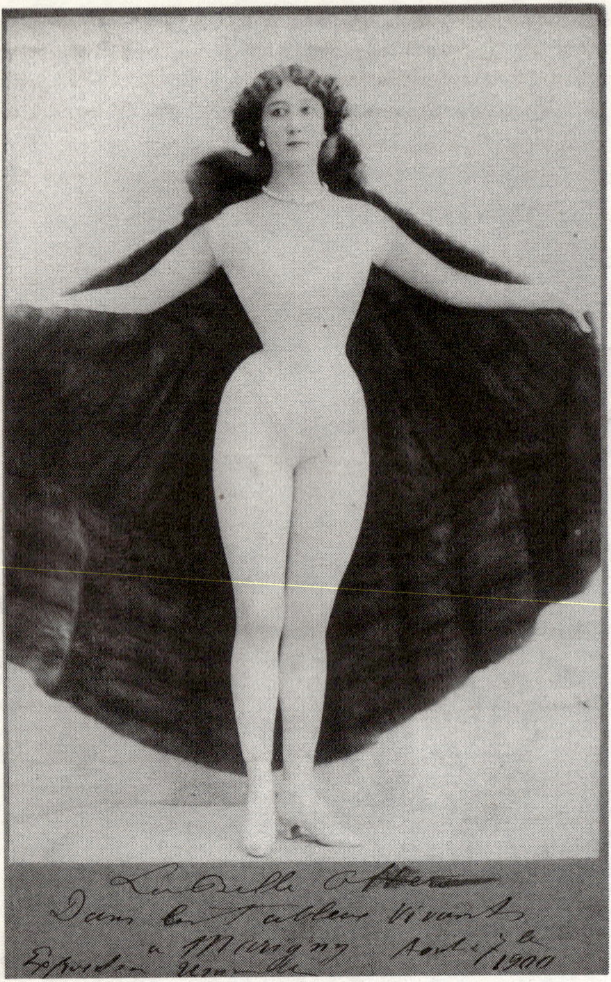

La Belle Otero dans les *Tableaux vivants* à Marigny, pour l'Exposition universelle de 1900.

La Belle Otero dans un de ses rôles au théâtre.
Cette photographie était clouée au-dessus de son lit
dans sa chambre à Nice où elle est décédée.

▲ Festival de Cannes : María Félix et la Belle Otero, le 4 avril 1954.

La Belle Otero chez elle à Nice, en octobre 1961. ▼

Remerciements

Je tiens particulièrement à remercier Paul Franck, Louise de Mendiguren, Georges Ivaldi et maître Caruchet, témoins directs à Nice, pour leur aide et leur inestimable soutien. Je suis par ailleurs reconnaissante à d'autres Niçois : Michael Erkelenz, Françoise Clément, Raoul Mille, M. et Mme Guigo, Lionel, Mme Chomiki, Arlette, Kim May et Michael, Louis et Suzanne Nucera, Philippe Brugnon. Merci aussi à Annie Morvan pour son appui logistique ; à Javier Barreiros, qui fut le premier père de cette créature livresque. Merci à Luis Alegre et à Fernando Trueba pour leurs livres et leur amitié. Merci à Javier Aguado, pour sa patience et la mise à disposition de photos qui améliorent considérablement cette biographie. Merci à Ramón Buenaventura, Ramón Fusté, Clara Obligado, Marisa del Real et Pilar Rodríguez, mes amis en toutes circonstances. Merci à Mon Santiso pour son appui inconditionnel. Merci à Gervasio de Posadas, mon frère et détective à Paris. À Alberto Oliveras, Antonio D. Olano, Montero Alonso, Borobó, Juan Gustavo Cobo et Luis Ricardo Alonso, qui m'ont fourni quantité d'informations. À Ludmila et Inocencio Arias pour m'avoir offert l'hospitalité. À Carlos Longedio pour les pistes sur lesquelles il m'a lancée. À Rafael Linge de León pour son hospitalité, ses suggestions et bien d'autres choses encore.

Merci à Visitación Ortega et à Andrea Tapia, qui ont été mes mains, mes yeux, mes oreilles… À Tomás Val, qui a toujours été là. À Pedro Ortiz, autre père précoce de ce projet. À María Eugenia Yagüe, Tomás Cuesta et Jorge de la Hidalga, toujours généreux et positifs. À Carlos García Calvo, car que serais-je devenue sans ses connaissances cosmopolites ? À Sophie Curgeon pour sa patience infinie. À Brigida Jenner et Gerardo pour leur confiance. À Gabriel Tortella, qui a mené à bien une « mission impossible ». À Ana Bravo de Schwartz, que j'écoute toujours parce qu'elle a toujours raison. À Concepción Escudero : la graphologie est un art. À Pedro Alejo Gómez pour la citation de Victor Hugo qu'il m'a offerte. À Alicia Caicoya, qui m'a tant aidée à Valga. À Valga aussi, merci à José Ramón Rial Becerra, María del Carmen, de la mairie ; à María José, de l'association Adeval ; à Rosalía Santiago ; María Victoria Soneira ; Elena Otero Bodaño ; Juan Manuel Otero Bodaño ; Manolo Carvia ; José Barreiro Luañes ; Milagros, de Requián ; Piñeiro Ares ; Manuel de la Fuente ; Gregorio, du *Faro de Vigo* ; Pablo Lago ; Elena Calderón ; Marisa et Ceferino, du *Faro de Vigo*. À Jacqueline Retes, de chez Cartier, pour sa gentillesse et le fait d'avoir mis à ma disposition les photos du collier de la Belle Otero. À Johanna Pistorius pour son aide « culinaire » essentielle. À Francisco Serrano, pour la patience dont il a fait preuve en me guidant dans les méandres de l'université de Columbia. À Nemesio Fernández Cuesta qui, en apprenant par son journal que j'allais écrire un ouvrage sur la Belle Otero, m'a offert un trésor en me permettant d'accéder aux archives graphiques d'*ABC* et de *Blanco y Negro*. Merci aussi à Manuel Peñuelas, que j'ai assommé quotidiennement avec des demandes délicates et qui en sait aujourd'hui davantage que moi sur la Belle. À Mercedes Casanovas, comme toujours. Et, enfin, à Mariángeles Fernández, mon ange ou plutôt mon archange correcteur.

Table

CRÉDITS PHOTOGRAPHIQUES

Collection Sirot-Angel : 10, 315, 316, 317, 318, 319, 320, 321.

COMPOSITION : PAO ÉDITIONS DU SEUIL
IMPRESSION : BRODARD ET TAUPIN À LA FLÈCHE
DÉPÔT LÉGAL : NOVEMBRE 2008. N° 98540
N° D'IMPRIMEUR : 49441.
Imprimé en France

Collection Points

DERNIERS TITRES PARUS

P1530. Le Dieu de glace. La Saga de Raven III
Robert Holdstock et Angus Wells
P1531. Un bon cru, *Peter Mayle*
P1532. Confessions d'un boulanger
Peter Mayle et Gérard Auzet
P1533. Un poisson hors de l'eau, *Bernard Comment*
P1534. Histoire de la Grande Maison, *Charif Majdalani*
P1535. La Partie belle *suivi de* La Comédie légère
Jean-Marc Roberts
P1536. Le Bonheur obligatoire, *Norman Manea*
P1537. Les Larmes de ma mère, *Michel Layaz*
P1538. Tant qu'il y aura des élèves, *Hervé Hamon*
P1539. Avant le gel, *Henning Mankell*
P1540. Code 10, *Donald Harstad*
P1541. Les Nouvelles Enquêtes du juge Ti, vol. 1
Le Château du lac Tchou-An, *Frédéric Lenormand*
P1542. Les Nouvelles Enquêtes du juge Ti, vol. 2
La Nuit des juges, *Frédéric Lenormand*
P1543. Que faire des crétins ? Les perles du Grand Larousse
Pierre Enckell et Pierre Larousse
P1544. Motamorphoses. À chaque mot son histoire
Daniel Brandy
P1545. L'habit ne fait pas le moine.
Petite histoire des expressions, *Gilles Henry*
P1546. Petit fictionnaire illustré. Les mots qui manquent au dico
Alain Finkielkraut
P1547. Le Pluriel de bric-à-brac et autres difficultés
de la langue française, *Irène Nouailhac*
P1548. Un bouquin n'est pas un livre.
Les nuances des synonymes
Rémi Bertrand
P1549. Sans nouvelles de Gurb, *Eduardo Mendoza*
P1550. Le Dernier Amour du président, *Andreï Kourkov*
P1551. L'Amour, soudain, *Aharon Appelfeld*
P1552. Nos plus beaux souvenirs, *Stewart O'Nan*
P1553. Saint-Sépulcre !, *Patrick Besson*
P1554. L'Autre comme moi, *José Saramago*
P1555. Pourquoi Mitterrand ?, *Pierre Joxe*
P1556. Pas si fous ces Français !
Jean-Benoît Nadeau et Julie Barlow
P1557. La Colline des Anges
Jean-Claude Guillebaud et Raymond Depardon

P1558. La Solitude heureuse du voyageur
précédé de Notes, *Raymond Depardon*
P1559. Hard Revolution, *George P. Pelecanos*
P1560. La Morsure du lézard, *Kirk Mitchell*
P1561. Winterkill, *C.J. Box*
P1562. La Morsure du dragon, *Jean-François Susbielle*
P1563. Rituels sanglants, *Craig Russell*
P1564. Les Écorchés, *Peter Moore Smith*
P1565. Le Crépuscule des géants. Les Enfants de l'Atlantide III
Bernard Simonay
P1566. Aara. Aradia I, *Tanith Lee*
P1567. Les Guerres de fer. Les Monarchies divines III
Paul Kearney
P1568. La Rose pourpre et le Lys, tome 1, *Michel Faber*
P1569. La Rose pourpre et le Lys, tome 2, *Michel Faber*
P1570. Sarnia, *G.B. Edwards*
P1571. Saint-Cyr/La Maison d'Esther, *Yves Dangerfield*
P1572. Renverse du souffle, *Paul Celan*
P1573. Pour un tombeau d'Anatole, *Stéphane Mallarmé*
P1574. 95 poèmes, *E.E. Cummings*
P1575. Le Dico des mots croisés.
8 000 définitions pour devenir imbattable, *Michel Laclos*
P1576. Les deux font la paire.
Les couples célèbres dans la langue française
Patrice Louis
P1577. C'est la cata. Petit manuel du français maltraité
Pierre Bénard
P1578. L'Avortement, *Richard Brautigan*
P1579. Les Braban, *Patrick Besson*
P1580. Le Sac à main, *Marie Desplechin*
P1581. Nouvelles du monde entier, *Vincent Ravalec*
P1582. Le Sens de l'arnaque, *James Swain*
P1583. L'Automne à Cuba, *Leonardo Padura*
P1584. Le Glaive et la Flamme. La Saga du Roi Dragon III
Stephen Lawhead
P1585. La Belle Arcane. La Malerune III
Michel Robert et Pierre Grimbert
P1586. Femme en costume de bataille, *Antonio Benitez-Rojo*
P1587. Le Cavalier de l'Olympe. Le Châtiment des Dieux II
François Rachline
P1588. Le Pas de l'ourse, *Douglas Glover*
P1589. Lignes de fond, *Neil Jordan*
P1590. Monsieur Butterfly, *Howard Buten*
P1591. Parfois je ris tout seul, *Jean-Paul Dubois*
P1592. Sang impur, *Hugo Hamilton*
P1593. Le Musée de la sirène, *Cypora Petitjean-Cerf*
P1594. Histoire de la gauche caviar, *Laurent Joffrin*
P1595. Les Enfants de chœur (Little Children), *Tom Perrotta*
P1596. Les Femmes politiques, *Laure Adler*

P1597. La Preuve par le sang, *Jonathan Kellerman*
P1598. La Femme en vert, *Arnaldur Indridason*
P1599. Le Che s'est suicidé, *Petros Markaris*
P1600. Les Nouvelles Enquêtes du juge Ti, vol. 3
Le Palais des courtisanes, *Frédéric Lenormand*
P1601. Trahie, *Karin Alvtegen*
P1602. Les Requins de Trieste, *Veit Heinichen*
P1603. Pour adultes seulement, *Philip Le Roy*
P1604. Offre publique d'assassinat, *Stephen W. Frey*
P1605. L'Heure du châtiment, *Eileen Dreyer*
P1606. Aden, *Anne-Marie Garat*
P1607. Histoire secrète du Mossad, *Gordon Thomas*
P1608. La Guerre du paradis. Le Chant d'Albion I
Stephen Lawhead
P1609. La Terre des Morts. Les Enfants de l'Atlantide IV
Bernard Simonay
P1610. Thenser. Aradia II, *Tanith Lee*
P1611. Le Petit Livre des gros câlins, *Kathleen Keating*
P1612. Un soir de décembre, *Delphine de Vigan*
P1613. L'Amour foudre, *Henri Gougaud*
P1614. Chaque jour est un adieu
suivi de Un jeune homme est passé
Alain Rémond
P1615. Clair-obscur, *Jean Cocteau*
P1616. Chihuahua, zébu et Cie.
L'étonnante histoire des noms d'animaux
Henriette Walter et Pierre Avenas
P1617. Les Chaussettes de l'archiduchesse et autres défis
de la prononciation, *Julos Beaucarne*
et Pierre Jaskarzec
P1618. My rendez-vous with a femme fatale.
Les mots français dans les langues étrangères
Franck Resplandy
P1619. Seulement l'amour, *Philippe Ségur*
P1620. La Jeune Fille et la Mère, *Leïla Marouane*
P1621. L'Increvable Monsieur Schneck, *Colombe Schneck*
P1622. Les Douze Abbés de Challant, *Laura Mancinelli*
P1623. Un monde vacillant, *Cynthia Ozick*
P1624. Les Jouets vivants, *Jean-Yves Cendrey*
P1625. Le Livre noir de la condition des femmes
Christine Ockrent (dir.)
P1626. Comme deux frères, *Jean-François Kahn et Axel Kahn*
P1627. Equador, *Miguel Sousa Tavares*
P1628. Du côté où se lève le soleil, *Anne-Sophie Jacouty*
P1629. L'Affaire Hamilton, *Michelle De Kretser*
P1630. Une passion indienne, *Javier Moro*
P1631. La Cité des amants perdus, *Nadeem Aslam*
P1632. Rumeurs de haine, *Taslima Nasreen*
P1633. Le Chromosome de Calcutta, *Amitav Ghosh*

P1634. Show business, *Shashi Tharoor*
P1635. La Fille de l'arnaqueur, *Ed Dee*
P1636. En plein vol, *Jan Burke*
P1637. Retour à la Grande Ombre, *Hakan Nesser*
P1638. Wren. Les Descendants de Merlin I, *Irene Radford*
P1639. Petit manuel de savoir-vivre à l'usage des enseignants *Boris Seguin, Frédéric Teillard*
P1640. Les Voleurs d'écritures *suivi de* Les Tireurs d'étoiles *Azouz Begag*
P1641. L'Empreinte des dieux. Le Cycle de Mithra I *Rachel Tanner*
P1642. Enchantement, *Orson Scott Card*
P1643. Les Fantômes d'Ombria, *Patricia A. McKillip*
P1644. La Main d'argent. Le Chant d'Albion II *Stephen Lawhead*
P1645. La Quête de Nifft-le-mince, *Michael Shea*
P1646. La Forêt d'Iscambe, *Christian Charrière*
P1647. La Mort du Nécromant, *Martha Wells*
P1648. Si la gauche savait, *Michel Rocard*
P1649. Misère de la Ve République, *Bastien François*
P1650. Photographies de personnalités politiques *Raymond Depardon*
P1651. Poèmes païens de Alberto Caeiro et Ricardo Reis *Fernando Pessoa*
P1652. La Rose de personne, *Paul Celan*
P1653. Caisse claire, poèmes 1990-1997, *Antoine Emaz*
P1654. La Bibliothèque du géographe, *Jon Fasman*
P1655. Parloir, *Christian Giudicelli*
P1656. Poils de Cairote, *Paul Fournel*
P1657. Palimpseste, *Gore Vidal*
P1658. L'Épouse hollandaise, *Eric McCormack*
P1659. Ménage à quatre, *Manuel Vázquez Montalbán*
P1660. Milenio, *Manuel Vázquez Montalbán*
P1661. Le Meilleur de nos fils, *Donna Leon*
P1662. Adios Hemingway, *Leonardo Padura*
P1663. L'avenir c'est du passé, *Lucas Fournier*
P1664. Le Dehors et le Dedans, *Nicolas Bouvier*
P1665. Partition rouge.
Poèmes et chants des indiens d'Amérique du Nord
Jacques Roubaud, Florence Delay
P1666. Un désir fou de danser, *Elie Wiesel*
P1667. Lenz, *Georg Büchner*
P1668. Resmiranda. Les Descendants de Merlin II, *Irene Radford*
P1669. Le Glaive de Mithra. Le Cycle de Mithra II, *Rachel Tanner*
P1670. Phénix vert. Trilogie du Latium I, *Thomas B. Swann*
P1671. Essences et parfums, *Anny Duperey*
P1672. Naissances, *Collectif*
P1673. L'Évangile une parole invincible, *Guy Gilbert*
P1674. L'Époux divin, *Francisco Goldman*

P1675. La Comtesse de Pimbêche
et autres étymologies curieuses
Pierre Larousse
P1676. Les Mots qui me font rire
et autres cocasseries de la langue française
Jean-Loup Chiflet
P1677. Les carottes sont jetées.
Quand les expressions perdent la boule
Olivier Marchon
P1678. Le Retour du professeur de danse, *Henning Mankell*
P1679. Romanzo Criminale, *Giancarlo de Cataldo*
P1680. Ciel de sang, *Steve Hamilton*
P1681. Ultime Témoin, *Jilliane Hoffman*
P1682. Los Angeles, *Peter Moore Smith*
P1683. Encore une journée pourrie
ou 365 bonnes raisons de rester couché, *Pierre Enckell*
P1684. Chroniques de la haine ordinaire 2, *Pierre Desproges*
P1685. Desproges, portrait, *Marie-Ange Guillaume*
P1686. Les Amuse-Bush, *Collectif*
P1687. Mon valet et moi, *Hervé Guibert*
P1688. T'es pas mort !, *Antonio Skármeta*
P1689. En la forêt de Longue Attente.
Le roman de Charles d'Orléans, *Hella S. Haasse*
P1690. La Défense Lincoln, *Michael Connelly*
P1691. Flic à Bangkok, *Patrick Delachaux*
P1692. L'Empreinte du renard, *Moussa Konaté*
P1693. Les fleurs meurent aussi, *Lawrence Block*
P1694. L'Ultime Sacrilège, *Jérôme Bellay*
P1695. Engrenages, *Christopher Wakling*
P1696. La Sœur de Mozart, *Rita Charbonnier*
P1697. La Science du baiser, *Patrick Besson*
P1698. La Domination du monde, *Denis Robert*
P1699. Minnie, une affaire classée, *Hans Werner Kettenbach*
P1700. Dans l'ombre du Condor, *Jean-Paul Delfino*
P1701. Le Nœud sans fin. Le Chant d'Albion III
Stephen Lawhead
P1702. Le Feu primordial, *Martha Wells*
P1703. Le Très Corruptible Mandarin, *Qiu Xiaolong*
P1704. Dexter revient !, *Jeff Lindsay*
P1705. Vous plaisantez, monsieur Tanner, *Jean-Paul Dubois*
P1706. À Garonne, *Philippe Delerm*
P1707. Pieux mensonges, *Maile Meloy*
P1708. Chercher le vent, *Guillaume Vigneault*
P1709. Les Pierres du temps et autres poèmes
Tahar Ben Jelloun
P1710. René Char, *Éric Marty*
P1711. Les Dépossédés, *Robert McLiam Wilson et Donovan Wylie*
P1712. Bob Dylan à la croisée des chemins. Like a Rolling Stone
Greil Marcus

P1713. Comme une chanson dans la nuit
suivi de Je marche au bras du temps, *Alain Rémond*
P1714. Où les borgnes sont rois, *Jess Walter*
P1715. Un homme dans la poche, *Aurélie Filippetti*
P1716. Prenez soin du chien, *J.M. Erre*
P1717. La Photo, *Marie Desplechin*
P1718. À ta place, *Karine Reysset*
P1719. Je pense à toi tous les jours, *Hélèna Villovitch*
P1720. Si petites devant ta face, *Anne Brochet*
P1721. Ils s'en allaient faire des enfants ailleurs
Marie-Ange Guillaume
P1722. Le Jugement de Léa, *Laurence Tardieu*
P1723. Tibet or not Tibet, *Péma Dordjé*
P1724. La Malédiction des ancêtres, *Kirk Mitchell*
P1725. Le Tableau de l'apothicaire, *Adrian Mathews*
P1726. Out, *Natsuo Kirino*
P1727. La Faille de Kaïber. Le Cycle des Ombres I
Mathieu Gaborit
P1728. Griffin. Les Descendants de Merlin III
Irene Radford
P1729. Le Peuple de la mer. Le Cycle du Latium II
Thomas B. Swann
P1730. Sexe, mensonges et Hollywood, *Peter Biskind*
P1731. Qu'avez-vous fait de la révolution sexuelle ?
Marcela Iacub
P1732. Persée, prince de la lumière. Le Châtiment des dieux III
François Rachline
P1733. Bleu de Sèvres, *Jean-Paul Desprat*
P1734. Julius et Isaac, *Patrick Besson*
P1735. Une petite légende dorée, *Adrien Goetz*
P1736. Le Silence de Loreleï, *Carolyn Parkhurst*
P1737. Déposition, *Leon Werth*
P1738. La Vie comme à Lausanne, *Erik Orsenna*
P1739. L'Amour, toujours !, *Abbé Pierre*
P1740. Henri ou Henry, *Didier Decoin*
P1741. Mangez-moi, *Agnès Desarthe*
P1742. Mémoires de porc-épic, *Alain Mabanckou*
P1743. Charles, *Jean-Michel Béquié*
P1744. Air conditionné, *Marc Vilrouge*
P1745. L'Homme qui apprenait lentement
Thomas Pynchon
P1746. Extrêmement fort et incroyablement près
Jonathan Safran Foer
P1747. La Vie rêvée de Sukhanov, *Olga Grushin*
P1748. Le Retour du Hooligan, *Norman Manea*
P1749. L'Apartheid scolaire, *G. Fellouzis & Cie*
P1750. La Montagne de l'âme, *Gao Xingjian*
P1751. Les Grands Mots du professeur Rollin
Panacée, ribouldingue et autres mots à sauver
Le Professeur Rollin

P1752. Dans les bras de Morphée
Histoire des expressions nées de la mythologie
Isabelle Korda
P1753. Parlez-vous la langue de bois ?
Petit traité de manipulation à l'usage des innocents
Martine Chosson
P1754. Je te retrouverai, *John Irving*
P1755. L'Amant en culottes courtes, *Alain Fleischer*
P1756. Billy the Kid, *Michael Ondaatje*
P1757. Le Fou de Printzberg, *Stéphane Héaume*
P1758. La Paresseuse, *Patrick Besson*
P1759. Bleu blanc vert, *Maïssa Bey*
P1760. L'Été du sureau, *Marie Chaix*
P1761. Chroniques du crime, *Michael Connelly*
P1762. Le croque-mort enfonce le clou, *Tim Cockey*
P1763. La Ligne de flottaison, *Jean Hatzfeld*
P1764. Le Mas des alouettes, Il était une fois en Arménie
Antonia Arslan
P1765. L'Œuvre des mers, *Eugène Nicole*
P1766. Les Cendres de la colère. Le Cycle des Ombres II
Mathieu Gaborit
P1767. La Dame des abeilles. Le Cycle du latium III
Thomas B. Swann
P1768. L'Ennemi intime, *Patrick Rotman*
P1769. Nos enfants nous haïront
Denis Jeambar & Jacqueline Remy
P1770. Ma guerre contre la guerre au terrorisme
Terry Jones
P1771. Quand Al-Quaïda parle, *Farhad Khosrokhavar*
P1772. Les Armes secrètes de la C.I.A., *Gordon Thomas*
P1773. Asphodèle, *suivi de* Tableaux d'après Bruegel
William Carlos Williams
P1774. Poésie espagnole 1945-1990 (anthologie)
Claude de Frayssinet
P1775. Mensonges sur le divan, *Irvin D. Yalom*
P1776. Le Sortilège de la dague. Le Cycle de Deverry I
Katharine Kerr
P1777. La Tour de guet *suivi des* Danseurs d'Arun.
Les Chroniques de Tornor I, *Elisabeth Lynn*
P1778. La Fille du Nord, Les Chroniques de Tornor II
Elisabeth Lynn
P1779. L'Amour humain, *Andreï Makine*
P1780. Viol, une histoire d'amour, *Joyce Carol Oates*
P1781. La Vengeance de David, *Hans Werner Kettenbach*
P1782. Le Club des conspirateurs, *Jonathan Kellerman*
P1783. Sanglants trophées, *C.J. Box*
P1784. Une ordure, *Irvine Welsh*
P1785. Owen Noone et Marauder, *Douglas Cowie*
P1786. L'Autre Vie de Brian, *Graham Parker*

P1787. Triksta, *Nick Cohn*
P1788. Une histoire politique du journalisme
Géraldine Muhlmann
P1789. Les Faiseurs de pluie.
L'histoire et l'impact futur du changement climatique
Tim Flannery
P1790. La Plus Belle Histoire de l'amour, *Dominique Simonnet*
P1791. Poèmes et proses, *Gerard Manley Hopkins*
P1792. Lieu-dit l'éternité, poèmes choisis, *Emily Dickinson*
P1793. La Couleur bleue, *Jörg Kastner*
P1794. Le Secret de l'imam bleu, *Bernard Besson*
P1795. Tant que les arbres s'enracineront
dans la terre et autres poèmes, *Alain Mabanckou*
P1796. Cité de Dieu, *E.L. Doctorow*
P1797. Le Script, *Rick Moody*
P1798. Raga, approche du continent invisible, *J.M.G. Le Clézio*
P1799. Katerina, *Aharon Appefeld*
P1800. Une opérette à Ravensbrück, *Germaine Tillion*
P1801. Une presse sans Gutenberg,
Pourquoi Internet a révolutionné le journalisme
Bruno Patino et Jean-François Fogel
P1802. Arabesques. L'aventure de la langue en Occident
Henriette Walter et Bassam Baraké
P1803. L'Art de la ponctuation. Le point, la virgule
et autres signes fort utiles, *Olivier Houdart*
et Sylvie Prioul
P1804. À mots découverts. Chroniques au fil de l'actualité
Alain Rey
P1805. L'Amante du pharaon, *Naguib Mahfouz*
P1806. Contes de la rose pourpre, *Michel Faber*
P1807. La Lucidité, *José Saramago*
P1808. Fleurs de Chine, *Wei-Wei*
P1809. L'Homme ralenti, *J.M. Coetzee*
P1810. Rêveurs et nageurs, *Denis Grozdanovitch*
P1811. - 30°, *Donald Harstad*
P1812. Le Second Empire. Les Monarchies divines IV
Paul Kearney
P1813. Été machine, *John Crowley*
P1814. Ils sont votre épouvante, et vous êtes leur crainte
Thierry Jonquet
P1815. Paperboy, *Pete Dexter*
P1816. Bad city blues, *Tim Willocks*
P1817. Le Vautour, *Gil Scott Heron*
P1818. La Peur des bêtes, *Enrique Serna*
P1819. Accessible à certaine mélancolie, *Patrick Besson*
P1820. Le Diable de Milan, *Martin Suter*
P1821. Funny Money, *James Swain*
P1822. J'ai tué Kennedy ou les mémoires d'un garde du corps
Manuel Vázquez Montalbán

P1823. Assassinat à Prado del Rey et autres histoires sordides
Manuel Vázquez Montalbán
P1824. Laissez entrer les idiots. Témoignage d'un autiste
Kamran Nazeer
P1825. Patients si vous saviez, *Christian Lehmann*
P1826. La Société cancérigène
Geneviève Barbier et Armand Farrachi
P1827. La Mort dans le sang, *Joshua Spanogle*
P1828. Une âme de trop, *Brigitte Aubert*
P1829. Non, ce pays n'est pas pour le vieil homme
Cormack Mc Carthy
P1830. La Psy, *Jonathan Kellerman*
P1831. La Voix, *Arnaldur Indridason*
P1832. Les Nouvelles Enquêtes du juge Ti, vol. 4
Petits meurtres entre moines, *Frédéric Lenormand*
P1833. Les Nouvelles Enquêtes du juge Ti, vol. 5
Madame Ti mène l'enquête, *Frédéric Lenormand*
P1834. La Mémoire courte, *Louis-Ferdinand Despreez*
P1835. Les Morts du Karst, *Veit Heinichen*
P1836. Un doux parfum de mort, *Guillermo Arriaga*
P1837. Bienvenue en enfer, *Clarence L. Cooper*
P1838. Le Roi des fourmis, *Charles Higson*
P1839. La Dernière Arme, *Philip Le Roy*
P1840. Désaxé, *Marcus Sakey*
P1841. Opération vautour, *Stephen W. Frey*
P1842. Éloge du gaucher, *Jean-Paul Dubois*
P1843. Le Livre d'un homme seul, *Gao Xingjian*
P1844. La Glace, *Vladimir Sorokine*
P1845. Je voudrais tant revenir, *Yves Simon*
P1846. Au cœur de ce pays, *J.M. Coetzee*
P1847. La Main blessée, *Patrick Grainville*
P1848. Promenades anglaises, *Christine Jordis*
P1849. Scandale et folies.
Neuf récits du monde où nous sommes
Gérard Mordillat
P1850. Un mouton dans la baignoire, *Azouz Begag*
P1851. Rescapée, *Fiona Kidman*
P1852. Le Sortilège de l'ombre. Le Cycle de Deverry II
Katharine Kerr
P1853. Comment aiment les femmes.
Du désir et des hommes
Maryse Vaillant
P1854. Courrier du corps. Nouvelles voies de l'anti-gymnastique
Thérèse Bertherat
P1855. Restez zen. La méthode du chat, *Henri Brunel*
P1856. Le Jardin de ciment, *Ian McEwan*
P1857. L'Obsédé (L'Amateur), *John Fowles*
P1858. Moustiques, *William Faulkner*
P1859. Givre et sang, *John Cowper Powys*

P1860. Le Bon Vieux et la Belle Enfant, *Italo Svevo*
P1861. Le Mystère Tex Avery, *Robert Benayoun*
P1862. La Vie aux aguets, *William Boyd*
P1863. L'amour est une chose étrange, *Joseph Connolly*
P1864. Mossad, les nouveaux défis, *Gordon Thomas*
P1865. 1968, Une année autour du monde
Raymond Depardon
P1866. Les Maoïstes, *Christophe Bourseiller*
P1867. Floraison sauvage, *Aharon Appelfeld*
P1868. Et il y eut un matin, *Sayed Kashua*
P1869. 1000 mots d'esprit, *Claude Gagnière*
P1870. Le Petit Grozda. Les merveilles oubliées du Littré
Denis Grozdanovitch
P1871. Romancero gitan, *Federico García Lorca*
P1872. La Vitesse foudroyante du passé, *Raymond Carver*
P1873. Ferrements et autres poèmes, *Aimé Césaire*
P1874. La Force qui nous manque, *Eva Joly*
P1875. Enfants des morts, *Elfriede Jelinek*
P1876. À poèmes ouverts, *Anthologie Printemps des poètes*
P1877. Le Peintre de batailles, *Arturo Pérez-Reverte*
P1878. La Fille du Cannibale, *Rosa Montero*
P1879. Blue Angel, *Francine Prose*
P1880. L'Armée du salut, *Abdellah Taïa*
P1881. Grille de parole, *Paul Celan*
P1882. Nouveaux poèmes *suivi de* Requiem
Rainer Maria Rilke
P1883. Dissimulation de preuves, *Donna Leon*
P1884. Une erreur judiciaire, *Anne Holt*
P1885. Honteuse, *Karin Alvtegen*
P1886. La Mort du privé, *Michael Koryta*
P1887. Tea-Bag, *Henning Mankell*
P1888. Le Royaume des ombres, *Alan Furst*
P1889. Fenêtres de Manhattan
Antonio Muñoz Molina
P1890. Tu chercheras mon visage, *John Updike*
P1891. Fonds de tiroir, *Pierre Desproges*
P1892. Desproges est vivant, *Pierre Desproges*
P1893. Les Vaisseaux de l'ouest. Les Monarchies divines V
Paul Kearney
P1894. Le Quadrille des assassins. La Trilogie Morgenstern I
Hervé Jubert
P1895. Un tango du diable. La Trilogie Morgenstern II
Hervé Jubert
P1896. La Ligue des héros. Le Cycle de Kraven I
Xavier Mauméjean
P1897. Train perdu, wagon mort, *Jean-Bernard Pouy*
P1898. Cantique des gisants, *Laurent Martin*
P1899. La Nuit de l'abîme, *Juris Jurjevics*
P1900. Tango, *Elsa Osorio*

P1901. Julien, *Gore Vidal*
P1902. La Belle Vie, *Jay McInerney*
P1903. La Baïne, *Eric Holder*
P1904. Livre des chroniques III, *António Lobo Antunes*
P1905. Ce que je sais (Mémoires 1), *Charles Pasqua*
P1906. La Moitié de l'âme, *Carme Riera*
P1907. Drama city, *George P. Pelecanos*
P1908. Le Marin de Dublin, *Hugo Hamilton*
P1909. La Mère des chagrins, *Richard McCann*
P1910. Des louves, *Fabienne Jacob*
P1911. La Maîtresse en maillot de bain. Quatre récits d'enfance
Yasmina Khadra, Paul Fournel,
Dominique Sylvain et Marc Villard
P1912. Un si gentil petit garçon, *Jean-Loup Chiflet*
P1913. Saveurs assassines. Les Enquêtes de Miss Lalli
Kalpana Swaminathan
P1914. La Quatrième Plaie, *Patrick Bard*
P1915. Mon sang retombera sur vous, *Aldo Moro*
P1916. On ne naît pas Noir, on le devient
Jean-Louis Sagot-Duvauroux
P1917. La Religieuse de Madrigal, *Michel del Castillo*
P1918. Les Princes de Francalanza, *Federico de Roberto*
P1919. Le Conte du ventriloque, *Pauline Melville*
P1920. Nouvelles chroniques au fil de l'actualité.
Encore des mots à découvrir, *Alain Rey*
P1921. Le mot qui fait mouche. Dictionnaire amusant
et instructif des phrases les plus célèbres de l'histoire
Gilles Henry
P1922. Les Pierres sauvages, *Fernand Pouillon*
P1923. Ce monde est mon partage et celui du démon
Dylan Thomas
P1924. Bright Lights, Big City, *Jay McInerney*
P1925. À la merci d'un courant violent, *Henry Roth*
P1926. Un rocher sur l'Hudson, *Henry Roth*
P1927. L'amour fait mal, *William Boyd*
P1928. Anthologie de poésie érotique, *Jean-Paul Goujon (dir.)*
P1929. Hommes entre eux, *Jean-Paul Dubois*
P1930. Ouest, *François Vallejo*
P1931. La Vie secrète de E. Robert Pendleton
Michael Collins
P1932. Dara, *Patrick Besson*
P1933. Le Livre pour enfants, *Christophe Honoré*
P1934. La Méthode Schopenhauer, *Irvin D. Yalom*
P1935. Echo Park, *Michael Connelly*
P1936. Les Rescapés du Styx, *Jane Urquhart*
P1937. L'Immense Obscurité de la mort
Massimo Carlotto
P1938. Hackman blues, *Ken Bruen*
P1939. De soie et de sang, *Qiu Xiaolong*

P1940. Les Thermes, *Manuel Vázquez Montalbán*
P1941. Femme qui tombe du ciel, *Kirk Mitchell*
P1942. Passé parfait, *Leonardo Padura*
P1943. Contes barbares, *Craig Russell*
P1944. La Mort à nu, *Simon Beckett*
P1945. La Nuit de l'infamie, *Michael Cox*
P1946. Les Dames de nage, *Bernard Giraudeau*
P1947. Les Aventures de Minette Accentiévitch
Vladan Matijeviç
P1948. Jours de juin, *Julia Glass*
P1949. Les Petits Hommes verts, *Christopher Buckley*
P1950. Dictionnaire des destins brisés du rock
Bruno de Stabenrath
P1951. L'Ère des dragons. Le Cycle de Kraven II
Xavier Mauméjean
P1952. Sabbat Samba. La Trilogie Morgenstern III
Hervé Jubert
P1953. Pour le meilleur et pour l'empire, *James Hawes*
P1954. Doctor Mukti, *Will Self*
P1955. Comme un père, *Laurence Tardieu*
P1956. Sa petite chérie, *Colombe Schneck*
P1957. Tigres et tigresses. Histoire intime des couples présidentiels sous la Ve République
Christine Clerc
P1958. Le Nouvel Hollywood, *Peter Biskind*
P1959. Le Tueur en pantoufles, *Frédéric Dard*
P1960. On demande un cadavre, *Frédéric Dard*
P1961. La Grande Friture, *Frédéric Dard*
P1962. Carnets de naufrage, *Guillaume Vigneault*
P1963. Jack l'éventreur démasqué, *Sophie Herfort*
P1964. Chicago banlieue sud, *Sara Paretsky*
P1965. L'Illusion du péché, *Alexandra Marinina*
P1966. Viscéral, *Rachid Djaïdani*
P1967. La Petite Arabe, *Alicia Erian*
P1968. Pampa, *Pierre Kalfon*
P1969. Les Cathares. Brève histoire d'un mythe vivant
Henri Gougaud
P1970. Le Garçon et la Mer, *Kirsty Gunn*
P1971. L'Heure verte, *Frederic Tuten*
P1972. Le Chant des sables, *Brigitte Aubert*
P1973. La Statue du commandeur, *Patrick Besson*
P1974. Mais qui est cette personne allongée dans le lit à côté de moi ?, *Alec Steiner*
P1975. À l'abri de rien, *Olivier Adam*
P1976. Le Cimetière des poupées, *Mazarine Pingeot*
P1977. Le Dernier Frère, *Nathacha Appanah*
P1978. La Robe, *Robert Alexis*
P1979. Le Goût de la mère, *Edward St Aubyn*
P1980. Arlington Park, *Rachel Cusk*

P1981. Un acte d'amour, *James Meek*
P1982. Karoo boy, *Troy Blacklaws*
P1983. Toutes ces vies qu'on abandonne
Virginie Ollagnier
P1984. Un peu d'espoir. La trilogie Patrick Melrose
Edward St Aubyn
P1985. Ces femmes qui nous gouvernent
Christine Ockrent
P1986. Shakespeare, la biographie, *Peter Ackroyd*
P1987. La Double Vie de Virginia Woolf
Geneviève Brisac, Agnès Desarthe
P1988. Double homicide, *Faye et Jonathan Kellerman*
P1989. La Couleur du deuil, *Ravi Shankar Etteth*
P1990. Le Mur du silence, *Hakan Nesser*
P1991. Mason & Dixon, *Thomas Pynchon*
P1992. Allumer le chat, *Barbara Constantine*
P1993. La Stratégie des antilopes, *Jean Hatzfeld*
P1994. Mauricio ou les Élections sentimentales
Eduardo Mendoza
P1995. La Zone d'inconfort. Une histoire personnelle
Jonathan Franzen
P1996. Un goût de rouille et d'os, *Craig Davidson*
P1997. La Porte des larmes. Retour vers l'Abyssinie
Jean-Claude Guillebaud, Raymond Depardon
P1998. Le Baiser d'Isabelle.
L'aventure de la première greffe du visage
Noëlle Châtelet
P1999. Poésies libres, *Guillaume Apollinaire*
P2000. Ma grand-mère avait les mêmes.
Les dessous affriolants des petites phrases
Philippe Delerm
P2001. Le Français dans tous les sens, *Henriette Walter*
P2002. Bonobo, gazelle & Cie, *Henriette Walter*
Pierre Avenas
P2003. Noir corbeau, *Joel Rose*
P2004. Coupable, *Davis Hosp*
P2005. Une canne à pêche pour mon grand-père
Gao Xingjian
P2006. Le Clocher de Kaliazine, Études et miniatures
Alexandre Soljenitsyne
P2007. Rêveurs, *Knut Hamsun*
P2008. Pelures d'oignon, *Günter Grass*
P2009. De l'aube au crépuscule
Rabindranath Tagore
P2010. Les Sept Solitudes de Lorsa Lopez
Sony Labou Tansi
P2011. La Première Femme, *Nedim Gürsel*
P2012. Proses éparses, *Robert Musil*
P2013. L'Aïeul, *Aris Fakinos*

P2014. Les Exagérés, *Jean-François Vilar*
P2015. Le Pic du Diable, *Deon Meyer*
P2016. Le Temps de la sorcière, *Arni Thorarinsson*
P2017. Écrivain en 10 leçons, *Philippe Ségur*
P2018. L'Assassinat de Jesse James par le lâche Robert Ford *Ron Hansen*
P2019. Tu crois que c'est à moi de rappeler ? Transports parisiens 2, *Alec Steiner*
P2020. À la recherche de Klingsor, *Jorge Volpi*
P2021. Une saison ardente, *Richard Ford*
P2022. Un sport et un passe-temps, *James Salter*
P2023. Eux, *Joyce Carol Oates*
P2024. Mère disparue, *Joyce Carol Oates*
P2025. La Mélopée de l'ail paradisiaque, *Mo Yan*
P2026. Un bonheur parfait, *James Salter*
P2027. Le Blues du tueur à gages, *Lawrence Block*
P2028. Le Chant de la mission, *John le Carré*
P2029. L'Ombre de l'oiseau-lyre, *Andres Ibañez*
P2030. Les Arnaqueurs aussi, *Laurent Chalumeau*
P2031. Hello Goodbye, *Moshé Gaash*
P2032. Le Sable et l'Écume et autres poèmes *Khalil Gibran*
P2033. La Rose et autres poèmes, *William Butler Yeats*
P2034. La Méridienne, *Denis Guedj*
P2035. Une vie avec Karol, *Stanislao Dziwisz*
P2036. Les Expressions de nos grands-mères *Marianne Tillier*
P2037. *Sky my husband!* The intégrale/Ciel mon mari ! L'intégrale, *Dictionary of running english/* Dictionnaire de l'anglais courant *Jean-Loup Chiflet*
P2038. Dynamite road, *Andrew Klavan*
P2039. Classe à part, *Joanne Harris*
P2040. La Dame de cœur, *Carmen Posadas*
P2041. En retard pour la guerre, *Valérie Zénatti*
P2042. 5 octobre, 23h33, *Donald Harstad*
P2043. La Griffe du chien, *Don Wislow*
P2044. Les Nouvelles Enquêtes du juge Ti, vol. 6 Mort d'un cuisinier chinois *Frédéric Lenormand*
P2045. Divisadero, *Michel Ondaatje*
P2046. L'Arbre du dieu pendu, *Alejandro Jodorowsky*
P2047. Coupé en tranches, *Zep*
P2048. La Pension Eva, *Andrea Camillieri*
P2049. Le Cousin de Fragonard, *Patrick Roegiers*
P2050. Pimp, *Iceberg Slim*
P2051. Graine de violence *Evan Hunter (alias Ed McBain)*